KB260848

정선교 장편소설

찰코

국립중앙도서관 출판시도서목록(CIP)

찰코 : 정선교 장편소설 / 지은이 : 정선교. -- 서울 : 한누리미디어, 2013
  p. ;   cm

성남시 문화예술발전기금의 지원을 받음
ISBN 978-89-7969-453-6 03810 : ₩13000

한국 현대 소설[韓國現代小說]

813.7-KDC5
895.735-DDC21   CIP2013006985

정선교 장편소설

한누리미디어

사랑에는 슬픔이 있고, 행운에는 기쁨이 있습니다.

용맹에는 명예가 있으며, 야망에는 죽음이 있습니다.

슬픔은 인간의 불행한 특권이기도 합니다. 아름다운 장미는 가시 속에서 피어납니다.

슬픔의 배후에는 기쁨이 있습니다. 어두웠던 역사 속에는 반드시 슬픔만이 있는 것은 아닙니다. 기쁨은 삶의 요소이고, 욕구이고, 힘이고, 삶의 가치인 것입니다.

사람은 누구나 기쁨에의 욕구를 가지고 희망을 가질 권리가 있습니다.

인간들은 인생을 즐거운 것이라든가, 혹은 괴로운 것이라고 쉽게 단정 짓는 경향이 있습니다. 그러나 쉽게 말할 수 있는 성질은 아닐 것입니다. 그것은 자기 인생을 어떻게 보냈느냐에 의해 결정되는 문제이기 때문입니다.

우리는 타인을 사랑하는 데 인생의 절반을 소모하고, 타인을 증오하는 데 나머지 절반을 소모합니다.

물론 증오란 정당한 것이기도 합니다. 부정을 미워할 줄 모르는 사람은 정의를 사랑하지 못합니다. 사랑에서 야망으로 옮겨가는 사람은 많지만, 야망에서 사랑으로 돌아오는 사람은 많지 않습니다.

사랑의 고뇌처럼 달콤한 것은 없고, 사랑의 슬픔처럼 즐거운 것은 없으며, 사랑의 괴로움처럼 기쁜 것은 없고, 사랑에 죽는 것처럼 행복한 일은 없을 것입니다.

이 책은 개인적으로 열세 번째 출간되는 저의 저서입니다. 2013년 올해 초에 간행된 장편소설 《명기와 진기》에 뒤이은 두 번째 장편소설 《찰코》로 위와 같은 내용을 담았습니다.

'찰코' 란 영문 같지만 순수한 우리말입니다. 사전적 의미는 "사냥기구의 하나. 타원형으로 된 철제로 중앙부를 밟으면 틀 좌우 양쪽에 팽팽하게 걸려 있던 편자 모양의 쇠가 튕겨 나와서 짐승의 발목을 강하게 움켜 잡도록 되어 있다" (네이버 국어사전)고 표기되어 있습니다. 즉 '덫' 이라는 뜻이기도 합니다.

그리고 4C(컴퓨터 – Computer, 사이버미팅 – Cyber meeting, 비판 – Criticism, 변화 – Change)로 지칭하는 이 시대에 맞추어 기술해 보았음도 밝혀 둡니다.

2013. 6. 초여름에

저자 정 선 교

차례 Contents

머리말 · 8
작품연보 · 284

1 하나 ······· 13
2 둘 ······· 22
3 셋 ······· 40
4 넷 ······· 76
5 다섯 ······· 92
6 여섯 ······· 134
7 일곱 ······· 169
8 여덟 ······· 184
9 아홉 ······· 192
10 열 ······· 208
11 열하나 ······· 218
12 열둘 ······· 230
13 열셋 ······· 244
14 열넷 ······· 260
15 열다섯 ······· 265

정선교 장편소설

1

하나

장미꽃이 활짝 피기 시작하는 계절, 남한산 사기막골의 5월 그 어느 화창한 일요일. 여름이나 다름없는 햇볕이 조요롭게 내리쬐고 구름 한 떼기 없는 파란 하늘이 그저 평화스럽고 안온하기만 하다.

반나절이 조금 넘은 그 시각, 건넌방에서 한결 귀에 익은 피아노 연주소리가 흘러나오고 있었다. 그리고 거실 소파에다 몸을 기대고 앉은 이경우는 한가롭게 신문을 펴들고 있었다.

신문에는 성폭력에 관련하여 강간범이 족쇄로 채워진 발찌를 끊어내고 또 다시 강간한 사건 기사가 한 눈에 들어왔다. 강간전과 7범의 범죄자가 재판을 받기 위해 구치감에 대기하던 중 교도관이 잠시 자리를 비운 사이 탈주해서 여자 어린이를 강간하고 살해한 사건이었다.

제법 익숙하게 퍼져 나오던 피아노 소리가 뚝 그쳤다. 소파에 앉아 신문을 읽던 이경우는 고개를 들어 건넌방 쪽을 바라보았다. 거기서 막대사탕을 입에 물고 방문을 막 빠져 나오는 우연아의 모습을 발견했다.

그녀는 짧은 반바지 차림으로 방에서 막 나오며 소파로 다가와 이경우 옆에 털썩 주저앉았다. 그녀는 소파에 앉아 다리를 흔들다가 이경우의 무릎을 베고 벌렁 누웠다.

어엿한 여고 2학년생인 그녀였다. 아직도 앳되어 보이는 미모이지만 아담한 몸매가 점점 성숙해지고 있었다. 그러나 그녀의 어린 아이 같은 행동은 변함이 없었다.

그녀는 이경우의 팔을 당겨 자신의 목을 감쌌다. 그는 그녀의 스스럼없는 행동을 받아들이는 데 너무나 익숙해져 있다. 어떻게 보면 피붙이보다 더한 애정을 느끼고 있었다. 하지만 그는 그녀가 소녀티를 벗고 성숙해질수록 내심 난처해지기가 이루 형언할 수 없었다. 시간이 지날수록 그녀에게서 성숙한 여자의 체취가 풍겨오기 때문이었다. 하지만 그녀는 여전히 그에게 철없는 어린 아이 같은 행동을 보였다.

우연아는 혼자 있는 시간을 싫어했다. 그렇다고 그녀를 보살피고만 있을 수도 없는 이경우였다.

일단 돈을 벌어야 했다. 먹고 입고 살아가야 했기에 그는 출근을 했다. 그가 근무하는 곳은 군부대였다. 계급은 육군 상사. 특전사로 특공과 공수에서 성가를 높이다가 요즘은 공항에 특수 수사관으로 차출되어 파견근무를 하고 있었다.

그에게 근무시간이 특별히 정해져 있는 것은 아니다. 늦은 밤에 때로는 잠이 들었다가도 비상호출을 받으면 부여받은 일 처리를 하여야 했다. 한가한 시간도 있지만 돌발적인 업무로 비상근무에 들어가면 며칠을 집에 들어오지 못하는 경우가 허다했다.

안 그래도 요즘에는 선거에다 국가보안문제로 현장을 파악하고 조사해야 할 일이 많아졌다. 그렇다고 집에 혼자 떨어져 있기를 싫어하는 우연아를 생각하지 않을 수도 없었다. 일 때문에 집으로 귀가하지 못하거나 늦을 경우 그때마다 그녀를 이해시키기가 쉽지 않았다.

시간이 갈수록 그녀는 그에게 의지하려는 집착이 강해졌다. 그가 집에 있는 시간이면 어린아이처럼 졸졸 따라다니며 한시도 떨어져 있지 않으려 했다. 사실 그녀에게 그는 부모형제를 대신해서 믿고 의지할 수 있는 단 하나 밖에 없는 존재였다.

무릎을 베고 누워 있던 우연아는 이경우의 얼굴을 올려다봤다. 그녀가 팔을 두르고 있는 이경우의 목에 걸린 가느다란 목걸이 줄이 흔들거렸다.

목걸이에는 펜던트 대신 반지가 매달려 있었다. 그가 유일하게 간직하고 있는 어머니의 유품인 것이다. 그 반지를 보면서 그는 마지막으로 숨을 거두던 어머니의 참혹한 모습이 떠올려졌다.

"연아야. 내가 무슨 일을 하고 있는지 알지?"

신문을 접어놓은 이경우가 조심스럽게 우연아를 보고 입을 열었다.

"특별수사관이라며. 비행장에 다니잖아."

"며칠간 집을 비워야 하는데, 어쩌지?"

"또……? 아이 싫어!"

한 마디로 불만을 토로하더니 우연아가 눈을 치켜뜨며 하얗게 흘겼다. 그리고 손에 들고 있던 막대사탕을 불쑥 이경우의 입속으로 밀어 넣었다.

신체적으로 한참 성숙해져 가는 여고생이건만 아직도 우연아의 어린 아이 같은 투정은 여전했다. 그는 그녀가 입에 넣어준 사탕을 물고 한숨을 내쉬었다.

강짜를 부리는 그녀의 모습이 한심스럽기도 하지만 사랑스럽기도 했다. 그러나 그녀가 맹목적으로 투정만 부리는 것이 아니라는 것도 잘 알고 있었다.

우연아는 분명 치욕적인 기억에 대해 분노하고 있었다. 이경우는 자신이 작성하고 있는 노트나 컴퓨터 파일을 그녀가 몇 번인가 뒤적이는 것을 목격했었다. 그가 작성하고 있는 컴퓨터 파일은 오병태와 황종해, 그리고 칠성회에 관련해 수집한 정보들이 가득 들어 있다.

칠성회는 얼굴에 흉터자국이 나 있는 곽춘호, 곱슬머리 주승균, 새끼손가락 없는 박종규, 허문한, 김철오, 박충식 등 6명이다.

우연아가 그들에 관한 정보에 깊은 관심을 가지는 것은 당연하다.

"우리가 왜 만나게 되었는지 잘 알고 있지?"

이경우는 우연아의 뺨을 어루만지며 무언가 이해시키려 노력했다.

"……?"

"연아나 나도, 그 놈들을 잊을 수가 없잖아?"

"……."

"그놈들 찾으러 다니는 거니까. 이해를 해 줘야지."

"그럼 또, 나 혼자 어떡해?"

대답 없이 누워 있던 우연아가 발딱 일어나 앉았다. 그리고 이경우를 뚫어지게 처다보았다.

우연아도 치욕적인 과거를 떠올리기 싫었지만, 고통을 안겨줬던 그들에 대한 원한은 가슴 속에 가득 차 있었다. 그렇기에 그들을 추적하는 이경우를 붙잡지 않고 오히려 도와주고 싶은 생각이었다.

이경우와 우연아는 모두 사무친 원한에 대한 지향점이 같아 서로의 마음 또한 동질감으로 이해될 수밖에 없었다.

"낮에 살림 거들어주는 가사 할머니에게 부탁해 놨어. 아주 우리집에 와서 생활하시라고. 어차피 할머니도 단칸방에서 혼자 살고 계시잖아."

"그럼 빨리 갔다 오고……, 전화 자주 해야 돼?"

"음, 알았어. 학교 빠지면 안 돼!"

"응."

마지못해 대답하는 우연아의 표정은 영 불안해 보였다. 이경우를 올려다보던 우연아가 이경우의 허리를 끌어안고 얼굴을 묻었다.

안타까운 마음에 이경우가 그녀의 머리를 쓰다듬었다. 얼굴을 묻었던 그녀가 다시 이경우의 무릎을 베고 반듯이 누웠다. 그리고 이경우의 팔을 당겨 가슴 위에 얹고 손가락을 만지작거리며 쫑알거렸다.

"나, 혼자 있기 정말 싫은데."

그는 푸념하는 우연아를 지그시 내려다봤다. 제법 부풀어 오른 젖가슴과 헐렁한 반바지 사이로 드러나는 매끈하고 윤기 흐르는 그녀의 피부를 내려다보던 이경우가 시선을 슬그머니 다른 데로 옮겼다.

나이가 서른 하나로 혈기가 왕성한 남자로서의 그였다.

사실 두 사람은 같은 고통과 아픔을 겪었었다. 참으로 가슴 쓰린 추억 속에 갇혀 있는 그들이다.

이경우가 나이 어린 소녀 우연아를 애잔하게 생각하여 목욕까지 시켜 주면서 돌보았던 것은 오직 동질감 때문이었다.

그런데 애틋하고 가련하게만 보아왔던 우연아가 성숙해져 가면서 여자의 체취를 느끼게 되는 것은 어쩌면 본능일지도 모른다.

그녀가 이성으로 느껴지는 감정을 지우려고 이경우는 애써 고개를 흔들었다.

정원에서 강아지 짖는 소리가 들려왔다. 주로 혼자의 시간을 보내는 우연아가 외로워 보여서 이경우가 군부대에서 구입해 온 그레이트 피레니즈종의 밍키라는 이름의 강아지였다.

이경우는 우연아의 머리 밑에 쿠션을 베어주고 일어났다.

그녀도 따라서 벌떡 일어났다.

"어디 가는 거야?"

“밍키가 왜 짖지.”

이경우는 주춤하다가 안방으로 들어갔다. 그리고 은행신용카드를 꺼내 들었다. 만약을 대비하여 우연아를 위해 만들어 두었던 것이다. 거실로 나와 의아스런 눈빛을 보내는 그녀에게 신용카드를 건네주었다. 신용카드를 받아들고 어리둥절하던 그녀의 눈빛이 반짝였다.

거실 문을 열고 나서자 그녀도 깡충거리며 뒤따랐다. 그가 집에 있으면 그녀는 한시도 떨어지지 않으려 했다.

거실을 나서자 밍키는 철책 대문 사이로 들여다보고 있는 시커먼 동네 개를 향해 짖고 있었다. 그를 뒤따라 나온 우연아가 돌멩이를 집어 들고 철책 사이로 보이는 개를 향해 던졌다.

정통으로 이마에 맞은 검둥개가 깨갱거리며 자지러지는 비명을 지르면서 도망쳤다. 연약하게만 보이는 우연아의 또 다른 잔인한 행동에 이경우는 눈살을 찌푸렸다.

하얀 털이 북슬북슬하게 자란 밍키가 꼬리를 흔들며 다가왔다. 우연아가 쪼그리고 앉아 밍키를 껴안았다.

“밍키야! 검둥이 또 오면 내가 혼내줄게.”

“그러지 마! 검둥이가 밍키하고 친구 되고 싶은 게지.”

“싫어!”

이경우는 밍키를 끌어안고 얼굴을 부비는 우연아를 바라보며 생각했다. 아픈 상처를 잊어버리고 아름답게 자랐으면 하는 마음이다.

그는 천천히 정원을 지나 집 뒤로 돌아갔다. 우연아도 이경우의 팔을 잡고 뒤따라갔다.

산 밑의 공터에는 각종 운동기구들과 굵은 나무둥치에 각목을 열 십자로 묶고 짚으로 엮은 만든 허수아비가 서 있었다.

그 곳은 시간 날 때마다 무술로 몸과 마음을 단련하는 곳이다.

운동복 상의를 나뭇가지에 걸고 러닝셔츠 차림이 된 이경우가 팔 굽혀펴기를 수십 번이나 한 후 허수아비 앞에 섰다. 그리고 기본형으로 몸에 정기를 불어넣고 특공무술을 시연해 보였다.

몸을 날려 오른발 끝으로 허수아비의 급소를 차고 역회전을 하며 왼발로 옆구리를 차더니 순식간에 공중돌기를 하며 치솟아 오르면서 오른발로 허수아비의 명치를 적중시켰다.

이경우의 무술은 태권도를 기본으로 하는 특공무술로 스포츠라기보다는 살수에 가깝다. 한동안 바라보고 있던 우연아가 이경우의 앞을 가로막고 섰다.

"나도 할래."

이경우의 앞을 가로막고 선 우연아가 기합소리와 함께 기마자세를 취했다. 이어서 태권도 품세를 시연하는 우연아를 보고 이경우는 흐뭇한 미소를 흘렸다.

우연아가 태권도를 시작한 지 어느 틈에 6개월이 지나고 있다는 사실을 알고 있었다. 5개월이 지났을 때 승단심사를 받고 검은 띠를 획득했다고 하기에 축하는 해 주었지만 대수롭지 않게 생각해 왔었다.

그녀가 태권도 시연을 하는 동작을 보고 이경우는 새삼 대견스럽게 생각했다. 의외로 우연아의 몸은 유연하고 날렵해 보였다. 웅크리고 앉아 혼자만의 침묵 속에 빠져 있던 우연아의 모습과는 다르게 강인해 보였다. 피아노에 소질은 있지만 연약한 모습의 우연아에게서 새로운 모습을 발견한 것이다.

"오호! 연아, 대단한데."

환한 표정으로 이경우는 박수를 쳤다.

"피잇! 놀리는 거지?"

혀를 날름 내보인 우연아가 대련자세를 취하고 발뒤꿈치로 허수아비의 어깨를 내려쳤다. 허수아비를 내려치는 품세로 보아 격파도 가능해 보였다. 또 다른 모습에 이경우는 우연아를 더욱 대견스럽게 생각했다.

이경우 알게 모르게 우연아는 틈틈이 태권도를 단련하였다. 우울하고 침체될 때는 피아노를 치거나 음악을 듣기도 하지만, 태권도 시연으로 땀을 흘리면 마음도 한결 가벼워지는 걸 느끼곤 했다.

한동안 허수아비 상대로 대련을 하던 우연아가 흘러내리는 머리카락을 쓸어 올리며 돌아섰다. 그 모습을 바라보고 있던 이경우가 활짝 웃으며 다시 박수를 쳤다. 미소가 깃든 우연아의 얼굴에 다시 미소가 번지더니 보조개가 옴팍 깃들어 보였다.

산등성이로 막 넘어가는 석양빛이 우연아의 얼굴을 발그스름하게 물들이더니 초롱초롱한 눈빛을 반짝거렸다.

거리의 가로수는 짙은 녹색으로 변해 가고, 날씨는 하루가 다르게 점점 더워지고 있었다.

둘

3년 전이었다. 경찰병력이 강제철거에 반대하는 상가 철거민들의 시위를 진압하는 과정에서 화재가 일어나 6명이 목숨을 잃는 참사가 발생했다. 물론 검찰의 조사 결과 철거민들이 과도하게 화염병을 사용한 것이 화재의 원인으로 밝혀졌지만, 과잉진압이란 논란 등 검찰의 책임문제도 불거졌다.

재개발, 신도시 건설이 하나의 유행처럼 번지고 있었다. 산업화라는 미명하에 자행된 대한민국의 왜곡된 모습은 작가 조세희의 '난쟁이가 쏘아 올린 작은 공'의 배경시점인 1970년대의 대한민국과 다를 바 없었다. 물론 과정상 강성 노동계 연루, 검찰의 책임 회피 등이 뒤얽혀 좀 더 복잡한 양상을 보이고 있었다.

검찰의 수사결과 발표는 또다시 미뤄졌다. 철거민 6명의 목숨을 앗아간 참사에 대한 경찰 수사는 다시 이루어지고 있었다. 이런 변화의 이면에는 MBC 시사프로그램 'PD수첩'의 역할이 결정적이었다. 자칫 일선 수사기관의 일방적인 수사결과 발표로 억울한 희생자들에 대한 최소한의 진실규명조차 외면당할 뻔한 사건이었다.

철거민들은 당시 1월 19일부터 점거농성을 벌였으나, 경찰은 농성 하루만인 1월 20일 오전, 경찰특공대를 전격 투입해 진압을 시도했다. 경찰은 철거와는 무관한 외부세력이 점거농성을 주도하고 과격 시위를 벌여 공공의 안녕을 위해 진압작전을 조기에 시작했다고 주장하고 나섰다.

검찰 수사결과가 나왔다. 화재의 원인은 농성자와 경찰 양측에 '공동책임'이 있다고 밝혔다. 철거를 반대하던 농성자를 포함한 6명에 대해 특수공무집행방해 및 치사상 등의 혐의로 구속영장을 청구했다.

문제는 바로 1월 18일 밤이었다. 밤새 추위는 청양고추처럼 혹독하게 매웠다. 추운데도 불구하고 상가철거민들은 상가 1층에서 농성중이었다. 거기에 경호회사에서 용역경비들을 투입해 서로 대치하고 있었다. 용역경비대장은 상가철거민 대표자와 만나고 싶다고 했다.

그때 한 남자가 나섰다. 휴가중인 군인 신분의 이경우였다. 이경우는 사복차림으로 얼떨결에 가족이 농성장에 있어 참여하게 된 것이다.

하지만 그는 철거민 대표자가 아니었다. 다만 홀어머니와 여동생이 상가에서 가게를 얻어 장사를 했었다. 지주와 건물주는 보상을 후하게 받고서는 임대계약자들에게는 아무런 의논도 없이 사라졌다. 그래서 농성장에는 상가임대계약자들만 남아 있게 된 셈이었다.

이경우의 홀어머니와 여동생은 건물주와 보증금 1억 원에 월세 120만 원으로 계약했고, 별도로 권리금 1억5천만 원을 주었었다. 그런데 재개발로 인해 이주 명령을 받았는데 건물주로부터는 보증금 1억 원만 받고, 이주비는 물론 권리금을 한 푼도 못 받고 있는 상태였다.

그곳에 모여 있는 사람들은 대부분 그러한 영세상가 철거민들이었다. 상가 철거민들은 강제철거 반대를 외치며 농성하고 있었는데 이런 사정을 전해 들은 이경우가 참다못해 나섰다.

"이거 너무 하잖습니까. 이주비를 달라는 것도 아니고, 권리금도 다 달라는 것이 아닙니다. 몇 퍼센트(%)만이라도 받고 나가겠다는 것 아닙니까."

"우린 그런 건 모르겠고. 우리가 지시 받은 것은 당신들을 당장 강제 해산시키는 겁니다."

"우리들 보상 받지 못해 해산 못한다면?"

"다쳐! 명령 떨어지면 몇 초면 끝난다고."

"명령! 이만재 그분입니까?"

"당신이 뭔데 그분의 이름을 올려? 그분 이름을 함부로 올리고 내리면 당신 시체로 만들 수도 있어!"

"협박이군. 재개발사업본부장과 재개발조합장 좀 만나게 해 주시오.”

“아! 말귀를 못 알아듣네. 그분과는 상관없이 우리가 인수 맡았다고 하잖아.”

“이 사업을 맡아 하시고 고위직에 계시는 이만재 지시를 받은 재개발사업본부장과 왜 상관없다는 겁니까? 이만재나 본부장을 만나기 전에 죽어도 해산 못합니다.”

“당신이 어디서 함부로 이만재 총장님의 이름을 올려?”

경찰 책임자로 보이는 사내가 나서서 화를 내고 있었다.

“왜 몰라? 이만재가 이렇게 만들었다고 다 알고 있어.”

“뭐야? 당신 죽고 싶어? 계속해서 그분의 이름을 올리면 당신은 오늘 밤 제삿날이다.”

늦은 밤까지 세 시간 동안이나 공권력에 이은 용역경비단과 대치하였던 이경우는 피곤에 지친 어머니와 여동생을 데리고 집으로 돌아갔다. 그리곤 저녁 때 했던 친구와의 약속이 생각나 늦게나마 약속장소로 향했다.

멀리서 간간이 들려오는 구호소리와 용역경비대의 기합소리가 함께 어우러진 채 밤이 깊어가고 새벽 3시가 되었다.

괴한들이 구가옥의 담장을 넘어 뛰어 들어갔다. 계급장 없는 검은 경찰전투복을 입은 괴한들은 군홧발로 거실을 지나 안방으로 뛰어들었다. 잠들어 있던 늙은 여인과 젊은 여자가 기겁을 하고 일어나서 벌벌 떨었다. 새파랗게 질린 여인이 소리를 질렀다.

"웬 놈들이냐? 너희 놈들 누구냐?"

"높으신 분의 이름을 입에 올린 놈은 어디 있느냐?"

"나라에서 일하는 높은 놈은 우리같이 약한 자를 막 죽이고 돈을 떼먹어도 된다는 것이냐? 우린 권리금을 받기 전엔 못 떠난다."

"쌍 노인네! 소리를 질러? 뒈지고 싶은 모양이야!"

순간 괴한이 들고 있던 비수가 춤을 추듯 번쩍였다. 두 여자는 그 비수에 난자당해 신음소리도 제대로 흘리지 못하고 순식간에 피투성이가 되었다.

"다음! 이민선이라는 아이 집으로 돌진!"

우르르 뛰어들었던 괴한들은 삽시간에 그 가옥을 뛰쳐나갔다. 그리고는 되돌아 정원을 가로 뛰었다. 대문을 박차고 나간 그들은 거리를 질주했다.

이 때 안방을 마주하고 있는 거실 옆 방문이 벌컥 열렸다. 그리고 체격이 다부진 젊은 남자가 팬티 차림으로 뛰어나오더니 안방으로 달려갔다. 그는 두 여인이 신음하고 있는 처참한 광경을 목격하곤 온몸이 장작개비처럼 굳어 버렸다. 잠시 후 정신을 차린 그는 선혈이 낭자한 늙은 여인을 부둥켜안고 오열을 터트렸다.

공수부대 육군 중사로 근무하고 있는 이경우. 그는 휴가 중이었다. 농성장에서 용역경비대장과 다투다 나와서 잠시 집에 들렀다가 오랜만에 친구들을 만났다. 너무 속도 상하고 반갑기도 해서 새벽까지 술을 마시고 어떻게 집에 왔는지 만취 상태로 잠들어 있었다. 그리고 잠결에 소란함을 느껴 뛰어나온 것이다. 피투성이가 된 채 쓰러져 신음하는 두 여자는 바로 그의 홀어머니와 여동생이었다.

119구급대에 신고를 했으나 공권력과 용역경비들이 길을 막고 일부러 통과시키지 않고 있었다. 그 바람에 시간이 많이 흐르고 결국 많은 출혈로 숨을 거두고 말았다.

예기치 않은 광경에 이경우는 털썩 주저앉아 어머니와 여동생의 시신을 안고 부들부들 떨었다.

눈물을 쏟으며 꺽꺽 목구멍으로 넘어가는 울음소리를 흘리던 이경우는 어디선가 비명소리를 들었다. 그는 주먹을 불끈 쥐고 일어섰다.

한 달음에 옆방으로 들어가 점퍼와 바지를 걸치고 나왔다. 눈물이 맺힌 그의 눈빛이 사납게 번쩍였다.

이경우는 집밖으로 뛰쳐나왔다. 비명소리가 났던 곳으로 달려갔다. 골목을 돌아 괴한들이 쏜살같이 달려가는 것이 보였다. 용수철 튕기듯 그는 괴한들을 쫓았다.

자신들이 가야 할 길을 알고 있는지 괴한들은 일사불란하게 골목과 골목 사이를 누비고 다녔다.

괴한들을 쫓았던 이경우는 잠시 주춤하다가 발자국 소리가 들리는 골목으로 사력을 다해 뛰었다.

이경우는 특전사 공수부대 육군 중사로 특공무술 교관 등으로 단련된 몸이었다.

막다른 골목에서도 괴한들을 발견하지 못한 그는 또 다른 골목을 향해 질주했다. 골목을 돌아 나온 괴한들은 또 다른 집으로 뛰어들고 있었다.

　모두 잠든 그 집은 불이 꺼지고 어둠과 함께 적막감이 내려앉아 있었다. 적막 속에 그 집을 침입한 괴한들의 구둣발자국 소리가 음산하게 들렸다. 사람들이 잠든 방으로 괴한들이 들이닥쳤다. 괴한들은 누군가를 찾으라는 지시를 받았는지 ‘이민선’이라는 아이이름을 챙기며 잠들어 있는 젊은 엄마를 구둣발로 걸어찼다.

　“엄마야!”

　선잠에서 깨어난 여자는 괴한들을 보고 기겁을 하며 외마디 비명을 질렀다.

　“이만재 그분을 알고 있지?”

　“몰라요. 그런 사람.”

　“우린 다 알고 왔다. 너 우금순 맞잖아?”

　“살려 주세요.”

　“살려 주마. 이 아이가 이만재 씨 사생아 이민선이라는 아이야?”

　“그런 아이 없어요.”

　“이런 쌍년이!”

　목쉰 소리와 함께 괴한들의 비수가 마구 번쩍였다. 동시에 방안은 피투성이가 되었다. 그리고 어린 여자아이와 여자는 볏짚 단처럼 쓰러졌다.

　옆방에서 소녀가 깨어나 아우성을 쳤다. 괴한들은 피를 흘리며 쓰러진 여자와 어린 아이를 구둣발로 짓밟고 다녔다.

　옆방으로 침입한 괴한들 중에 한 사내가 구석진 방으로 들어갔다.

한쪽 동공만 번쩍이는 사내는 인공안구를 착용하고 있었다. 놀라서 깨어난 소녀를 향해 사내는 비수를 목에 겨누었다. 그때 잠옷 차림의 소녀가 애꾸눈 사내에게 매달렸다. 울음을 터뜨리며 매달리는 어린 소녀는 이 집에 사는 여중생이었다. 사내의 발목을 잡고 흔드는 어린 소녀는 악을 쓰며 울부짖었다.

"이 나쁜 놈들아! 왜, 내 엄마와 동생을 죽여?"

주춤하던 사내가 매달리는 소녀의 턱을 쳐들고 내려다봤다. 눈물로 얼룩진 어린 소녀의 얼굴은 어둠 속에서도 두드러지게 귀엽고 성숙된 미모를 드러내었다.

소녀를 내려다보는 사내의 눈빛이 게슴츠레해졌다. 옆방에 있는 괴한들 중 누군가가 크게 외치는 목소리가 들려왔다.

"빨리 빨리, 서둘러라."

집밖에서는 괴한들을 추격해 온 이웃들의 함성이 점점 다가오고 있었다. 다급해진 애꾸눈 사내는 매달리는 소녀의 뺨을 후려쳤다. 신음을 흘리며 쓰러졌던 소녀가 다시 사내의 다리를 붙들고 악을 썼다.

집밖 사람들의 함성 소리는 더욱 가까워지고 있었다. 그때 다른 방에서 괴한들 중 누군가가 다시 외쳤다.

"안 되겠다. 빨리 뛰어서 각자 약속장소로 가라!"

"이 정도면 끝났다. 그리고 사람이 죽었다 하면 상가철거민들이 벌벌 떨고 물러날 걸."

"보고해! 지시한 대로 끝냈다고!"

그들이 외치는 소리를 들은 외눈박이 사내는 발악을 하며 매달리는 소녀의 머리를 군홧발로 걷어차서 실신시켰다. 그리고 잠시 망설이더니 실신한 소녀를 어깨에 들쳐 메고 뛰어나갔다.

그 집에서 빠져 나가는 괴한들의 구둣발자국 소리가 요란하게 밤공기를 흔들었다. 두 집을 순식간에 피바다로 만든 괴한들이 다시 골목을 벗어나고 있었다.

괴한들의 모습이 사라지는 동시에 반대편에서 검은 그림자가 전광석화처럼 달려들었다. 그 그림자는 바로 이경우였다.

이경우는 주춤했다. 다시 괴한들이 사라진 방향으로 질주해 따라갔다. 그러나 숨 가쁜 호흡소리, 구둣발자국 소리들이 어둠 속으로 멀어져만 갔다.

괴한들은 이만재의 지시를 받고 오병태가 있던 건물 지하로 숨어들고 있었다.

쇠파이프와 비수로 무장한 괴한들은 층계를 내려와 침침한 통로를 지나갔다. 그리고 작은 문들을 지나서 통로 끝에 있는 홀 문을 열고 들어섰다.

희미한 등불이 비치는 큰 공간의 홀에는 이미 오병태와 황종해가 들어와 있었다.

괴한들은 칠성파로 이만재는 오병태에게 명령을 내렸고, 그 지시를 받아 황종해는 교도소에서 조건을 달아 빼낸 칠성파 조직원들에게 농성장에서 이만재 이름을 올린 이경우와 이민선 모녀를 살해하라는 지시를 받고 취한 행동들이었다.

황종해가 조직원 한 명의 어깨를 두드리며 격려를 했다.

"수고했어! 며칠만 수고해."

"이거 뭐, 도망이나 다니고 재미없습니다."

한 조직원이 푸념을 하듯 목이 쉰 목소리로 투덜거렸다. 양손을 주머니에 넣고 바라보던 오병태가 황종해에게 눈짓을 하고 홀을 빠져 나갔다.

다른 방으로 가서 얘기를 하자는 신호였다. 오병태의 뒷모습을 바라본 황종해가 걸음을 옮기려다가 한 조직원에게 물었다.

"지시한 대로 잘 처리했겠지?"

"그게 참! 오랜만이라 칼재비가 서툴러서."

"처리 못했단 말이야?"

"그거야 처리했죠."

"이민선이라는 모녀는?"

"당연히 처리했지요? 문제는……, 날이 밝으면 어떻게 하려고요."

"걱정마라. 날이 밝으면, 사람이 죽었다는 걸 알면 농성하던 데모대들이 공포로 사라질 거야. 그러니까 푹 쉬어."

입맛을 다신 황종해가 이맛살을 찌푸리며 홀 문을 열고 나갔다.

남아 있는 칠성회 조직원은 모두 여섯 명이었다. 들고 있던 파이프와 칼을 세워 놓은 조직원들은 한쪽 벽에 쌓여 있는 의자를 내려 놓고 앉기도 하고, 책상 위에 걸터앉기도 했다.

그들 중 한 명이 어깨에 메고 있던 어린 소녀를 커다란 탁자 위에 내던지듯이 눕혔다. 희미한 전등불에 드러나는 조직원의 한쪽 눈에

인공안구를 착용한 외눈박이였다.

"그건, 왜 메고 온 거야?"

탁자 위에 걸터앉았던 조직원이 핀잔을 줬다.

"그냥 이민선이라는 여자 아이를 찾다가 매달리기에."

"하하! 고거, 어린 것이 예쁜데. 크면 남자깨나 홀리겠는데."

"빵에 있느라고 굶어서 켕겼던 모양이지."

"인형같이 생겼는데, 괜찮을라나."

"어린 것이 쫄깃하지."

"보스부터 시식하지?"

"벗겨 봐."

탁자 주위로 모여드는 그들은 아랫도리를 움켜쥐면서 제각기 한 마디씩 했다. 그들은 저마다의 지방 사투리로 각기 다양한 말투를 내뱉었다.

죽은 듯이 잠옷차림으로 탁자 위에 누워 있는 어린 소녀는 하이에나 같은 남자들이 자신을 둘러싸고 내려다보고 있는 것도 모른 채 혼절해 있었다.

괴한 중 한 사내가 소녀에게 다가갔다. 소녀가 걸친 잠옷을 우악스럽게 벗겨내던 사내가 중얼거렸다.

"우연아?"

소녀의 잠옷에 새겨진 이름이었다.

"우연아. 그럼 처단한 그 여자애가 이민선이 확실하군."

소녀의 짙고 긴 속눈썹이 흔들렸다. 소녀의 브래지어와 팬티가 벗겨지는 순간, 누군가 마른침을 꿀꺽 삼켰다. 동그스름하게 귀염성이 가득한 얼굴에 통통하고 매끄러운 살결, 봉긋하게 갓 피어난 젖가슴, 제법 성숙해 가는 소녀의 몸매를 바라보던 조직원들의 눈빛이 번쩍였다.

서로의 눈치를 살피더니 보스라는 조직원이 바지 혁대를 풀었다. 바지를 내리고 탁자 위로 다가섰다.

보스의 하복부에는 흉물스러운 남성이 드러나 보였다. 발가벗겨진 소녀의 알몸을 끌어당겨 탁자 모서리에 걸쳤다. 보스는 음흉한 미소를 흘리며 소녀의 허벅지를 벌리고 흉물을 소녀의 음부에 문질러댔다. 그리고 그는 흉물을 소녀의 허벅지 사이로 들이밀었다.

"악!"

혼절했던 소녀가 자지러지는 외마디를 지르며 상체를 일으키려 했다.

"이년이."

옆에 있던 조직원들이 버둥거리는 소녀의 팔과 다리를 양쪽에서 붙잡았다. 바들바들 경련을 일으키는 소녀의 음부 깊숙이 흉물을 밀어 넣는 보스의 얼굴이 일그러졌다.

태어나서 부모에게 버림받고 이모 집에서 자라난 중학교 2학년의 어린 소녀, 우연아는 하복부가 찢어지는 통증으로 희미하게 정신이 들었던 것이다. 골반이 파열되는 통증을 참지 못해 그녀는 몸부림쳤다. 그러나 짐승 같은 괴한들에게 사지를 붙잡힌 그녀로서는 저항할 힘도 없었다. 허벅지 사이로 침범하는 우람한 흉물을 감당할 수 없는 어린 소녀의 몸이었다.

발버둥치는 우연아의 시야에 험악한 괴한들의 모습이 각인되었다. 그녀를 내려다보고 있는 조직원들의 입가에는 악마의 잔악한 미소가 떠올랐다. 고통을 참지 못한 어린 소녀는 고개를 좌우로 저으며 비명만 지를 뿐이었다.

"살려주세요! 저, 죽어요."

"아이고! 미치겠다."

헐떡이는 숨을 내뱉는 보스의 엉덩이가 들썩일 때마다 소녀의 발가벗은 몸이 힘없이 흔들렸다.

그러나 그것도 잠시뿐. 소녀는 다시 혼절을 하고 말았다.

어린 소녀의 몸속으로 거대한 흉물을 밀어 넣은 보스는 안간힘을 썼다. 어린 소녀의 알몸이 힘없이 흔들거렸다.

보스는 소녀의 몸속에다 사정을 했는지 혼절한 소녀의 알몸 위에 엎드려 경직된 채 멈춰 있었다. 또 다른 사내가 자신의 차례라는 듯 바지를 끌어내렸다. 그리고 소녀의 다리를 벌리고 다가섰다.

소녀의 하복부에서는 사내의 뿌연 분비물과 함께 붉은 선혈이 뒤엉켜서 흘러내리고 있었다.

그런 흉악한 모습을 육군 공수특전사 특공대 소속 이경우, 휴가 중인 그가 열쇠구멍으로 들여다보고 있었다. 그는 연이어 이를 부드득 갈았다.

오병태와 황종해는 여전히 밀담을 나누고 있었다.

주위를 둘러보던 이경우는 벽에 달라붙었다. 조심스럽게 걸음을 옮겨 통로 끝의 큰 홀로 다가섰다. 큰 홀과 작은 홀 사이의 어두운 공간으로 들어섰다. 어두운 공간 벽에는 캐비닛으로 가로막혀져 있었다. 캐비닛 뒤로 키 높이의 큰 홀 창문이 보였다. 이경우는 몸을 날려 캐비닛 위로 올라가 몸을 숙였다.

유리창이 깨져 있는 창문 너머로 어둠침침한 홀 안이 들여다보였다. 한쪽 벽에는 의자들이 쌓여 있었고, 또 다른 벽에는 각목과 쇠파이프들이 세워져 있었다. 그리고 중앙에 놓인 탁자 주변으로는 황종해가 지휘하는 칠성회 조직원들이 모여 있었다.

얼굴에 드러난 흉터, 칼같이 찢어진 눈매, 유달리 긴 목에 곱슬머리, 두터운 입술에 주먹코, 덥수룩한 수염, 애꾸눈 등의 인상착의를 가진 여섯 명의 칠성회 조직원들이었다.

홀 안의 조직원들에게 시선을 집중하던 이경우는 숨을 크게 들이켰다. 놈들이 둘러싸고 있는 탁자 위에서 어린 소녀가 죽은 듯이 누워 있는 것을 발견했다. 탁자 위에 발가벗겨진 소녀를 조직원들이 유린하고 있었던 것이다.

몇 놈째인지 모르지만 번갈아가며 어린 소녀를 윤간하는 장면에 이경우는 치를 떨었다.

음험한 미소를 흘리며 조직원이 소녀의 허벅지 사이로 하복부를 들이댔다. 혼절한 상태에서 고통스러운 신음을 흘리는 소녀의 알몸이 힘없이 흔들리고 조직원들의 얼굴은 벌겋게 변했다.

그런데 혼절했던 소녀가 눈동자를 크게 뜨고 올려다보는 것 같았다. 소녀는 커다란 눈망울을 굴리며 주위를 살피고 있었다.

혼절했던 소녀는 극한 통증으로 다시 희미하게 정신이 들었다. 어둠침침하고 안개 같은 시야 속으로 괴한들의 모습이 보였다.

들어 올려진 자신의 허벅지 사이로 드러난 괴한의 얼굴이 어른거렸다. 괴한이 거친 숨을 흘릴 때마다 그녀의 몸속을 거대한 흉물이 헤집고 들어왔다. 견딜 수 없는 통증에도 소녀는 눈물만 흘릴 뿐이었다.

일그러진 소녀의 시야 속으로 그녀를 내려다보는 괴한들의 모습이 들어왔다.

팔뚝에 그려진 검은 뱀의 문신, 뺨에 드러나는 흉터 자국, 번뜩이는 애꾸눈, 자신의 팔을 붙잡고 있는 괴한은 손가락 하나가 없었다. 괴한들의 험악한 표정들이 소녀의 망막 속으로 각인되었다.

고통과 충격으로 정신이 혼미한 소녀는 괴한들이 자신을 죽이는 것이라고 생각했다.

성인 남성의 성기를 감당할 수 없는 나이 어린 소녀의 몸속으로 흉물을 넣으려고 조직원이 안간힘을 썼다. 그 광경을 보고 있던 다른 조직원들은 낄낄거리고 웃음을 흘렸다. 소녀의 허벅지를 붙들고 안간힘을 쓰던 조직원이 몸을 부르르 떨었다. 또 다시 소녀의 허벅지 사이에 뿌연 분비물을 쏟아낸 조직원은 씁쓸한 표정으로 입맛을 다셨다.

"이런, 제기랄!"

어린 소녀를 유린하던 한 조직원은 볼멘소리로 중얼거렸다. 그리고 검은 매직펜으로 소녀의 젖가슴에 '찰코' 라고 써 넣었다. 조직원들 중 어느 팔뚝에는 혀를 날름거리는 검은 뱀을 상징하는 문신이 새겨져 있었다. 소녀의 입술과 젖가슴, 그리고 허벅지에 검은 매직펜으로 자신들의 흔적을 남기고 있었다.

여자를 정복했다는 표시인가. 또 다른 조직원이 소녀의 다리를 벌리고 허벅지 사이에 흉물을 밀어 넣었다.

"악!"

또 다시 소녀의 신음소리가 홀 안에 울려 퍼졌다. 소녀는 다시 정신을 잃었는지 사지를 축 늘어뜨렸다. 마치 먹이 사냥을 하듯이 번갈아 가며 조직원들이 어린 소녀의 허벅지를 벌리고 다가섰다.

기절한 소녀의 알몸이 생명을 잃은 연체동물처럼 흔들거렸다. 곱슬머리의 조직원은 억지로 어린 소녀의 허벅지 사이로 남성을 밀어 넣으려고 버둥거렸다. 결국 삽입도 못한 곱슬머리는 소녀의 아랫배에 분비물을 쏟아내며 투덜거렸다.

"에이, 씨팔."

깨진 유리창 틈 사이로 들여다보고 있는 이경우는 이 처참한 광경에 이를 악물며 두 주먹을 부르르 떨었다. 여섯 명의 조직원이 차례대로 소녀를 윤간하는 시간은 그리 길지 않았다.

홀 안을 들여다보고 있던 이경우의 가슴 속에서는 불같은 분노가 끓어올랐다. 인간이라고 믿기 어려운 행위들이었다.

이경우는 당장이라도 뛰어들어 어머니와 여동생의 원한을 갚고, 놈들에게 유린당하고 있는 소녀를 구출하고 싶은 생각이 굴뚝같았다. 하지만 혼자서 각목과 쇠파이프 그리고 비수를 소유한 그들을 상대한다는 것은 절대 무리였다.

당장 어떤 조치도 취할 수 없는 이경우는 두 주먹을 불끈 쥐었다. 그때 옆의 작은 홀 문이 열리며 오병태와 황종해의 모습이 보였다. 이경우는 재빨리 캐비닛과 천정 사이의 어두운 공간에 납작 엎드렸다.

오병태는 지하실을 빠져 나가고 황종해는 큰 홀 문을 열고 들어섰다. 홀 안의 처참한 장면을 보고도 황종해는 피식 웃으며 조직원들에게 지시했다.

"우선 술이나 마시고 와서 날이 밝으면 다른 숙소로 옮기지."

"술 좋지! 다들 가자."

"그렇지 않아도 목이 컬컬했었는데."

"가자고."

"난, 속이 안 좋아서."

"그럼 쟤 잘 지키고 있어. 저런 어린 애는 일본에 넘기면 큰돈이 된다."

모두 한 마디씩 하는데 한 사내만이 술을 못 마신다면서 남겠다고 했다.

쑤군거리며 그들이 홀을 빠져 나갔다. 그들이 사라진 지하실은 정적이 흘렀다. 혼자 남은 사내가 탁자 위에 혼절한 소녀에게 다가갔다. 그리고 벌거벗은 소녀의 알몸을 쓰다듬었다. 소녀의 젖가슴을 주무르는 사내의 손에 절단된 새끼손가락이 이경우의 시야에 들어왔다. 이경우는 뒷주머니에서 손수건을 꺼내 복면을 했다. 그리고 캐비닛 위에서 사뿐히 바닥으로 내려서서 홀의 문을 두드렸다. 소녀의 알몸을 더듬던 사내가 돌아서며 중얼거렸다.

"왜, 돌아왔어?"

"……."

"장난하지 말고 들어와!"

이경우가 다시 노크를 하자, 사내는 짜증스런 목소리를 흘리고 문 앞으로 다가섰다. 문이 열리는 순간 이경우가 공수도로 사내의 목을 내리쳤다. 비틀거리는 사내가 눈을 크게 뜨고 노려봤다. 반사적으로 사내는 이경우의 멱살을 붙잡으려 했다. 하지만 이미 이경우의 주먹이 번개같이 사내의 급소를 올려쳤다. 사내는 급히 숨을 들이키며 헉! 하는 외마디 소리와 함께 거꾸러졌다.

홀 안으로 들어선 이경우는 두리번거리다가 의자 위에 있는 모포를 집어 들었다. 탁자 위에서 혼절한 소녀의 발가벗겨진 알몸을 모포로 감싸서 어깨에 메고 소녀의 잠옷도 집어 들었다.

그들이 언제 돌아올지 모르기에 그는 빠른 걸음으로 홀을 벗어나야 했다.

소녀를 둘러멘 이경우의 그림자는 순식간에 건물을 빠져나가 어둠 속에 파묻혔다.

셋

희망이 없을 것만 같던 시간들이 지나가고 해가 바뀌더니 또 다시 어지러운 한해가 저물었다.

새해가 시작되는가 싶었는데, 겨울이 비켜가고 봄이 다가왔다.

남한산성 기슭의 헐벗었던 나무들도 잎을 틔우며 푸르게 변해 가고 있었다. 진달래와 개나리꽃이 만개하더니 어느 틈에 산은 온통 진녹색으로 변해가고 있었다.

철쭉과 아카시아가 꽃망울을 터트리고 있던 그 즈음, 남한산 산기슭의 사기막골에는 오래 전부터 모 기업가가 별장으로 사용하던 아담한 가옥이 있었다. 넓지는 않지만 아담한 정원과 잘 어울리는 기와지붕의 한옥집이다. 체격이 다부진 청년이 교복을 걸치고 주저앉아 있는 여학생의 손목을 잡아끈다.

"제발, 이제는 말 좀 들어라! 학교는 가야지."

"싫단 말이야! 오빠도 가지 마!"

"나도 출근하지 말라고? 자꾸 이러면 정말 힘들어."

"그냥 같이 집에 있으면 안 돼?"

"약속했잖아! 학교는 다니기로. 태워다 줄게."

잠시 후 여학생은 큰 눈망울을 굴리더니 마지못해 입술을 삐죽 내밀면서 일어섰다.

청년은 다름 아닌 이경우, 그리고 여학생은 우연아였다.

책가방을 등에 멘 우연아는 고개를 숙이고서 앞서가는 이경우를 따라 나섰다. 이경우는 집 앞에 세워놓은 승용차에 올라가 시동을 걸었다. 우연아는 묵묵히 조수석에 올라탔다.

이경우의 승용차는 덜컹거리는 마을에서 벗어나 단대동으로 접어들었다. 그리고 여자고등학교 정문 앞에 승용차를 세웠다. 그곳에 도착할 때까지 그들은 침묵으로 일관했다. 이경우는 우연아를 바라보며 내리기를 기다렸다. 시선이 마주치고 서로는 표정을 읽었다.

많은 대화를 하지 않는 그들 사이만의 대화 방법이었다. 멈칫거리던 우연아가 작은 목소리로 중얼거렸다.

"일찍 올 거지?"

"그래, 늦으면 전화할게."

"싫어! 일찍 와."

우연아는 토라진 말을 흘리며 승용차에서 내리더니 문을 힘껏 닫았다.

이경우는 교문을 향해 들어가는 우연아의 뒷모습을 바라보다가 자동차 시동을 걸었다.

공항으로 향하는 차량의 물결 속으로 이경우는 3년 전 일을 떠올리고 있었다. 그 당시 칠성회 조직원들에게 윤간을 당하고 혼절한 우연아를 둘러메고 나온 이경우는 근처의 병원을 돌아다녔다. 하지만 새벽 3시가 넘은 시각이라 문을 열어주는 병원이 없었다.

집은 난장판이 되어 있었고, 더군다나 살인의 칼바람이 휘몰고 지나간 터라 근처의 여관을 이용할 수밖에 없었다. 혼절에서 깨어난 우연아는 이경우를 보고도 벌벌 떨면서 구석에서 웅크리고 앉아 있었다.

막상 어린 소녀를 구해 주긴 했으나 나이 스물 여덟이 되도록 군인생활만 해온 이경우로서는 막막하기만 하였다.

정신적으로, 또 육체적으로 깊은 상처를 입고 공포에 떨고 있는 우연아가 비명에 죽은 어린 여동생 같기도 하여 이경우는 우선 욕실로 데리고 들어가서 샤워를 시켰다. 발가벗겨진 우연아의 얼굴과 몸에서는 '찰코'라고 썼던 검은 매직잉크와 남성들의 분비물, 그리고 응고되었던 검붉은 핏물이 한없이 흘러내렸다.

이경우는 우연아의 몸을 정성껏 씻겨주며 처참하게 살해당한 어머니와 여동생을 생각했다. 반드시 복수하리라고 다짐을 하며 이를 악물었다.

다음날 이경우는 우연아를 데리고 병원으로 갔다. 상황 설명을 들으며 진찰을 마친 여의사가 일주일간은 입원 치료를 해야 한다면서 정신적인 피해도 매우 클 것이라고 걱정이었다.

이경우는 우연아를 입원시키고 집으로 향했다.

품삯을 들여 아수라장이 된 집안을 정리하고, 경찰에 신고하는 것도 무의미하다고 다짐하며 어머니와 여동생의 시신을 장례식장으로 옮겼다.

이경우의 아버지도 외동아들이었고 돌발적인 죽음이라서 친척 몇 사람만 참석한 가운데 조촐하게 그리고 신속하게 장례식을 치렀다. 고향 선산인 강원도 평창에 어머니와 여동생을 안장하고 서둘러 상경했다. 그가 유일하게 간직한 어머니의 반지를 목걸이의 펜던트로 걸고 놈들에게 복수를 하리라고 주먹을 불끈 쥐며 다짐했다.

어쨌든 정신적으로도 쉽게 안정이 안 되어 수습을 위한 이경우에게는 많은 시간이 필요했었다.

그는 공수부대에 소속된 특공대에서 마침 보안담당을 맡게 되었다. 기회다 싶어 오병태와 황종해의 행방을 추적하며 동분서주했으나 쉽게 알 수는 없었다.

우연아가 입원한 지도 일주일여가 지나 병원에 들렀다. 병실로 들어서니 우연아는 겁먹은 표정으로 웅크리고 앉아있었다. 환자복만 걸친 우연아를 퇴원시키려면 옷을 구입해서 입혀야겠다고 생각이 되었다.

병실을 나서려던 이경우가 잠시 뒤돌아섰다. 그런데 웅크리고 있던 우연아가 그를 붙잡고 매달리며 말없이 울기만 했다.

이경우는 잠시 나갔다 올 것이라며 우연아를 진정시켰다. 그리고 근처 백화점으로 향했다. 어떤 옷을 살까 망설이던 이경우는 눈에 띠는 마네킹이 걸치고 있던 옷을 구입했다.

병원으로 돌아온 이경우는 백화점에서 구입한 옷을 우연아에게 입히고 또 병원비도 지불하고 그녀를 퇴원시켰다.

본래 남다른 미모를 지닌 우연아는 깜찍하고 귀여운 모습으로 탈바꿈하였다. 그러나 우연아의 얼굴은 아직도 공포와 겁에 질린 표정이 역력하였다. 사실 이경우 자신은 우연아에게 할 일을 다했다고 생각하고 헤어져 돌아오려고 했다.

거리로 나온 이경우는 우연아에게 이제 갈 길 찾아가라고 하면서 손짓하였다. 그러나 좀 전까지도 이경우를 보고 겁에 질린 표정으로 경계를 하던 우연아가 졸졸 쫓아오며 이경우에게 달려들었다.

우연아 또한 만신창이가 된 채 어디에도 의지할 곳이 없었다. 이경우도 우연아의 처지와 심정을 이해하지만 우연아를 데리고 있으면 아무 일도 할 수 없을 것 같아 난감하였다. 무엇보다도 이경우는 군인이라는 특수신분이 아니던가.

이경우는 같이 있을 수 없는 사정을 우연아에게 설명하였다. 그러나 우연아는 말없이 그를 졸졸 따랐다. 몇 걸음 옮길 때마다 돌아보면 우연아가 고개를 숙이고 쫓아오고 있었고, 이경우가 가라고 손짓을 해도 우연아는 막무가내로 그의 뒤를 따랐다.

할 수 없이 이경우는 집안일이 어느 정도 수습되는 대로 우연아를 고아원이나 다른 보호시설에 보내기로 마음먹었다.

그리고 부대에서 휴가를 내었다. 며칠 전 어머니와 여동생의 시신을 안장한 강원도 평창 선산으로 향했다. 어떻게 치렀는지조차 기억에 없는 장지는 비교적 잘 정리되어 있었다.

발길을 돌려 이경우는 우연아를 데리고 고아원으로 향했다. 낌새를 알아차린 우연아는 뒷걸음질하더니 달음박질을 하였다. 어디로 갔나 하고 집에 와 보니 그녀는 집에 들어와 있었다.

어쩔 도리 없이 이경우는 얼마동안이라도 우연아를 보살피기로 하였다. 물론 이 계기로 영내에서 영외거주로 출퇴근할 수 있는 허가도 받았다.

직업이 군인으로서 오직 국가의 안녕에 젊음을 바치고 있던 이경우에게 우연아를 보살피는 것이 쉬운 일은 아니었다. 거기다 어머니와 여동생을 살해한 원흉들에게 복수할 준비를 하려 하는 그에게 우연아는 버거운 짐만 같았다.

대인공포증 증세가 심한 우연아는 하루 종일 방구석에 웅크리고 있었다. 잠을 자다가도 무서운 악몽에 시달리는지 외마디를 지르며 깨어나기를 반복했다. 분명 우연아는 충격의 깊은 늪에 빠져 정신적인 질환을 앓기 시작한 것이었다. 자신의 의사를 밝히지도 않을 뿐더러 언어를 잃은 사람처럼 대화를 하지 않으려 했다. 그리고 이해가 되지 않는 행동도 했다. 스스로 발가벗은 몸에 검은 매직으로 '찰코' 라 써넣었다.

칠성회 조직원들에게 당한 아픔을 되살리려는 우연아의 병적인 행동 같았다. 이경우는 섬뜩함마저 느껴졌다. 안타깝기는 해도 때때로 우연아를 포기하고 싶었다. 그러나 시간이 갈수록 쌓여가는 애틋함이 실타래 되어 그의 마음을 얽어매었다.

평소에도 겁에 질린 모습으로 이경우에게 매달리던 우연아는 이따금 잠에서 깨어나서는 이경우의 이불 속으로 파고들곤 했다. 그리고 그에게 매달리며 와들와들 떨기도 했다.

이경우도 악몽에 시달리기는 마찬가지였다. 낭자하게 선혈을 흘리며 마지막 숨을 거두던 어머니와 여동생이 꿈속에 나타나곤 했다. 거기다 비수를 들고 달려드는 복면의 괴한들로부터 쫓기는 악몽을 꾸고는 기겁을 하여 잠에서 깨어나기도 하였다.

이경우는 우연아를 정신과병원에 데리고 갔다. 진단 결과 극심한 충격으로 인한 정신분열증과 우울증을 앓고 있다는 것이었다.

입원치료를 권고했다. 하지만 우연아는 입원을 거부하며 이경우에게 매달려 발버둥쳤다.

어쩔 수 없이 정기적인 정신과 치료를 받기로 하고 투약 처방을 받아 약을 복용시켰다. 다행히도 시간이 지나면서 우연아가 조금씩 생기를 찾아가면서 대화로 의사소통을 하기 시작했다.

일상생활에 적응하기를 바라는 우연아를 중학교 3학년에 등록시켰다. 하지만 그녀는 강하게 반발하며 등교를 거부했다.

이경우가 우연아를 간신히 달래서 등교를 시키면 중간에 돌아오곤 했다. 다른 학생들과 어울리기를 거부했기 때문이었다. 때로는 같은 반 학생을 폭행하여 이경우가 학교와 상대 학부형에게 사과하기도 했다.

평소 말이 없는 우연아의 행동이 거칠어졌다. 우연아는 자신의 마음에 들지 않으면 눈에 닥치는 대로 발로 걷어찼다. 길을 가다가도 쓰레기통이나 개들을 이유 없이 걷어차곤 해서 동네 사람들로부터 항의를 받기도 했다. 그리고 이경우가 집을 나서려면 매달리며 울음을 터뜨렸다.

상가철거민은 봄이 되면서 경찰과 용역경비단에 의해 완전히 진압되었다. 정치와 사회는 혼란스러웠다. 상부로부터 지시를 받아 용역경비단과 칠성회를 조정했던 오병태와 황종해의 자취는 묘연해졌다. 이경우는 어머니와 여동생의 살해에 관련된 놈들에 관한 신상자료를 수집하기 시작했다. 그리고 처참한 기억만을 자꾸만 떠올리는 상가를 떠나야겠다고 마음먹었다. 이경우의 본관은 평창이고 원래 고향도 평창이다. 경찰 간부였던 그의 아버지가 용산에서 오랜 기간 근무하면서 그곳에 정착하게 되었다.

어렸을 적에 간첩소탕 작전을 수행하다가 사망한 그의 아버지는 임대 수입으로 노년을 보낼 생각으로 몇 채의 건물을 소지하고 있었다. 그리고 독자인 아버지가 조상으로부터 대대로 물려받은 고향의 전답은 생각보다 규모가 컸다. 부모에게 물려받은 건물과 가옥, 전답 일부를 처분하고 은행잔고까지 합치니 거액의 돈이 이경우의 수중에 들어왔다.

지금까지 활기찬 이경우의 인생은 사라지고 비명에 죽음을 당한 어머니와 여동생을 위한 복수의 삶 속으로 이경우는 빠져 들었다. 더불어 그의 삶을 유지하는 원동력은 우연아의 치욕적인 고통도 포함되었다.

그는 우선 남한산성 밑에 땅과 집을 구입했다. 그리고 같이 생활하다 보니 은연중에 서로 의지가 되고 동질감을 느꼈다. 이경우는 같은 시간대에 겪은 혈육 살해의 고통을 감수해야 하는 운명이라고 생각하고 우연아에게 정성을 쏟았다.

시간이 갈수록 우연아도 마음의 상처가 아물어 가는지 이따금 밝은 미소를 지어 보이기도 했다. 그러나 아직도 공포의 늪에서 벗어나지 못하는 우연아를 볼 때마다 이경우는 가슴이 아팠다. 횟수는 줄었지만 잠자다가 악몽에 시달리는 우연아가 베개를 끌어안고 방을 건너와 이경우의 이불 속으로 파고들어 난감하기도 했다.

이경우가 우연아의 정신적인 질환을 받아주게 된 것이 이젠 습관처럼 되어버렸다. 우연아가 의지할 수 있는 사람은 오직 이경우뿐이었다. 어린 나이였지만 우연아는 고통의 순간이 떠오르면 차라리 죽고 싶은 심정이었다.

자신에게 고통과 치욕을 안겨준 인간들에 대하여 분노하였다. 그러나 시간이 가면서 분노는 저주로 변하고 막연한 보복심이 일어났다. 인간의 저주와 보복심은 다시 삶에 대한 애착심으로 변해 갔다.

이경우는 생활에 차츰 적응해 가는 우연아가 대견스러웠다. 처음에는 어쭙잖은 말투로 아저씨라고 부르더니, 고등학생이 되면서 오빠라고 호칭하며 편안한 분위기에서 대화가 늘어가고 있었다. 친근감을 표시하는 우연아를 보고 있자니 보살폈던 보람도 느껴졌다.

그러나 이따금 언어를 잃은 것처럼 하루 종일 웅크리고 침묵에 빠져 있는 그녀를 보는 이경우는 처참하게 살해된 여동생의 모습을 보는 것 같았다.

정신적으로는 아직 고통에서 헤어나지 못하고 있지만, 시간이 지날수록 신체적으로 우연아는 부쩍 성숙해지며 소녀티를 벗어나고 있었다. 핏기 없는 얼굴이 점점 뽀얗게 변하고 여자다운 몸매로 변하고 있었다.

홀어머니와 어린 동생이 괴한에게 죽었다. 사실 우연아에게는 죽은 홀어머니가 친어머니는 아니었다. 이모였다. 그러니까 본래 친모의 동생이니까 이모한테서 자란 우연아는 사생아다.

그녀의 친모는 당시 대학교 영문과 교수였다. 유창한 영어실력으로 권력을 쥔 여당 당직자였던 이만재의 통역을 해 주곤 했었다.

말하자면 미국이나 유럽의 정치인이 오면 그녀의 친모가 통역을 해 주는 관계였다. 이만재의 통역관으로 그를 따라 미국에 동행하게 되었다. 미국에서 미국 정치인들과 만나 통역해 주고 호텔에서 숙박을 하게 되었는데 그동안 정이 들었는지 이만재와 그 곳에서 쉽게 살을 섞고 정을 통하게 되었다.

그날을 계기로 그들은 불륜 관계로 호텔을 자주 드나들었다. 그리고 원하는 바와 상관없이 임신이 되었고 출산을 하였다. 아이의 이름도 이만재의 성씨를 받아 이성민으로 지었다.

문제는 이만재 부인에게 이들 관계가 들통나 버린 사실이다. 이만재는 부인에게 들통이 나자 구설수에 오를까 봐 조직원들을 보내 그

모녀를 없애 버리라고 사주했다. 그런데 이런 정보를 그녀의 친모는 알아차리고 피해 버렸다. 그녀의 친모는 아기의 이름을 이성민에서 자신의 성씨를 붙여 우연아로 바꿨다. 그리고 모두 살아남기 위해 그 아이를 자신의 여동생에게 맡겨놓고 서둘러 미국으로 피했다.

이게 우연아의 출생 비밀인데 그녀는 어려서부터 남다른 미모를 지니고 있었다. 어리지만 눈에 띠는 우연아의 미모가 어쩌면 그 조직원의 성적 욕망을 동요하게 만들었는지도 모른다.

트로이전쟁의 원인은 제우스의 딸 헬레네의 미모 때문이라고 한다. 중학생이었지만 우연아는 타고난 미모를 지니고 있었다.

도화살이라는 말이 있다. 도화, 즉 복사꽃은 눈에 띄는 화려한 꽃이다. 도화는 특히 벌이 많이 날아든다. 꽃 속에는 벌이 다닥다닥 붙어 있기 마련이다. 이때 수십 마리의 벌은 서로 죽이게 되는데 결국 도화는 벌을 죽이는 살기로 작용한 꼴이 된다.

긴 속눈썹과 까맣고 큰 눈망울을 가진 우연아는 시간이 갈수록 생기를 찾아가면서 잃었던 미소도 찾아가고 있었다. 점차 밝은 표정으로 보조개를 드리우는 우연아의 모습에 이경우는 다행스럽게 여겼다. 성숙해 가는 우연아를 대견스럽게 생각하면서도 때로는 처녀다운 체취가 흘러나옴에 멋쩍은 표정으로 외면을 하기도 했다. 사실 이경우도 서른 한 살의 혈기왕성한 청년이 아니던가.

아직도 이경우는 대화를 꺼려하는 우연아의 예상치 못한 행동에 곤혹스럽고 난처할 때가 많았다. 서슴지 않고 발가벗은 몸을 드러내고 옷을 갈아입는 평소의 행동에서도 그렇지만, 불만이 있으면 어린 아이처럼 이경우를 붙들고 앙탈을 부리곤 했다.

그럴 때마다 그녀를 이해하려고 노력하던 이경우도 그녀를 포기하고 싶은 마음이 굴뚝같았다. 어떤 때는 불만을 표현하지도 않은 채 막무가내로 앙탈을 부리는 경우도 있었다. 나중에 안 사실이지만 생리기간이 되면 더욱 심해지는 것이었다. 여자를 보살펴 본 경험도 없고 하여 처음에는 곤혹스러웠지만, 알고부터는 미리 생리대를 대량으로 구입해서 준비해 주기도 했다.

이경우는 우연아를 받아들인 것을 운명으로 생각했다. 어쩔 수 없이 받아들인 우연아를 보살피는 일이 일상생활의 일부가 되고 말았다. 우연아가 의외로 순발력이 좋고 머리가 좋다는 것을 알았다.

감수성이 예민해지는 우연아가 생활에 적응하도록 피아노를 구입해 주고 학원에도 다니게 해 주었다.

어느 날은 우연아가 불쑥 태권도를 배우게 해 달라고 했다. 스스로의 몸을 지키는 호신술을 익히는 것이 좋겠다는 생각에 이경우는 흔쾌히 본인이 원하는 태권도 도장에 다니게 해 주었다.

이경우 자신도 고통스런 기억 속에 살고 있지만, 상처받은 우연아를 보호해야 하는 것을 운명으로 생각했다. 짧지 않은 세월동안 보살펴온 우연아에게 끈끈한 애정도 느껴졌다. 자신의 의사를 내비치지 않던 우연아가 낭랑한 목소리로 감정을 드러내기 시작했다는 것만으로도 보람을 느꼈다.

우연아의 톡톡 쏘는 말투를 떠올리며 이경우는 승용차의 가속 페

달을 밟았다.

매일같이 우연아를 승용차에 태워 여고 교문 앞에 내려주었다. 오늘도 교문 안으로 들어선 우연아는 기둥 뒤에서 멀리 사라지는 이경우의 승용차를 바라보고 있었다. 잊을 수 없는 치욕의 순간에서 그녀를 벗어나게 해준 이경우는 그녀에게 없어서는 안 될 존재다.

한동안 멀어져가는 그의 승용차를 바라보고 있던 우연아는 화단의 돌부리를 걸어차고 교정으로 향했다.

사춘기를 지나고 있는 우연아였다. 그녀는 때때로 자신도 모르는 울분을 터뜨렸다. 그녀의 머릿속에는 괴한들에게 윤간을 당하던 순간이 치욕적이고 고통스럽게 항상 각인되어 있었다.

저주스러운 기억 속에 머물러 있는 우연아는 자신의 몸이 다른 동료 학생들과는 다르다는 열등감에 젖어 있었다.

학교 동기들이 자신에게 관심을 갖는 말조차도 우연아는 비웃는 것으로 들렸다. 다른 사람의 시선이나 말들이 모두 그녀를 천하게 여기는 것 같았다. 말로는 표현하지 않지만 피붙이 하나 없는 그녀의 마음을 이해하는 것은 이경우뿐이고, 의지할 사람도 이경우뿐이다. 또한 공연히 앙탈을 하고 고집을 부리는 그녀를 곤혹스럽게 바라보면서도 헤아려 주는 사람도 이경우뿐이다. 말하자면 우연아에겐 이경우는 떼어낼 수 없는 생활의 전부였다. 그렇게 생각하면서도 이따금 이유도 없이 이경우에게 투정을 부리고 있는 자신을 되돌아보며 후회하기도 했다.

터벅터벅 층계를 오르던 우연아는 자신을 부르는 소리에 뒤를 돌아봤다. 같은 반의 옆자리에 앉는 은숙이었다.

"연아야, 너 오늘 더 예쁘다."

"뭐라고?"

뒤를 돌아본 우연아는 대뜸 은숙의 엉덩이를 발길질로 걷어찼다. 우연아의 발에 걷어차인 은숙은 겁먹은 표정으로 한 발 물러서서 눈치를 살핀다.

"미안해, 정말 예뻐서 그런 건데."

은숙은 명랑하고 활달한 성격이었다. 우연아보다 키가 작고 갸름한 얼굴이면서도 통통한 체격이라서 무척 성숙해 보였다. 평소에 말이 없는 우연아가 그래도 많은 대화를 나누는 친구가 은숙이었다.

우연아가 톡톡 튀는 거친 말과 행동을 해도 은숙은 호의적인 관심을 보이고 있었다. 은숙뿐만 아니라, 같은 반 학생들에게도 주시를 받았던 사건이 있었다.

한 달 전쯤이었다. 우연아가 학교수업을 끝내고 나오는 중이었다. 학교 담장 밑을 지나는데 은숙이 여학생 다섯 명에게 둘러싸여 있는 것이 보였다. 다른 학생들도 꺼리는 폭력적인 행동을 서슴지 않는 서클 학생들이었다.

우연아는 말없이 다가가서 은숙의 손을 잡아끌었다. 평소에 우연아에 대해 알고 있는 학생들은 어이없다는 표정으로 우연아의 교복을 낚아챘다. 그 순간 우연아의 팔꿈치가 교복을 낚아챈 학생의 명치를 올려쳤다. 학생들이 한꺼번에 우연아에게 달려들었다.

우연아는 여학생이라고 믿기지 않는 몸놀림으로 은숙을 괴롭히는 학생들을 제압하였다. 은숙은 우연아의 빠른 몸놀림에 감탄하여 넋을 잃고 바라보았다. 결국은 우연아도 상처를 입었지만 여학생들은 씩씩거리며 자리를 떠났다.

우연아는 먼저 상대를 강하게 제압하지 않으면 패한다는 원칙을 몸소 체득하고 있는 것이다.

그 사건이 입에서 입으로 퍼지고 학생들은 우연아의 짝으로 옆자리에 앉는 은숙도 함부로 대하지 않았다. 그런 은숙은 묘한 매력을 느끼는 우연아를 고맙게까지 생각하고 있었다.

우연아와 같은 학년 학생들이나 선생들은 그녀의 이름을 대부분 알고 있었다. 잦은 결석을 해도 성적이 상위권일 뿐만 아니라, 친근감을 느끼게 하는 미모와는 달리 언제나 묵묵하고 도도해 보이는 성격 때문일 것이다.

그녀가 동료 학생들과 잘 어울리지도 않으면서도 학교행사나 체육대회에서는 두각을 나타내는 재능을 발휘했다. 때로는 그녀의 돌발적인 거친 행동과 말투는 신비감을 느끼게 하고 의외로 상대를 흡인하는 매력을 갖고 있었다.

하지만 그녀는 동료 학생들의 우정을 받아들이지 못했다. 저주스러운 상처의 기억 속에 머물고 있는 그녀는 자신의 육체에는 지울 수 없는 낙인이 찍혀 있다는 잠재의식을 갖고 있었다. 동료 학생들과 다르다는 열등감에 젖어 있었기 때문에 그녀는 모든 사람이 자신을 비웃는 것 같다는 경계심도 갖고 있었다. 보통 사람과 다른 세상에 살고 있다고 생각하는 그녀의 가슴 속에는 항상 분노와 두려움이 쌓여 있었다.

　과거의 시간 속에 갇혀 있는 그녀는 상처를 입힌 상대에 대한 원한과 스스로를 지켜야 한다는 강박관념에 사로잡혀 있었다.

　우선 그녀가 선택할 수 있는 것은 상대를 제압하는 힘을 가지고 있어야 했다. 그래서 이경우에게 태권도장을 다니게 해달라고 했던 것이다. 하지만 그녀는 마음이 내키지 않으면 도장뿐만 아니라, 학교 출석도 하지 않는 날이 적지 않았다. 또한 일상생활에 전념하지 못하는 그녀는 혼자만의 침묵 속에 빠져들곤 하였다. 그러나 침묵은 고통스런 기억만을 떠올리게 할 뿐이었다. 그녀가 침묵에서 빠져 나오는 방법으로 선택한 것은 오직 음악이었다.

　의외로 음악을 감상하고 있으면 마음이 편안해지는 안정을 느낄 수 있었다. 아직은 서툴지만 피아노 학원에서 배운 실력으로 스스로 건반을 두드려서 흘러나오는 음률이 스스로의 목소리 같아서 다른 세상 속의 열정 속으로 빠져 들어가는 것 같았다.

　그렇게 고통의 과거와 열정의 시간들이 흘러가고 있었다.

　시간의 개념에는 세 가지가 있다고 한다. 미래는 서서히 다가오고, 현재는 화살처럼 날아가고, 과거는 영원히 정지해 있다고 한다. 그런데 시간이 흐른다고 사람들은 말한다. 그러나 미래를 향해 가는 것은 사람이지 시간이 아니다. 계절은 시간의 흐름이었다.

　나무에서 하나둘씩 낙엽을 떨어뜨리기 시작하는 늦가을이었다. 성남시 은행동 남한산성의 유원지에서 각각 네 명의 여학생과 남학생들이 어우러져 있었다. 그들은 음악을 틀어놓고 노래를 부르면서 흥겹게 춤을 추고 있었다.

교복 차림의 그들 중에는 사복을 걸친 학생들도 보였다. 여학생들 중에 우연아의 모습도 보였다. 다른 학생들은 흥겹게 어울리지만 그녀만 홀로 앉아 턱을 고이고 바라볼 뿐이다.

우연아는 오늘 학교에서 일찍 수업을 마쳤다. 학과를 맡은 선생이 아파서 결근했기에 세 시간이나 일찍 수업을 마친 것이다. 그녀의 짝꿍인 은숙이 그녀에게 남학생들과 미팅을 하자는 제안을 받고 따라 나섰다.

그런데 은숙과 같이 만난 여학생들은 학교에서도 악명이 높은 '도솔미' 라는 서클의 회원들이었다. 그 회원들은 동료 여학생들을 괴롭히고 품행이 단정치 못한 서클 회원들이었다.

서클 회원들은 다른 학생들을 집단으로 폭력을 가하는 것을 예사로 여길 뿐더러 담배와 술, 마약 흡입은 물론 남학생들과의 혼잡한 성관계를 한다는 소문까지 자자했다. 그중에 아기도 임신해서 중절 수술을 받았다는 여학생도 있었다. 서클의 회원들은 우연아에 대한 것을 잘 알고 있어서 틈틈이 그녀를 회원으로 가입시키려고 유혹해 왔었다.

우연아는 평소 거부감을 느꼈다. 그건 학생들이 해서는 안 되는 일이기도 했지만 우선 서클 회원들을 알고 께름칙하게 느꼈다. 더욱이나 어울리고 있는 남학생들은 주로 체육부 학생들로 체격이 우람하고 언어나 행동이 불량스럽고 거칠었다. 다른 사람들과 대화를 잘

하지 않는 우연아였지만, 학원이나 도장에 갈 시간이 이르고, 또한 집에 가도 적적할 것 같아 은숙을 따라 나섰던 것이다.

남학생들이 미리 준비해 온 소주를 마시면서 여학생들에게도 권했다. 음악 소리와 함께 분위기가 익어가고 그들은 점점 더 흥을 돋우었다. 여학생들은 교복스커트 자락을 둘둘 말아 올리고 엉덩이를 흔들어대고 남학생들은 괴성을 질러댔다.

웃통을 벗어부친 한 남학생들이 노골적으로 추태를 보이기 시작했다. 여학생들을 끌어안고 엉덩이를 쓰다듬기도 했다.

학생들과 어우러져 엉덩이를 흔들며 춤을 추던 은숙이 우연아에게 다가와 손을 잡아끌었다.

"연아야. 그러고 있지 말고 같이 놀자?"

"난 싫어. 그냥 있을게."

우연아는 짜증 섞인 말투로 은숙의 손을 뿌리쳤다. 은숙은 입술을 삐죽 내밀어 보이고 다시 학생들 속으로 들어가 같이 어울렸다. 그렇다고 우연아가 춤을 못 춘다거나 노래를 못하는 것은 아니었다. 우연아는 누구에게도 지기 싫어하는 성격이라서 소풍을 가거나 축제에서는 발군의 실력을 드러내곤 했었다.

한동안 열정적인 분위기에 휩싸였던 학생들이 짝을 이뤄 나무 그늘로 들어와 앉았다. 그들은 서로를 마주보며 흘러내리는 땀을 씻어내며 잡담을 해댔다.

"명희, 너는 아주 발가벗으려고 하니?"

"허벅지까지 드러내놓고…… . 야하다."

"난 앙큼한 여자가 좋더라."

"난, 내숭떠는 여자보다 화끈한 명희가 좋아."

"에구! 바람둥이인가 봐. 언제는 내가 좋다고 하더니."

"너, 인철이 오빠하고 잤니?"

"저 오빤, 재미없어."

그들의 잡담은 고등학생 신분의 수위를 넘어 거침없이 야한 얘기로 흘러나왔다.

남학생들은 대부분 졸업반이어서 여학생들보다 한두 살 위였다. 남학생들 중에 체격이 다부진 학생이 눈치를 살피며 우연아 옆에 다가와 앉았다. 그리고 우연아의 옆얼굴을 바라보며 야릇한 웃음을 흘렸다.

"이름이 우연아라면서? 너 예쁜데. 난 최기태야."

우연아는 관심이 없다는 표정으로 남학생을 바라보지도 않았다. 멋쩍은 표정을 지은 최기태가 돌멩이를 집어 들어 흐르는 도랑물에다 던졌다. 그때 제각기 잡담을 하던 그들 중에 남학생 한 명이 여학생의 손을 잡고 일어났다. 얼굴을 붉힌 여학생이 남학생을 따라갔다. 앉아있던 여학생 중에 한 명이 피식 웃음을 흘렸다.

"쟤네들은 벌써 열을 올리고 야단이야."

"명희야, 너도 이리 와 봐."

다른 남학생이 명희라 불리는 여학생의 어깨를 껴안았다. 그 광경을 보고 있던 은숙이 쪼르르 일어나 우연아의 옆에 와서 앉았다.

우연아는 고개를 돌려 둘씩 짝을 지어가는 그들을 바라봤다. 그런데 그들은 멀리 가지도 않고 바로 뒤의 수풀 속으로 들어갔다. 풀숲이라고 해봤자 우연아가 빤히 바라볼 수 있는 장소였다.

남학생이 여학생을 껴안아 풀숲에다 눕혔다. 여학생의 교복 상의 속으로 남학생의 손이 들어갔다. 젖가슴을 맡긴 여학생은 눈을 지그시 감고 있었다. 나머지 학생들의 시선을 받으면서도 그들은 자신들의 행위에 열중했다. 거침없는 행위를 하는 당사자나 보고 있는 학생들은 모두 술을 마셔서 얼굴이 붉게 물들어 있었다.

우연아로서는 처음 보는 광경이었다. 마치 약속된 게임을 보는 것 같았다. 바라보고 있는 학생들은 킥킥거리며 웃었다.

한동안 젖가슴을 주무르던 남학생이 여학생의 교복 상의를 벗겼다. 브래지어까지 벗겨진 여학생의 젖가슴이 적나라하게 드러났다. 여학생의 젖가슴에 머리를 묻은 남학생의 손길이 그녀의 스커트자락 속으로 들어갔다. 연신 여학생의 젖가슴을 만지던 남학생의 헐떡거리는 숨소리가 유난히 높아갔다. 그리고 남학생의 손끝에 여학생의 팬티가 끌려 내려졌다.

다른 여학생들보다 신체적인 열등감에 젖어온 우연아는 역겹고 매스꺼웠다. 그녀 자신은 괴한들에게 강제로 짓밟힌 과거가 저주스럽지만, 스스로 몸을 짓밟히는 여학생의 모습이 어쩌면 통쾌하게도 느껴졌다. 우연아는 꼼짝도 하지 않고 그들의 행위를 바라봤다.

나머지 두 명의 남학생도 은숙과 우연아에게 다가섰다. 다가오는 남학생이 우연아의 등 뒤에 웅크리고 있는 은숙의 손목을 잡아끌었다. 은숙은 남학생에게 이끌려가지 않으려고 우연아를 붙잡고 늘어졌다. 양다리에 힘을 주고 버티는 은숙이 고개를 옆으로 흔들었다.

"난 싫어! 이거 놔."

"싫다고 하잖아! 어서 놔줘."

남학생을 노려보며 우연아가 날카롭게 톡 쏘아붙였다. 최기태라고 자신을 소개한 남학생도 우연아에게 다가서며 음흉스런 웃음을 흘렸다.

무안을 당한 남학생은 오히려 능글능글한 웃음을 흘리며 은숙의 어깨를 잡아끌었다. 은숙은 도움을 청하는 눈빛으로 우연아를 바라봤다. 은숙을 잡으며 다가서는 남학생에게서 술 냄새가 풍겼다.

"너희들 이럴려고 서클모임을 가진 거야? 너희들 실망이다."

"왜 이래? 다 알고, 같이 온 거 아냐?"

"그 손, 놓으라니까?"

다시 날카롭게 팩하고 쏘아 붙이는 우연아의 말을 듣고 은숙을 잡고 있는 남학생이 이맛살을 찡그렸다.

다가온 최기태가 우연아의 손목을 낚아챘다. 하지만 쉽사리 잡힐 우연아가 아니었다. 몸을 숙이며 한 걸음 물러섰다.

최기태는 유도로 단련된 다부진 체격이었다. 약이 오른 최기태가 다시 한 발 다가서며 재빠르게 우연아의 어깨를 잡으려 했다. 그러나 옆으로 몸을 틀어 비킨 우연아의 발끝이 최기태의 명치를 올려 찼다. 최기태는 졸지에 반격을 당하고 뒤로 벌렁 나뒹굴었다.

"아쭈! 뭐 이런 게 있어? 너 오늘 임자 만났다."

털썩 주저앉았던 최기태가 입에서 흐르는 피를 손으로 문지르며 일어섰다.

은숙을 잡고 있던 손을 놓은 남학생이 예기치 않은 사태를 관망했다. 풀숲에서 부둥켜안고 있던 그들도 행위를 끝냈는지 하나둘씩 우연아와 최기태를 둘러싸고 모여들었다. 남학생들은 최기태를 쓰러뜨린 우연아의 몸놀림에 경악하는 표정을 지었다.

유도의 기본자세를 취한 최기태는 우연아를 붙잡기만 하면 승산은 쉽다고 생각했다. 그는 우연아에게 틈을 주지 않고 달려들었다. 그리고 우연아의 멱살을 움켜쥐고 당겨 넘겼다. 순간 우연아가 튀어 오르며 최기태의 가슴을 무릎으로 강타했다. 정작 땅바닥에 뒹굴며 신음을 흘리는 사람은 우연아가 아니라 최기태 자신이었다. 타격을 받고 다시 일어선 최기태는 울컥 피를 토했다.

우연아의 무술은 스포츠가 아니고 살수에 가까운 기술이 되어 있었다. 그녀의 눈빛에서는 살기가 흘렀다.

최기태와 우연아는 서로를 노려보고 서 있었다. 최기태는 다른 학생들이 보는 앞에서 당한 것이 창피하기도 하여 분통이 터졌다. 한편으로는 만만한 상대가 아니어서 두려움까지 느끼고 있었다. 여학생이라고 무시한 자신이 부끄러운 최기태는 한 편으로 승산이 없다는 판단에 사기가 떨어졌다. 하지만 물러서기에는 자존심이 허락하지 않았다.

"이런 괴물 같은 계집애."

우연아는 산처럼 달려오는 최기태를 정면으로 마주했다. 그의 다부진 체격이 다가서는 순간, 그녀는 몸을 숙여 한 발 물러서며 발끝을 뻗어 상대의 낭심을 올려 찼다. 무섭게 달려들던 최기태가 하복부를 움켜쥐고 나뒹굴었다. 보고 있던 남학생들의 눈빛이 놀라움으로 가득했다. 그렇다고 그들도 보고 있을 수만은 없었다. 남학생들이 우연아를 둘러싸고 달려들었다.

"이런 개 같은 년이!"

"이년이 임자를 못 만나서 그래."

우르르 남학생들이 우연아에게 달려들었다. 그때 눈빛이 번뜩이는 우연아의 몸놀림이 더욱 민첩해졌다.

그녀의 몸이 허공으로 점프를 하며 남학생들을 치고 빠졌다. 때로는 나무둥치를 밟고 튀어 올라간 그녀의 발이 남학생의 등을 걷어차고 바닥을 구르기도 했다. 허공으로 치솟은 그녀의 교복 스커트가 밀려 올라가 하얀 팬티가 드러났다. 동시에 남학생들은 그녀의 발길에 채여 비틀거렸다.

그러나 여자의 몸으로 남학생들 넷을 상대하기는 벅찼다. 그녀도 이따금 남학생의 주먹에 얼굴을 얻어맞아 쓰러지기도 했다. 오뚝이처럼 일어선 그녀의 가슴 속에는 과거에 대한 원망의 불길이 솟구쳤다. 여자를 한낱 욕구 분출의 대상으로 여기는 남자들을 모두 죽이고 싶은 마음이었다.

그녀의 눈에는 남학생들의 모습이 자신을 유린하던 괴한들로 보였다. 순식간에 그들의 유원지는 아수라장으로 변했다. 어디선가 하나둘씩 모여든 사람들의 시선이 우연아를 향했다. 우연아를 공격하던 남학생들이 하나둘씩 쓰러져 갔다. 피를 흘리고 또는 멍든 얼굴을 손으로 감싼 남학생들이 주저앉아 신음을 했다.

두 주먹을 쥐고 부르르 떨면서 우연아는 헐떡거리며 숨을 몰아쉬었다. 경악스런 표정으로 바라보는 사람들에게 에워싸인 그녀는 사기를 잃고 주저앉거나 바닥에 쓰러진 남학생들을 바라봤다.

누군가 신고를 했는지 멀리서 경찰차가 달려오는 모습이 보였다. 경찰이 오고 나서야 싸움은 멈추었다.

경찰은 그 자리에 있던 학생들을 모두 자동차에 태워서 지구대로 데리고 갔다. 끌려간 학생들의 신상을 파악하고 간단한 조서가 꾸며지고, 다시 경찰서로 넘겨지려 대기하고 있었다.

"요즘 학원폭력과 전쟁, 너희들도 잘 알지? 전부 구속이다. 그래서 경찰서로 넘긴다."

이들은 다시 경찰차에 올라 성남경찰서 조사계로 옮겨졌다.

"경찰서 홍 경사입니다. 우연아 보호자 되십니까?"

"아! 네. 그런데요."

"우연아 학생이 싸움을 해서 보호하고 있는데, 경찰서로 와주셨으면 합니다."

"연아가 싸워요?"

"네, 되도록 지금 와 주셨으면 좋겠는데요?"

"음! 알았습니다."

우연아가 싸워서 경찰서에 있다는 말에 이경우는 황당하기도 했다. 평소에 남들과 대화도 잘하지 않는 우연아가 남들과 싸웠다는 것이 그는 이해가 되지 않았다. 우연아가 많이 다치지 않았는지부터 걱정이 앞섰다.

부리나케 이경우는 주차장으로 향해 걸어가서 자동차에 올라 시동을 걸었다. 속력을 내서 경찰서에 당도했다.

경찰서 안에는 여러 명의 남학생과 여학생들이 웅크리고 앉아 있었다. 거기에 보호자들이 와서 아우성이었다.

이경우는 그들 사이에 끼어 있는 우연아의 모습을 발견했다. 붕대를 감고 있거나 얼굴에 온통 상처와 멍이든 남학생들과 달리 여학생들은 깨끗한 모습이었다. 유달리 우연아만 이마에 상처가 나있고 뺨에 멍이 들어 있었다. 그런데 보호자들은 제각기 우연아만을 향해 손가락질과 욕설을 해댔다.

"뭐 저런 계집애가 다 있어?"

"살다 보니까, 별, 괴물 같은 계집애 다 보겠네."

"어떻게 계집애가 남학생들 넷을 이 꼴로 만들어!"

"저런 계집애는 본때를 보여줘야 돼."

"가만히들 계세요! 폭력서클 잘못은 남학생들이 담배 피고 술 마시고 성폭행해서 시작된 거니까."

보호자들의 이구동성으로 떠드는 소리를 들은 경찰관이 들고 있던 파일을 책상에 던지면서 소리쳤다.

경찰관의 호통에 떠들던 보호자들이 입을 닫고 서로 눈치를 살폈다. 우연아 혼자 남학생들을 상대했지만 정작 많은 상처를 입은 것은 남학생들이었다.

이경우는 자신을 바라보는 우연아의 눈동자에 눈물이 고이는 것을 발견했다. 잠시 바라보던 우연아가 찢겨진 교복 상의를 여미며 고개를 숙였다.

"우연아 보호자 됩니다."

"아! 네. 제가 연락드린 홍 경사입니다."

보호자들에게 호통을 치던 경찰이 이경우를 쳐다봤다. 그리고 부드러운 표정을 지어 보였다.

"저 계집애, 사람도 아냐! 괴물이야! 괴물."

"바보 같은 놈아! 남자새끼가."

보호자들 중에는 투덜거리는 남학생을 질타하는 사람도 있었다.

남학생들 중에 은행지점장 아들, 시의원 아들, 청소년 선도위원장 아들이 있었다. 사회적으로 뒤가 두려워서일까 우연아를 선처하는 바람에 모두 풀려났다.

다소곳이 이경우는 자신을 따라 나서는 우연아에게 한 마디도 하지 않았다. 그대로 우연아를 병원으로 데리고 가서 치료를 해 주었다. 그는 그녀가 타박상 정도의 상처를 입은 것만으로도 다행이라고 생각했다. 마음 한구석에는 남학생들 네 명을 제압한 우연아가 두려워지기도 했다.

호신술로 우연아가 운동을 하기를 바라는 마음이었지만, 의외의 결과에 그는 혼란스러워졌다.

우연아는 아직도 분노가 풀리지 않는 표정이었다. 그녀에게 호신술은 어쩌면 과거의 상처에 대한 분노를 표현하는 수단일지도 모른다는 생각에 두려움이 앞섰다. 하지만 그는 병원을 나오면서 그녀의 어깨를 토닥이며 위로했다.

"괜찮아. 많이 안 다쳐서 다행이야. 힘들었지?"

그를 올려다보는 그녀의 눈동자에는 이미 눈물이 글썽거렸다. 승용차에 오른 이경우가 시동을 거니 조수석에 올라앉은 우연아가 어깨에 기대면서 빤히 올려다본다. 그는 그녀의 눈가에 맺힌 눈물자국을 손으로 닦아 문질러 주었다. 그리고 뺨을 어루만져 주었다.

승용차는 경찰서를 벗어나 대로를 달렸다. 그리고 산성역을 지나 집으로 향하는 순환도로를 달렸다.

그들이 집에 도착하니 가사 할머니가 정원의 건조대에 세탁물을 널고 있었다. 우연아는 할머니에게 상처 난 얼굴을 보이기 싫어서 이경우의 등 뒤에 숨어 집안으로 들어갔다. 그러나 빤히 바라보던 할머니가 그녀의 얼굴에 난 상처와 멍든 자국을 보고 다가왔다. 그리고 우연아의 얼굴을 양손으로 감쌌다.

"아이고! 우리 아기 얼굴이 왜 이래? 누구하고 싸웠어?"

"만지지 마요. 싫어!"

우연아는 가사 할머니의 손을 뿌리치면서 톡 쏘아붙였다. 그리고 집안으로 뛰어 들어갔다.

방문을 소리나게 닫고 우연아는 자신의 몸을 방안으로 들여놓았다. 걱정스러운 할머니가 이경우에게 어떻게 된 일이냐고 물었다. 이경우는 씁쓸한 표정으로 괜찮을 것이라고만 했다. 그렇지만 침대 위에 누운 그녀는 몸살을 앓기 시작했다.

이경우는 저녁밥도 먹지 않고 꼼짝하지 않는 우연아가 걱정스러웠다. 그녀는 밤새도록 악몽에 시달렸다. 박쥐 같은 날갯짓을 하며 다가오는 악령의 목소리가 메아리쳤다. 선혈이 낭자한 악마의 손길이 그녀의 발가벗은 알몸을 괴롭혔다. 악마의 손길이 닿은 그녀의 온몸에서 벌레들이 꿈틀거리며 기어 나왔다.

그녀는 외마디의 소리를 지르며 깨어났다가 다시 깊은 수렁으로 빠지기를 거듭했다.

아침이었다. 출근을 하려던 이경우가 걱정스러워 우연아의 방으로 들어갔다. 웅크리고 있는 우연아의 머리를 만져보니 뜨거울 정도로 열이 올라있었다. 그의 손길을 느낀 우연아가 눈을 크게 뜨고 '이놈들아! 싫어. 싫단 말이야!' 라고 헛소리를 해댔다.

그녀의 몸은 불덩어리였고 식은땀이 흥건했다. 그녀는 추위를 타는 것처럼 벌벌 떨며 웅크렸다. 그런 그녀를 보고는 이경우는 조치를 취해야겠다는 생각이 들었다.

황급히 우연아를 이불로 감싸고 번쩍 들어 안은 이경우는 집밖으로 나왔다. 그녀를 자동차에 태웠다. 걱정스러워하는 가사 할머니를 뒤로 하고 급하게 자동차를 몰았다. 아무래도 종합병원으로 가야 할 것 같아 이경우는 큰 병원으로 향했다.

조수석에서 정신을 잃고 웅크리고 누워 있는 우연아의 신음소리를 듣는 그는 마음이 다급했다.

병원에 도착한 이경우는 우연아를 안고 응급실로 들어갔다. 오늘따라 응급실을 찾은 환자들이 많았다. 응급조치를 하고 우연아는 흰 가운을 걸친 간호사와 의사들에게 둘러싸였다. 우연아를 진찰하던 의사가 고개를 갸웃거리며 이경우를 돌아봤다. 다급한 이경우가 먼저 입을 열었다.

"어찌 된 겁니까?"

"뇌파검사와 MRI 촬영을 해 봐야 될 것 같습니다."

"MRI 촬영을요. 어디가 잘못된 것입니까?"

"뇌손상인지 검사를 해 봐야 알 것 같습니다."

이경우는 우연아가 싸워서 뇌를 다치지 않았는지 걱정스러워졌다. 혼절한 상태의 우연아가 다른 침상으로 옮겨져 뇌파검사실로 옮겨졌다. 침상에 누운 그녀를 따라가는 이경우는 갑자기 두려운 생각이 들었다.

우연아가 검사실로 들어가고 이경우는 안절부절하며 복도의 대기 의자에 앉았다가 일어서기를 반복했다. 그리고 손목시계를 보고는 부대로 전화를 걸었다. 여동생이 아프다면서 출근하지 못한 사유를 밝히고 다시 검사실 대기실로 갔다.

기다리기 지루한 시간이 흘러갔다. 대기실은 시간이 멈추어진 공간 같았다. 대기실 복도를 지나쳐 다니는 환자들 모두가 영혼만 움직이는 인형같이 보였다.

원래 인간을 포함한 모든 생명체들은 스스로 치유할 수 있는 자연치유력을 가지고 있다고 했다. 생명이 탄생하여 자라서 늙고, 병들고, 죽는 것은 그 자체로 자연의 질서이다. 정작 인간을 병들게 하는 것은 욕망이다. 인간의 욕망으로 인해 병들고 고통스러워했다.

치유할 수 없는 기억마저도 감당하기 힘든 우연아가 또 다른 고통을 당한다고 생각하니 그는 안타까울 뿐이다.

기다리기 지루한 시간이 지나고, 검사실에서 나온 간호사가 대기실의 보호자들을 향해 마치 무슨 시험 합격자 명단을 부르듯이 외쳤다.

"우연아 보호자님!"

혼란스러운 생각에 잠겨 있던 이경우가 벌떡 일어나며 큰 목소리로 대답을 했다. 들고 있던 차트를 들여다본 간호사가 사무적인 표정으로 이경우를 훑어봤다.

"담당의사 선생님에게 가 보세요."

"담당의사 선생님이 누구시죠?"

"2층 신경정신과 안재환 교수님요."

자신이 할 일을 끝냈다는 듯이 간호사는 돌아서서 검사실로 사라졌다. 검사를 마친 우연아의 병명이 무엇인지 두려웠다. 검사실 문을 잠시 바라보고 있던 이경우가 복도 끝의 층계로 발걸음을 옮겼다. 2층 복도의 진료실 앞에도 언어를 잃어버린 사람들처럼 환자들과 보호자들이 대기하고 있었다.

벽에 부착된 환자명패들을 확인하며 걸어가던 이경우는 우연아 담당의사의 진찰실 문을 노크했다. 문을 열고 들어간 그는 간호사의 안내를 받고 의자에 앉아 기다렸다.

잠시 후 안경을 걸친 의사가 들어왔다. 나이가 50대로 보이는 담당의사인 안 교수가 풍기는 분위기에 이경우는 왠지 신뢰감이 들었다. 안 교수 컴퓨터의 커다란 모니터에 뇌파검사 사진이 펼쳐져 있었다. 그리고 안경너머로 이경우를 쳐다보며 물었다.

"혹시 환자가 과거에 두뇌를 손상당했거나 정신적인 충격을 당한 경우가 있습니까?"

"네! 그럴 수도."

이경우는 몇 년 전 상가철거사건에서의 긴박했던 상황과 우연아가 칠성회 조직원들에게 윤간을 당하던 상황을 떠올렸다. 그녀가 갖고 있는 마음의 상처를 누구보다 잘 알고 있는 이경우는 마른 침을 꿀꺽 삼켰다. 어떤 진단이 나올지 궁금한 그는 안 교수의 입을 쳐다봤다. 모니터에 들어있는 뇌의 그림을 볼펜으로 가리키며 안 교수가 말을 이어갔다.

"검사결과 환자의 혼절 상태는 스트레스나 충격으로 인한 뇌혈류장애 때문입니다. 뇌혈류장애는 일시적이기 때문에 치료하면 되지만, 환자에게는 다른 문제가 있습니다."

"다른 문제라고요?"

"보다시피 전두엽의 알파파는 감소현상이고 베타파가 증가되고 있습니다. 베타파의 증가는 고도의 스트레스 현상을 나타내고 불안과 강박감, 그리고 욕구불만을 불러 오지요. 그리고 도파민계의 과잉활동은 기능적으로 과도하게 활동하는 신경수용에 영향을 끼칩니다. 한 마디로 심해지면 환자는 기억 속의 충격으로 인해 피해망상과 정신분열증을 앓게 되기도 합니다."

"정신분열증이라면?"

"네. 심리적 정신적인 충격으로 인한 불안, 우울 및 피해의식으로 인한 환시, 환청 등을 보이며 나아가서는 수족마비 현상이 오고 환각과 망상을 그 주요 증상으로 경험하게 됩니다. 자폐적이므로 외부의 현실보다는 개인의 욕구에 의해 결정되는 경향이지요. 때로는 기이한 행동을 하기도 하고 자신만의 경험과 사고에 사로잡혀 그 세계에서 빠져 나오지 못하기도 합니다.”

“그럼, 어떻게 해야 합니까?”

“음. 보호자의 관심과 환자 자신이 기억으로부터 탈피하려는 의지가 필요하고, 지금은 초기 단계라서 큰 걱정은 안 하셔도 되지만 입원치료를 하시는 것이 좋겠습니다. 경우에 따라서는 꾸준한 치료와 약을 복용해야지요.”

그동안 보살펴 온 우연아를 잘 알고 있는 이경우는 의사의 말에 충분히 수긍이 갔다. 의학적인 설명은 몰라도 그녀의 가슴 속에 내재된 고통스러움을 절감하는 이경우는 길게 한숨을 내쉬었다.

그는 담당의사의 진료 결과를 받아들여 우연아를 입원시키기로 결정했다. 병원 측의 안내를 받아 간병인에게 우연아를 간호하게 하였다.

걱정이 되는 이경우는 업무 중에도 병원에 들러 우연아의 상태를 확인했다. 다행스럽게도 이틀이 지나면서 혼절 상태였던 우연아는 심리적인 안정을 되찾으며 병세가 많이 호전되어 갔다. 표정이 밝아진 우연아는 답답하다면서 퇴원을 하겠다고 이경우를 졸랐다.

입원한 지 일주일 만에 이경우는 우연아를 퇴원시켰다. 그녀는 병원에 입원했던 환자 모습을 찾아볼 수 없을 정도로 활달한 일상생활을 시작했다. 오히려 예전보다 밝은 모습으로 학교와 피아노 학원, 그리고 체육관을 다니는 부지런함을 보였다. 그렇지만 그녀를 바라보는 이경우는 항상 걱정스러웠다. 언제 다시 그녀가 고통스러운 기억 속에 사로잡혀 정신과 심리적인 질환을 앓을지 두려웠다.

그런 두려움은 상가철거민사건의 오병태 일당에 대한 적개심을 더욱 불러일으키는 것이었다. 약자를 고통스럽게 하는 범죄자들에 대한 증오심이기도 했다.

한결 가벼워진 마음인 우연아는 이경우의 팔짱을 끼고 깡충거리며 발걸음을 옮겼다. 쇼핑센터 의상코너를 돌아 액세서리 보석 코너 앞을 지나던 이경우가 걸음을 멈추었다. 그는 쇼윈도 안에 투명한 큐빅과 사파이어로 제작된 목걸이와 반지세트를 바라보았다. 목걸이에는 반짝이는 사파이어가 박힌 페넌트가 달려 있었다.

"저거 꺼내주실래요?"

이경우는 목걸이를 가리키며 종업원에게 말했다.

"아 네. 값은 비싸지만, 호주에서 수입한 것입니다."

목걸이를 꺼내 보이는 종업원은 아울러 목걸이 제품에 대한 설명을 늘어놓았다.

사파이어는 진실, 성스러운 덕, 천국을 명상하며 정숙함을 의미한다는 부가 설명을 하며 우연아의 가슴 앞에 들어 보였다. 그녀는 자신에게는 넘쳐 보이는 목걸이를 보고 눈이 휘둥그레졌다.

"손님이 예뻐서서 잘 어울리네요."

여종업원은 눈동자를 동그랗게 뜨고 바라보는 우연아를 쳐다보며 상품을 적극 권장했다.

"그거 주세요."

두 말하지 않고 이경우는 종업원이 제시하는 금액을 신용카드로 지불했다. 그리고 포장박스를 쇼핑백에 넣고 반지를 우연아에게 끼워줬다.

목걸이를 걸어주는 이경우를 올려다보는 우연아의 눈망울에 습기가 어려 반짝였다. 그는 올려다보는 그녀의 모습이 사랑스러워 그녀의 볼을 손가락으로 튕겼다.

우연아가 인형들이 있는 코너 앞에서 머뭇거렸다. 쇼케이스 안에는 여자 인형들이 각각 다른 이름표를 달고 진열되어 있었다.

우연아가 여자 인형 하나를 집어 들었다. 깜찍한 모습의 외국 소녀 모습의 인형이었다.

"이름이 애리네. 애리! 오빠! 나 이거 갖고 싶어."

"꼭 연아 같구나."

이경우는 종업원에게 우연아가 끌어안은 인형 값을 지불했다. 쇼핑센터를 나오면서 우연아는 이경우의 허리에 착 달라붙어 걸음을 옮겼다.

번잡한 거리에는 제각각의 차림으로 오가는 여자들이 더 많았다. 인파 속에서 고개를 젖히며 활짝 웃는 여인을 향해 시선이 갔다.

"오빠 연아가 있잖아. 왜, 다른 여자를 쳐다봐?"

그를 올려다보던 우연아가 뽀로통한 목소리를 흘렸다.

"보기는? 그냥 아무런 의미 없어."

"연아가 오빠 여자 아냐? 내가 싫어?"

"아니! 연아가 좋지."

우연아가 돌발적으로 흘리는 말에 이경우는 별다른 의미를 두고 싶지는 않지만 대답하기 매우 혼란스러웠다. 다만 그녀의 마음에 상처를 주고 싶지 않은 마음에 그렇게 대답할 수밖에 없었다. 그러면서도 순간 동료인 권지희를 떠올리지 않을 수 없었다.

요즘 이따금 밥시간을 같이 하기도 하였지만 같은 부대에서 근무하면서도 권지희 중사와 대화를 나눌 시간적 여유가 많지 않았다. 그러나 감추어진 내면의 감정을 드러내 보일 듯하는 권지희의 표정이 은연중에 이경우의 마음에 깃들어 있었다.

토끼뜀을 하며 이경우의 팔짱을 낀 우연아가 올려다보며 자잘한 미소를 지었다. 시선을 마주한 이경우도 사랑스런 눈빛으로 그녀를 바라봤다.

함박 눈송이가 떨어지는 밤하늘에 불꽃의 축포가 터지고 있었다. 문득 걸음을 멈춘 우연아가 이경우 앞을 막고 다가섰다. 그리고 이경우 목에 팔을 두르고 빤히 쳐다보더니 느닷없이 그의 입술에 입술을 포겠다.

이경우는 돌발적인 입맞춤에 당황하여 급히 숨을 들이마셨다. 그러나 이내 그녀에게서 흘러나오는 싱그러운 체취에 도취되었다. 그 도취에 그녀의 허리를 으스러지도록 껴안고 입술을 마주했다. 서로 입술을 탐닉하며 순간적인 열정에 묻히고 말았다.

우연아는 가벼운 입맞춤으로 자신의 애정을 표시하고 싶었다. 그런데 그의 강렬한 키스를 받고 그녀는 느껴보지 못한 짜릿한 감정에 휘말렸다.

자신의 입술이 이경우의 입속으로 흡입된 상태에서 그녀가 눈동자를 크게 뜨고 올려다보았다. 그런 그들의 모습을 지나가는 사람들의 시선이 향하고 있었다.

그는 지금까지 그녀를 여동생처럼 애정으로 보살폈다. 이상하게 그녀에게서 흘러나오는 여자의 체취를 느낀 것은 사실이지만, 여동생이기에 느끼는 감정이라고만 생각했었다.

그녀를 여자로 인식해서 진한 키스를 할 줄은 상상도 못했다. 이경우는 몽롱한 눈빛으로 올려다보는 그녀의 눈동자를 의식했다.

놀라는 듯이 동그랗게 뜬 그녀의 눈동자를 보고 이경우는 그때서야 자신도 알지 못하는 열정에 빠진 것을 느꼈다.

자신을 탓한 이경우는 그녀를 풀어 놓았다. 부끄러움으로 얼굴을 붉힌 우연아가 어린아이처럼 해맑은 웃음을 흘렸다. 그리고 그녀는 이경우의 손을 잡아끌면서 뛰었다.

거리를 누비는 인파 속으로 그들의 모습이 사라지고 있었다.

넷

성남시 남한산성 유원지에도 초여름의 더운 날씨가 찾아들고 있었다. 유원지 입구광장에는 분수대의 물줄기가 하늘을 향해 뻗치다가 다시 떨어지곤 했다. 아이들은 떨어지는 물방울 속에서 신이 났다. 어른들은 햇빛에 나와 있지 않고 그늘을 찾아 가로수 밑 벤치에 앉아 쉬고 있거나 서 있었다.

학교 수업을 끝내고 학원으로 향하던 우연아는 산성대로 끝 로터리에서 길을 건너려다가 걸음을 멈췄다. 길 건너에 세워진 고급 외제 승용차를 바라보던 그녀는 전신주 뒤에 몸을 숨겼다. 그녀가 주시하는 것은 고급 외제 승용차가 아니라, 승용차 앞에서 승강이를 벌이는 중년 남자와 고등학교 여학생이다.

여학생은 중년 남자에게 잡힌 손목을 뿌리치려 했다. 중년 남자는 여학생을 강제로 승용차에 태우려 하는 광경이었다.

여학생이 걸친 교복을 보아 같은 학교의 여학생이 분명했다. 안면이 있는 같은 학년의 지순영이라는 여학생이었다. 그 광경을 바라보던 우연아는 자신도 모르게 분노의 불길이 치솟았다.

안 그래도 며칠 전에 교내에서도 소문이 돌았다 잦아든 사건이 가슴 아리게 느껴졌었다. 소문은 한 여학생이 자살을 했는데, 이름 모를 남자에게 끌려가 성추행을 당했다는 것이다. 거기에다 언론에서는 어른이 어린이를 성폭행하고 목 졸라 죽였다는 사건과 자매를 둘 다 성폭행하고 살해했다는 소문도 나돌았다.

우연아가 망설이던 사이 승강이를 하던 중년 남자가 지순영의 복부를 무릎으로 가격하여 실신시키더니 승용차에 태워 출발하는 것이 아닌가. 당황한 우연아는 어찌할 바를 몰라 주춤거렸다. 신고를 하려고 해도 경찰 지구대까지 가려면 거리가 있었다. 그 사이에 그 승용차가 어디로 갈지 모르는 상황이었다.

그녀는 스마트폰을 꺼내들고 이경우를 떠올렸다. 하지만 근무 중일 것이고 설사 전화를 받고 빠른 시간에 올지 보장할 수도 없었다.

우연아는 무작정 길을 건너 그 외제 승용차 뒤를 따라 뛰었다. 숨이 턱까지 차오르며 뒤쫓아 가는데 다행히도 그 승용차는 멀리 가지 못하고 신호대기로 다른 차들과 끼어있었다. 참으로 다행인 것이다.

우연아는 바로 옆에서 출발 신호를 기다리고 있는 흰색 승용차의 문을 열고 황급히 몸을 실었다.

"죄송합니다. 급해서 그러는데요, 저기 저 외제차 좀 따라가 주시면 감사하겠습니다.”

그 고급 외제 승용차는 사거리에서 논골로로 꺾어지고 있었다. 뒤쫓아보니 그 승용차는 멀리 가지 않고 논골 한적한 양지공원 주차장 안으로 들어섰다.

“세워 주세요. 감사합니다.”

우연아는 고맙다고 인사를 하고 뒤를 따르던 승용차에서 내렸다. 그리고 지순영을 납치한 차량을 찾았다. 영업을 하지 않는지 주차장 안에는 먼지를 뒤집어쓴 폐차 직전의 차량 한 대만 서 있었고, 바로 그 옆에 세워져 있는 문제의 차를 발견했다.

입구 옆으로는 컨테이너 사무실이 보였다. 한쪽으로는 건축자재 더미가 보였다. 주차장으로 들어섰던 승용차가 사무실 입구에 정차하더니 중년 남자가 운전석에서 내려섰다.

우연아는 재빨리 낡은 주차장 간판이 걸린 기둥 뒤에 몸을 숨겼다. 점퍼를 걸친 나이 40대 가량으로 보이는 중년 남자는 승용차에서 내려 조수석 뒷문을 열었다.

기절했던 지순영이 정신을 차린 모양이었다. 저항을 하는 지순영을 중년 남자가 승용차에서 끌어내렸다. 중년 남자는 지순영의 목을 팔로 감아서 끌고 사무실로 들어갔다.

우연아는 누군가의 도움이 필요하다고 생각했다. 주위를 둘러보았으나 너무 외진 곳이라 거리를 왕래하는 사람은 아무도 없었다.

우연아는 조심스럽게 조립식 사무실로 다가갔다. 머리 위로 뚫린 창문으로 발돋움하여 사무실 안을 들여다보았다. 준비된 것처럼 중년 남자가 책상 서랍에서 밧줄을 꺼내 들었다. 지순영의 팔을 뒤로 젖혀 밧줄로 손을 묶어 의자에 앉히며 씨근덕거렸다.

"네 엄마, 대출해 간 돈 전번에 이자 돈 안 받았잖아! 이번 달도 이자를 안 받겠다는데 왜 고집을 피는 거야?"

"나중에 빚 다 갚고 이자도 드릴게, 살려 주세요."

"왜 그래? 네 엄마 그 돈 갚을 능력 없어! 네 엄마, 노래방 도우미로 뛴다면서. 이자 돈 안 받겠다고 하잖아."

"싫어요, 이건! 제발 보내 주세요."

손이 뒤로 묶인 채 의자에 앉혀진 지순영이 겁에 질린 표정으로 중년 남자를 향해 애원했다.

그녀의 벌어진 교복 상의 안에 블라우스 사이로 앞가슴과 브래지어가 드러나 보였다. 그녀를 내려다보는 중년 남자의 눈빛이 먹잇감을 노리는 짐승 같았다. 그 남자가 돌아서더니 사무실 문의 손잡이를 눌러 잠갔다.

"살려 주세요?"

"누가 죽인데? 말만 잘 들으면, 서로 좋은 거 아냐?"

"제발, 보내 주세요. 네?"

"이게 말로 안 되겠구먼."

중년 남자가 지순영의 뺨을 후려쳤다. 뺨을 얻어맞은 지순영은 "악!" 하고 비명을 터뜨렸다.

그리고 후려치는 손바닥에 지순영의 얼굴이 힘없이 획 돌아갔다. 뒤 이어 입에서 피를 흘리는 지순영의 얼굴빛이 하얗게 변했다.

공포를 느끼는 지순영의 손발이 덜덜 떨렸다. 잘못하면 맞아 죽을 것만 같았다. 그녀를 노려보던 중년 남자는 사정없이 지순영의 교복 상의를 잡아 당겨 찢었다. 찢겨진 교복 상의가 벗겨지더니 하얀 브래지어를 하고 있는 그녀의 상체가 드러났다.

"살려 주세요. 제발."

"주둥이 닥쳐! 말을 잘 듣지, 그래."

이어서 중년 남자는 지순영의 앞가슴으로 손을 뻗쳐 브래지어마저 잡아 당겨 벗겼다. 뽀얀 살결의 젖가슴이 드러났다. 남자의 손길이 그녀의 젖가슴을 주물렀다. 다시 남자의 숨결이 거칠어지고 지순영은 젖가슴을 주무르는 남자에게서 벗어나려고 몸부림쳤다.

흥분이 되는지 남자가 자신의 사타구니를 문질렀다. 지순영이 발버둥 치며 소리를 질러댔다.

"누구 없어요! 살려 주세요."

"이년이? 어디다 팔아먹던지 해야지 이거."

남자의 손바닥이 다시 지순영의 뺨을 후려쳤다. 머리가 획 돌아갔다. 동시에 지순영이 숨을 들이키며 신음을 흘렸다.

남자는 의자에 걸린 타월로 지순영의 입을 틀어막았다. 재갈을 물린 셈이었다. 재갈이 물려진 지순영은 덫에 걸린 사슴처럼 '우우!' 하는 신음만 흘렸다.

창문 안으로 들여다보고 있는 우연아는 어찌해야 할지 대책이 서지 않았다. 지순영을 어떻게 하든지 구하고 싶지만 사무실 문이 안에서 잠겨 있어 안절부절 못했다. 안으로 들어갈 수 있는 곳은 유리

창문뿐이었다. 창문을 밀어 보니 꼼짝도 하지 않았다.

발돋움을 한 우연아는 다시 사무실 안을 들여다봤다. 순간 지순영의 젖가슴을 더듬던 사나이가 창문으로 고개를 돌렸다. 사나이의 번득이는 눈빛을 의식한 우연아는 자신을 보는 것 같아 급하게 머리를 숙였다.

그런데 사무실 안에서 의자가 넘어가는 소리가 나는 것 같았다. 다시 고개를 들어 조심스럽게 사무실 안을 들여다봤다. 재갈이 물려지고 팔이 뒤로 묶인 지순영이 그 남자에 의해 책상 위로 올려지고 있었다.

남자는 그녀를 뒤로 엎드리게 해놓고 책상 모서리로 당겼다. 그러더니 모서리까지 끌려온 그녀의 교복 스커트를 들어 올리고 하얀 팬티를 벗겨냈다.

"아저씨! 제발, 살려 주세요."

"그래봐야 여긴 아무도 없어. 싫다면 2천4백만 원 갚아."

"살려 주세요. 그리고 엄마가 4백만 원 대출했다는데, 어떻게 2년의 이자가 2천만 원이에요?"

"이자에서 이자가 새끼를 치고 또 치면 그렇게 계산이 돼. 그러니까 가만 있어. 두 달 이자는 봐준다."

청순한 지순영의 발가벗겨진 하반신이 드러났다. 그 남자는 그녀의 뽀얀 엉덩이를 양손으로 벌리고 들여다보고 있었다.

"엄마 얏!"

살을 헤집고 자신의 몸속으로 들어오는 통증을 느낀 지순영이 작

살에 꿰인 물고기처럼 버둥거렸다. 골반이 터지는 고통으로 숨조차
쉴 수 없었다.

간신히 질 입구에 걸쳐 있던 남자는 다시금 힘껏 밀어 넣었다. 어
린 여자의 살 속이 찢어지는 고통을 참지 못하고 죽을힘을 다해 다
리를 뻗어 올렸다.

그녀의 발버둥치는 발길에 가슴이 채인 남자가 뒷걸음질을 쳤다.
그녀의 발가벗겨진 하복부에는 어느새 붉은 선혈이 맺혀 있었다.

씨근덕거리며 다가선 남자가 그녀의 뺨을 후려쳤다.

"이런 쌍년이! 죽고 싶어!"

"남자의 손바닥에 얻어맞은 지순영의 얼굴이 획 돌아갔다. 이맛살
을 찌푸린 남자는 다시 지순영의 질 속으로 남성을 힘껏 밀어 넣었
다. 고통스러운 표정을 지은 그녀의 몸이 흔들리며 허우적거렸다.

"날 원망 마라. 다 네 엄마 때문이다. 내 돈을 대출해 갔으면 갚아
야지. 갚을 능력 없으면 대신 네 몸으로라도 두 달 이자나마 때워야
할 게 아니냐?"

그 모습을 창문을 통해 들여다보고 있던 우연아는 분노로 심장이
터질 것만 같아서 주저앉았다.

괴한들에게 윤간을 당하던 고통이 되살아났다.

"강도, 도둑놈!"

입술을 깨물고 일어선 그녀의 눈동자에서는 불꽃이 튀었다. 고통
스러웠던 자신의 모습을 보는 것 같았다. 주위를 두리번거리고 살피
는데, 맞은편에 쌓인 건축 자재들 중에 나무상자가 보였다. 그녀는

부리나케 가서 나무상자를 들고 왔다. 그리고 창문 밑에 나무상자를 놓고 뒷걸음쳤다.

우연아는 책가방을 어깨에 메고 속으로 외쳤다.

'이 강도 놈 죽여 버릴 거야!'

그녀는 이를 악물고 창문을 향해 달려갔다. 나무상자를 딛고 점프를 한 그녀는 들고 있는 책가방을 방패삼아 유리 창문으로 몸을 던졌다. 그녀의 몸이 유리 창문을 박살내고 사무실 바닥으로 굴렀다. 한 바퀴 회전을 하여 바닥을 구른 그녀는 바지를 발목에 걸고 있는 중년 남자의 엉덩이를 돌려 찼다. 여학생의 허벅지 사이에 하복부를 잇대고 안간힘을 쓰던 중년 남자는 느닷없이 발길에 채여 옆으로 나뒹굴었다.

"뭐야?"

"개만도 못한 놈! 이 강도 놈을 죽일 거야!"

바닥에 벌렁 나자빠진 남자는 당혹스러워 하며 우연아를 올려다 봤다. 자신을 걷어찬 상대가 고작 나이 어린 여고생이라는 것에 기가 막혔다.

그는 자신의 아버지가 보안부대 장성 출신으로 많은 돈을 모아 부동산투기로 재벌 버금가는 부를 챙긴 집안의 아들이었다. 그는 부모의 돈으로 대부사채회사를 운영하는 박민철 사장이었다.

그는 폭력배를 두고 돈놀이를 하면서 정치에 뛰어들 욕심을 내고 있었다. 또한 그는 아버지의 힘으로 군대는 가지 않았지만 유도 유단자였다. 싸움의 기술이 많은 경험을 쌓았다고 자부하는 그는 어처구니없는 표정을 지으며 일어섰다.

바지가 흘러내린 그의 하복부에서는 진액으로 번들거리는 흉물이 흔들거렸다. 화가 치밀어 오른 그는 바지를 추켜올리더니 우연아에게 다가서면서 주먹을 불끈 쥐었다.

"이런 개 같은 계집애가 겁도 없이."

우연아를 후려치려던 그는 도리어 기합소리와 함께 책상을 짚고 휘청거렸다. 그가 손을 뻗치기 전에 이미 그의 관자노리에 우연아의 발길이 작렬한 것이다.

박민철은 정신이 번쩍 들었다. 너무 상대를 얕잡아 보았다는 자신의 실책을 느꼈다. 그는 책상을 짚고 한 발 물러서며 여고생이라고 만만하게 볼 수 없다는 판단을 했다.

그는 매섭게 노려보는 여고생의 눈빛을 의식했다. 하지만 그는 허리띠를 조이고 상대를 제압할 자세를 취했다.

"하! 까불고 있네. 너 얘 친구냐? 날 잡아 잡숴 달라고 왔네."

"이 나쁜 놈, 죽어 버릴 거야!"

이글거리는 눈빛을 한 우연아가 그를 향해 돌진했다.

어쩌면 우연아의 무모한 공격인지도 모른다. 그의 명치끝을 향해 우연아의 주먹이 번개처럼 가격했다. 그러나 당하고만 있을 박민철이 아니었다. 옆으로 몸을 비튼 그가 우연아의 팔을 낚아채어 내던졌다. 우지끈하는 소리와 함께 우연아의 몸이 의자에 부딪쳐 사무실 구석에 처박혔다. 아울러 쨍그랑 소리와 함께 우연아의 손에 끼었던 반지가 빠져 책상 밑으로 굴러갔다.

우연아에게 당한 것이 분한지 그는 씨근덕거리며 쓰러진 우연아에게 다가갔다.

"세상 무서운 줄 모르고 어디서?"

정신을 잃고 하복부를 드러내고 책상 위에 눕혀져 있던 지순영이 바닥으로 굴러 떨어졌다. 고통스러운 표정을 짓던 그녀는 이를 악물고 상체를 일으켰다. 팔이 뒤로 묶인 그녀가 사무실 구석으로 기어갔다. 하복부가 찢어지는 통증을 느끼던 지순영은 그제서야 구석에 처박힌 사람이 같은 학교의 여고생이라는 걸 알아 차렸다.

그가 쓰러진 우연아를 무자비하게 발로 걷어차기 시작했다.

"내가 누군지 알아? 너 같은 년, 하나 죽이는 것은 식은 죽 먹기야."

우연아는 윽! 하면서 그에게서 벗어나려고 엉금엉금 기어서 문 쪽으로 다가갔다. 거기서 간신히 일어서서 문고리를 잡고 열려고 하는데, 갑자기 박민철의 주먹이 그녀의 턱을 강타했다. 머리통이 텅겼다. 우당탕! 하는 소리와 함께 캐비닛을 들이받고 다시 쓰러졌다. 그가 씨근덕거리며 입가에서 피가 주르륵 흐르는 그녀에게 다가왔다.

"개 같은 년! 뭐 이런 년이 다 있어."

우연아는 허리와 등의 뼈마디가 부서지는 통증을 느꼈다. 다가서는 남자의 발길질은 계속되고 우연아는 여기서 죽는 것이라고 생각했다. 그리고 윤간을 당하던 장면을 떠올리며 이를 악물었다.

캐비닛 구석에 세워진 철제 지렛대에 군복이 걸려 있는 것이 시야에 들어왔다. 다가오는 발자국 소리에 맞추어 심장소리도 커졌다.

그의 구둣발이 그녀의 머리를 향해 날아왔다. 순간 그녀는 쓰러진 자세에서 철제 지렛대를 움켜쥐었다. 그리고 있는 힘을 다해 머리를 향해 날아오는 구둣발을 향해 휘둘렀다.

발을 들어 올렸던 그가 악! 외마디를 지르며 고꾸라졌다. 우연아는 사력을 다해 일어나 들고 있던 철제 지렛대로 박민철의 머리를 내려 쳤다. 순간 박민철의 머리에서 피가 분수처럼 터져 나왔다.

눈에 불꽃이 튀는 우연아의 손에 들은 지렛대가 그를 연거푸 내려 쳤다. 그녀의 머릿속에는 환청이 들렸다.

'죽여라! 그러면 고통에서 벗어날지니!'

우연아가 지렛대를 휘두를 때마다 사무실 바닥에는 박민철의 머리와 몸에서 흘러내린 피로 얼룩져 갔다.

그녀의 눈빛이 흡혈귀처럼 붉게 물들어 있었다. 남자는 이미 숨을 거두었는지 피가 엉긴 살갗이 반사적으로 흔들릴 뿐이었다. 그래도 그녀는 이를 악물고 마치 광기를 부리는 마녀같이 철제 지렛대를 휘둘렀다.

"이렇게 나쁜 짓하는 놈들은 죽어야 해! 죽어! 죽어!"

구석에서 웅크리고 있던 지순영은 끔찍한 장면에 자신이 당한 고통보다 더한 공포를 느껴 벌벌 떨었다.

박민철의 몸이 아무런 반응 없이 선혈로 낭자하게 될 즈음에 우연아의 행동이 멈춰졌다. 마치 몽유병 환자처럼 서 있는 그녀의 손에서 철제 지렛대가 떨어져 나가며 날카로운 소리를 일으켰다.

양팔을 축 늘어뜨린 우연아는 힘없이 의자 위에 털썩 주저앉았다.

운동을 하고 나서의 노곤함 같은 그런 기분을 느꼈다.

어쩌면 자신도 알지 못하는 쾌감이었다. 몸은 피로를 느껴 나른하지만 통쾌함과 아울러 정신은 예민해졌다. 무언가 해야 할 일이 있는 것 같았다. 의자에 털썩 앉은 우연아의 무표정한 얼굴에 묘한 희소가 떠올랐다. 그 모습을 바라보고만 있던 지순영은 우연아의 괴이한 행동에 공포감을 느껴 등골이 더욱 오싹해졌다.

우연아는 무릎을 펴고 의자에서 일어섰다. 바닥에서 지렛대를 집어 들었다. 지렛대에 걸려 있던 군복에다 피를 닦았다. 그리고 먼지가 뽀얗게 쌓인 싱크대로 다가갔다. 수도꼭지를 틀어 지렛대를 물로 씻어 팽개쳤다. 손에 묻은 피를 닦은 그녀는 파랗게 질려서 쳐다보는 지순영에게 다가가 팔에 묶인 밧줄을 풀어줬다.

"저런 어른들이 있으니, 우리 같은 약자들은 살기가 힘들어. 누구에게도 말하지 마."

"응."

"어차피 당한 일, 말한다고 보상해 줄 사람 아무도 없어. 돈과 권력으로 강한 자만 잘 사는 나라. 우리 같은 약한 자는 너처럼 당하고 살아야 하는 것이 우리나라 현실이야. 미래를 위해서 저런 인간들은 죽어야 대한민국이 발전해."

"알았어."

그때서야 지순영은 눈물을 흘리며 울먹거렸다. 지순영은 우연아의 행동과 명령조의 차가운 목소리가 같은 여고생이라고 믿기가 어려웠다. 강압적인 말투이지만 모든 상황이 자기 자신으로 해서 일어난 일이라 지순영은 자책감이 들어 할 말이 없었다.

지순영은 홀로 된 어머니와 단 두 식구뿐이었다. 더욱이나 품팔이로 어려운 살림을 꾸려가다가 공사현장에서 어머니가 다쳤다. 수술비와 입원비가 없어 병원에서 퇴원할 수가 없어 지하금융인 대부업을 하는 그에게 4백만 원을 대출해서 병원비를 내고 퇴원을 했었다.

퇴원을 하고 3개월 동안 돈을 갚지 못하자, 원금보다 이자가 더 무섭게 쌓여가고 있었다. 아픈 엄마는 이자라도 벌어보겠다며 낮에는 식당에서 일하고 밤에는 노래방 도우미로 돈을 벌었던 것이다. 그런 엄마를 슬프게 하고 싶은 생각은 추호도 없었다.

다만 죽었는지 꼼짝도 하지 않는 그 남자를 보니 지순영은 두려웠다. 선혈로 낭자한 사무실의 광경은 더욱 끔찍하게 느끼게 했다.

"저, 저 사람 죽은 거 아냐? 어떡해?"

"염려 마! 너하고 나만 잊으면 돼. 안다고 해도 우리는 정당방위야."

우연아의 말을 이해했는지 지순영이 훌쩍거리며 고개를 끄덕였다. 우연아는 주위를 둘러보더니 밖으로 나가서 승용차의 뒷좌석 열려진 문으로 다가갔다. 지순영의 책가방을 들고 잠시 망설이다가 좌석 뒤에 꽂힌 장갑을 집어 들었다. 사무실로 다시 들어가 찢어진 교복 상의를 추슬러 입는 지순영에게 가방을 건네줬다.

그리고 우연아는 망설이더니 이글거리는 눈빛으로 내려다보다가 죽은 박민철의 안주머니를 뒤져서 지갑을 꺼냈다. 지갑 속에 들은 신분증과 명함 등을 바닥에 쏟아놓고 현금 다발을 손에 거머쥐었다.

그리고 지갑을 바닥에 팽개치고 현금을 지순영에게 건네줬다.

"자! 이건 네 꺼야!"

"……!"

"가자!"

"……?"

우연아는 책가방에서 매직펜을 꺼내 박민철의 가슴에다 '찰코' 라는 글씨를 써 넣었다.

사무실 안을 휘둘러 본 우연아는 책가방을 집어 들고 사무실을 나갔다. 우연아에게 받은 현금 다발을 들여다보던 지순영이 주춤거리다가 우연아의 뒤를 쫓아 나섰다. 뒤를 돌아본 우연아가 어기적거리며 걷는 지순영을 부축해 주었다. 주차장을 나서는 그녀들의 모습이 사거리 모퉁이를 돌아가더니 사라졌다.

한 차례 불어오는 바람에 열려 있던 승용차 문이 슬머시 닫혔다.

집에 들어온 우연아는 거실 소파에서 잠시 잠이 들었다. 얼마동안 잠결에 빠져 있다가 인기척에 눈을 떴다. 언제 퇴근해 왔는지 이경우가 거실 바닥에 앉아서 손에 쥔 반지를 만지작거리고 있었다.

"오빠 언제 왔어?"

"지금."

"어? 내 반지잖아? 그 반지가 왜 오빠한테 있어?"

이경우는 부대에서 양지공원 주차장 사고현장에 출동지시를 받았다. 군복이 현장에 있어 출동을 했던 것이다. 사고현장 건물의 바

권지희는 군부대에서 이경우와 같은 수사관 사무실에서 근무하고 있었다. 그러다보니 어느 틈에 두 사람은 연인이 되어 버렸다.

"오! 아름다운 꽃이여!"

그녀를 힐끗 쳐다본 이경우가 혼잣말처럼 중얼거렸다.

"지금 계절에 무슨 꽃이 있어요."

이곳엔 꽃이 없었다. 그래서일까, 권지희는 웃음을 흘렸다. 이경우는 장난스러운 소년처럼 짓궂은 표정을 지었다. 권지희를 쳐다보지도 않고 정면을 응시하면서 익살스럽게 노랫가락을 흘렸다.

"꽃 중에 꽃."

"무궁화 꽃노래를 하는 거예요?"

"아니, 세상에서 제일 예쁜 꽃."

"여기 산을 밀어내서 꽃이 안 보이는데? 그게 무슨 꽃인데요?"

"내 옆에 있잖아."

"네?"

이경우의 말에 권지희는 어리둥절했다. 아무리 살펴보아도 이곳엔 땅을 파헤친 흙무더기뿐이고 꽃은 보이지 않았다.

시선이 마주친 이경우가 얼굴을 붉히며 빙그레 웃었다. 그때서야 권지희는 이경우의 농담 섞인 말뜻을 알아채고 얼굴을 붉혔다.

"놀리는 거죠? 경우씨도 그런 농담 해요?"

"정말인데."

"피잇! 어울리지 않아요."

"정말인데, 몰라주는군."

얼굴을 붉힌 권지희는 이경우에게 눈을 하얗게 흘겼다. 이경우가 갖고 있는 스마트폰에서 메시지 신호음이 들렸다. 작업지가 떨어지는 것이라고 생각한 권지희는 촉각을 곤두세우고 있었다. 액정화면을 들여다본 이경우가 주춤했다.

우연아에게서 걸려온 메시지로 빨리 전화를 해달라는 문자였다.

태풍 비상으로 요즘 들어 자주 집을 비우는 이경우였다. 아침에도 우연아가 잠들어 있는 모습을 보고 그냥 집을 나왔었다.

이경우는 스마트폰을 이용해 우연아에게 전화를 걸었다. 기다렸다는 듯이 우연아의 맑은 목소리가 흘러 나왔다.

"오빠! 어디야?"

"왜? 근무 중인데!"

"나, 어떡해? 지금 친구하고 참고서 사려고 가든파이브에 와 있는데, 신용카드를 잃어 버렸어."

"에이! 조심하지."

"아침에 말하려고 했는데 오빠가 그냥 나갔잖아. 어떡하지?"

"음! 그러면 복정역 1번 출입구로 올래?"

"알았어. 금방 갈게."

이경우는 카드회사로 전화를 걸어 분실 신고를 하고 권지희와 복정역에 도착했다. 우연아는 아직 도착해 있지 않았다. 우연아를 기다리고 있는 이경우의 곁에서 권지희도 서 있었다.

친구와 함께 지하철 출구를 올라오는 우연아의 모습이 보였다. 달음박질을 하여 달려온 우연아가 해맑은 표정으로 가쁜 숨을 내쉬었다. 그리고 서슴없이 이경우의 목에 팔을 두르고 매달렸다. 그뿐만 아니라, 이경우의 뺨과 입술에 입맞춤을 했다. 뒤처져서 바라보고 있던 권지희가 눈살을 찌푸렸다.

이경우는 분명히 고아가 된 외사촌 여동생을 데리고 있다고 했었다. 그런데 누가 봐도 외사촌 여동생이라고 생각하기에는 도가 지나친 스킨십이었다.

권지희는 뜻밖의 광경을 보고 두 사람의 관계를 이해하기가 어려웠다. 사람들의 시선도 의식하지 않고, 어린 아이도 아닌 성숙한 여고생이나 여대생쯤으로 보이는 여자의 행동이라고 생각할 수가 없었다.

황당한 표정으로 서 있는 권지희에게 이경우는 우연아를 데리고 다가왔다. 그리고 서로를 소개했다.

"연아야, 인사해. 오빠하고 같은 부대에서 근무하는 언니야."

"그럼 군인?"

"응. 군인."

"군복은."

"부대 밖에 나오면 사복을 하고 나와, 지금은."

"아, 저는 우연아예요."

"아. 그러니? 반갑다. 나, 권지희 언니야. 앞으로 자주 보게 되면 좋겠다."

"내가 언닐 왜 자주 봐요?"

우연아의 당돌한 말에 권지희는 어이없다는 표정을 지었다. 우연아와 권지희의 마주친 눈빛에서 순간적으로 불꽃이 튀는 것 같았다. 이경우에게 스킨십을 하던 발랄한 모습과는 달리 권지희를 바라보던 우연아의 눈빛이 싸늘해졌다.

우연아는 한 번도 이경우가 여자와 나란히 있는 광경을 본 적이 없었다. 그녀 자신이 이경우에게는 단 하나의 여동생이고, 여자인 줄로만 알았다. 그렇다고 이경우를 남자라고 생각해 보지도 않았다. 그런데 자신도 모르게 처음 보는 여자의 모습에 질투심이 일어났다. 자신보다 나이는 들었으나, 청순한 미모와 날렵한 몸매를 지닌 권지희에게 적개심을 느꼈다. 오빠와 같은 부대에서 근무한다는 그녀에게 공연히 질투심도 생겼다.

권지희는 처음부터 우연아의 스킨십이 언짢아 보였어도 이경우를 생각해서 너그럽게 받아주려고 했다. 생각보다 남다르게 예쁜 미모를 지닌 우연아가 밀랍인형처럼 보였다. 그러나 바라보는 눈빛은 독살스러워 보였다. 그녀의 공격적인 말투를 듣고는 더욱 화가 치밀었다. 하지만 이경우를 봐서라도 너그러운 모습을 보여야 한다고 생각했다. 우연아의 말을 곰곰이 삭이다가 미소를 띠워 보였다.

"아! 연아가 정말 예뻐서 하는 말이야."

미소를 띠는 권지희의 말에 우연아는 역습을 당한 것처럼 분해서 날카롭게 노려보았다.

이경우는 우연아의 돌발적인 말투에 익숙해 있었다. 우연아와 권지희를 번갈아 바라보던 이경우가 어색해지는 분위기를 느끼고 우연아의 앞을 막고 나섰다. 그리고 또 하나 갖고 있던 신용카드를 우연아의 손에 쥐어 주었다.

"자, 연아야. 얼른 가서 참고서 구입해. 카드 잃어버리지 말고."

카드를 받아든 우연아가 뾰루퉁한 모습으로 돌아섰다. 이경우가 돌아서서 발걸음을 옮기려는 우연아를 붙잡았다.

"언니한테 인사하고 가야지."

"안녕히 계세요."

주춤거리던 우연아는 마지못해 권지희를 향해 돌아섰다. 그러나 눈도 마주치지 않고 머리를 꾸벅거리고는 지하철 입구를 향해 뛰어 내려갔다.

순간 권지희는 오래 전에 이경우의 어머니도 자신과 같은 권씨 성이라고 했었던 기억을 떠올렸다. 그런데 외사촌 동생이 자신의 이름을 우연아라고 했다. 어머니와 성씨가 다른 것을 어떻게 이해해야 할는지 모르겠다. 하지만 이내 어머니 여자 형제의 딸일 수도 있다는 생각이 들었다. 외사촌이 아닌 이종사촌일 거라고 생각했다.

권지희는 공연한 오해를 하는 것이라고 생각하며 이경우를 바라봤다. 어쩌면 자신도 모르게 우연아에 대한 질투가 아닌가 하고 얼굴을 붉히면서도 마음 속에는 묘한 응어리가 남아 있었다.

난처해진 이경우가 어색한 표정을 지어 보였다.

"미안해. 혼자 자라다 보니 버릇이 없어서."

"여동생을 여자로 사랑하세요?"

권지희는 발끈해서 질문을 해놓고 이내 후회를 했다. 너그러운 모습을 보여야 한다고 생각했는데 자신도 모르게 튀어 나온 것이었다.

같은 여자로서 질투하고 있는 것은 아닌지 자격지심이 들어 얼굴
에 경련이 일어나는 것만 같았다.

"그게 무슨 말? 가족이나 다름없는데."

어리둥절한 표정으로 이경우가 되물었다.

"아니에요. 그냥 해 본 말."

이경우를 만났던 우연아는 공연히 짜증이 났다. 참고서를 구입한
그녀는 친구와 같이 인파들로 복잡한 가든파이브를 돌아다니다가
시큰둥해서 집으로 돌아왔다.

적개심을 느껴 쏘아붙이는 말에도 호의를 보이던 권지희의 친근
한 표정이 생각할수록 화가 났다. 구입해 온 참고서를 책상에 펼쳐
놓고 공부를 하려고 해도 오빠와 권지희의 다정한 모습이 눈 앞에
아른거려 신경이 쓰였다.

우연아는 저녁밥을 하라는 가사 할머니의 성화도 뿌리치고 책장
을 뒤적이고 있으나 머릿속에는 한 글자도 들어오지 않았다. 왠지
오빠가 자신에게서 멀어져 가는 것만 같은 망상 때문인지 피로가 엄
습했다.

잠시 후 우연아는 눈이 저절로 감기고 졸음이 와서 침대 위에 벌
렁 누웠다. 눈을 감고 잠속에 빠져드는 세상은 섬뜩함을 느끼는 환
각의 세계였다. 아니 낯익은 악몽이었다.

요즘 들어 악몽에서 벗어나고 있다고 느끼던 그녀를 집요하게 붙
잡고 늘어지는 것이었다. 그녀는 환각 속에서 빠져 나오려고 필사적
인 몸부림을 쳐도 꿈은 사슬이 되어 그녀를 점점 더 가혹하게 결박

해 오고 있었다.

검은 그림자가 되어 다가오는 것은 커다란 고목이었다. 소름 끼치도록 무시무시하고 거대한 고목은 하늘 전체를 가리고 있었다. 우연아는 활활 타오르는 뜨거운 불길 속에 걸치고 있는 옷을 벗어던졌다. 시커먼 고목의 가지들이 살아 움직이며 손발이 되어 발가벗은 그녀를 끌어당겼다. 그녀의 발가벗은 알몸은 온통 검은 매직으로 칠해져 있어 묵화의 나신처럼 비틀거리며 안간힘을 썼다. 고목이 커다란 입을 벌리고 악마의 음성을 흘렸다.

'내게로 오라! 고통을 잊으리라!'

그녀는 두려움에 떨며 흐느적거렸다. 바람도 없는 허공에선 검은 잎사귀들이 휘날리고 있었다. 그녀는 숨조차 쉴 수가 없었다. 나뭇가지에 옥죄이는 고통 속에 그녀는 허벅지 사이를 손바닥으로 더듬었다. 고통과 함께 희열의 쾌감이 어우러졌다.

어둠 속에서 허우적거리는 그녀를 구해 줄 사람은 아무도 없었다. 누군가 그녀를 바라보고 있었다. 멀리서 이경우의 그림자가 다가오다가 멈추어 섰다. 그녀는 안간힘을 다해 이경우를 불렀다.

"오빠! 날 좀 안아줘!"

어둠 속을 향해 손을 뻗치면서 눈을 떴다. 한동안 잊었던 악몽이었다. 그런데 정작 자신은 꿈속에서처럼 걸친 옷을 벗어던진 채 팬티 차림이었다. 현실인지 꿈속인지 모르겠다. 졸고 있는 전등불 아래 벽시계의 바늘이 거꾸로 돌아가는 환각을 느꼈다.

우연아는 벌거벗은 알몸에 잠옷을 걸쳤다. 허탈함에 젖어 방문을 나서 거실로 들어섰다. 거실의 벽시계는 정상적으로 자정을 향하고 있었다.

가사 할머니마저 잠든 집안은 고요하기만 했다. 거실을 가로 질러 이경우의 방 앞으로 다가섰다. 방문을 여니 언제 들어왔는지 침대 위에는 이경우가 잠들어 있었다. 이경우의 모습을 보고나서야 우연아의 마음은 평온해졌다. 누구도 그녀를 해치려 하지 않았다. 온몸을 옥죄어 오던 검은 가지들도 없어졌고, 그녀를 덮치려고 나부끼던 검은 잎사귀들도 보이지 않았다.

그런데 이경우의 얼굴에 배시시 미소를 짓는 권지희의 얼굴이 오버랩 되어 떠올랐다. 문득 권지희에게 오빠를 빼앗길 것만 같은 두려움이 엄습했다.

우연아는 이경우의 침대 속으로 파고들었다. 그때서야 오빠로부터 안전하게 보호되었다는 안정감이 들어 스르르 잠이 들었다.

이른 새벽, 이경우는 괘종시계 소리를 듣고도 눈을 뜰 수 없었다. 일찍 일어나기 위해 괘종시계를 알람으로 맞추어 놓았지만 피곤해서 몸이 천근같이 무거웠다.

부대 비상으로 일찍 탄천으로 가야 했다.

몸을 뒤척이던 이경우가 깜짝 놀라서 일어났다. 팬티 차림으로 우연아가 가슴에 안겨 있었다. 그러나 악몽에 시달려 온 탓이라고 생각하니 불쌍하기도 하고 애틋한 마음마저 들었다.

잠들어 있는 그녀를 안아서 건넌방으로 가서 침대 위에 눕혔다. 서둘러 세면을 하고 우유 한 잔으로 아침 식사를 대신하고 서둘러

집을 나섰다.

이경우가 집을 나설 때까지도 우연아는 깊은 잠에 빠져 있었다.

바쁘게 가을을 보내고 나니 눈 내리고 얼음 어는 한겨울이 되었다. 또 한해가 바뀌고 새해를 맞이한 이경우는 많은 염려를 했다. 다름 아닌 우연아의 대학 입학 때문이었다. 다행히 우연아는 쉽게 대학에 합격하였다. 더군다나 우연아는 서울의 명문대학교 체육과에 당당히 합격한 것이다.

여고를 졸업하고 대학교 입학을 앞둔 우연아는 예전과 다른 면을 보이기 시작했다. 악몽에 시달리는 모습도 점점 없어지고 있었다. 철없는 행동도 사라지고 있었다. 성숙해지는 자태만큼 발랄하고 조신한 모습으로 변해가고 있었다.

자동차 세차를 하던 우연아가 이경우를 힐끔 바라봤다.

"오빠 뭐해. 혼자 힘들어 죽겠는데, 세차 안 해?"

"응, 알았어."

반바지 밑으로 매끈한 허벅지를 드러낸 우연아가 하얗게 눈을 흘겼다. 선웃음을 흘린 이경우는 세차하고 있는 그녀를 향해 걸음을 옮겼다. 별안간 그녀가 들고 있던 호스가 이경우를 향했다. 호스 끝에서 쏟아지던 물줄기가 이경우를 덮쳤다. 갑작스런 물세례를 받은 이경우는 당황하였다.

"이런?"

물줄기를 피하는 이경우에게 계속 호스를 겨냥하며 그녀는 키득거렸다. 물을 뒤집어 쓴 이경우의 셔츠와 바지가 흠뻑 젖었다. 이경우는 양손을 뻗쳐 물줄기를 막으며 우연아에게 다가갔다.

그녀는 여전히 웃음을 터뜨리며 물장난을 하였다. 뒷걸음치는 그녀는 달려오는 이경우에게 계속해서 호스의 물줄기를 쏟아 부었다.

"너 정말 이럴 거야?"

물줄기를 맞으며 다가선 이경우가 그녀에게서 호스를 빼앗았다. 그리고 그녀의 머리끝에서부터 물줄기를 쏟아 부었다. 그녀가 걸치고 있는 티셔츠와 반바지가 금방 물에 흠뻑 젖었다. 물에 젖은 그녀의 매끈한 몸매가 풋풋하게 그대로 드러났다. 울상을 짓고 그녀는 털썩 주저앉았다.

"하잉! 몰라! 미워 죽겠어."

"또 그럴 거야?"

"싫어. 안 할 거야!"

들고 있던 호스를 던진 이경우가 웃음을 터뜨리며 그녀의 팔을 잡아 일으켜 주었다. 뾰루퉁해진 그녀는 눈을 흘기며 세차하던 자동차로 다가갔다.

유쾌한 표정을 지은 이경우는 세제가 묻은 걸레로 세차를 하기 시작했다. 그런데 곁눈질하던 우연아가 물이 가득 담긴 양동이를 들고 이경우 등 뒤로 살금살금 다가섰다. 그리고 양동이 물을 이경우의 머리 위로 쏟아 부었다.

"으억!"

이경우가 급히 숨을 들이키며 흠칫 놀라는 모습을 보고 우연아는 깔깔대며 웃음을 터뜨렸다. 거기에서 이경우는 물에 빠진 쥐처럼 허우적거렸다.

돌아선 이경우가 우연아를 잡으려고 뛰어갔다. 깔깔거리던 우연아는 현관문으로 들어서며 약을 올렸다.

"메롱! 내가 질 줄 알고."

"너, 안 한다고 그래놓고. 잡히기만 해 봐라."

이경우가 그녀를 향해 달려갔다. 그녀는 현관문을 열고 거실로 뛰어 들어갔다. 뒤쫓아 이경우도 거실로 들어갔다. 한 사람은 잡으려 하고 한 사람은 피하느라 거실 탁자를 뱅뱅 돌았다.

그의 뻗친 손을 피한 그녀가 주방으로 들어갔다. 그리고 주방 일을 하고 있는 가사 할머니 등 뒤로 가서 울상을 지었다.

"할머니! 빨리 오빠 좀 말려 줘요."

"에구! 이게 웬일이여!"

두 사람 모두 물에 흠씬 젖어 있었다. 가사 할머니의 놀라는 모습을 본 이경우는 겸연쩍은 표정을 지었다.

헛바닥을 날름 내밀어 보인 우연아는 소파에 놓인 인형을 집어 들었다. 그리고 인형을 끌어안고 입맞춤을 했다.

"응, 우리 애니!"

빙긋이 웃음을 흘리더니 이경우는 그녀를 향해 주먹을 쥐어 보이며 세면장 문을 열었다. 세면장으로 들어가려는 그에게 우연아가 입술을 삐죽 내밀어 보였다.

"피잇! 약 오르지롱!"

그는 너털웃음을 흘리며 세면장으로 들어갔다. 닫힌 세면장 문을 쾅쾅 두드리던 우연아는 깡충 걸음으로 정원을 향해 뛰어나갔다. 그리고 물을 뿜어내고 있는 호스를 집어 들어 승용차에 묻은 세제 거품을 깨끗이 닦아냈다.

푸른 잎사귀가 그늘을 만들고 있는 정원에는 그녀의 미소처럼 밝은 햇살이 쏟아지고 있었다. 이름 모를 꽃봉오리가 터져 활짝 피어나기 시작했다.

우연아에게 대학 캠퍼스를 오가는 새로운 일상이 시작되었다. 산과 들은 점점 푸른색으로 변해 가고 있었다.

광장에서는 대학생들이 반값등록금 실시를 주장하며 시위를 벌이고 있었다. 한쪽에서는 4년여 전, 당시 1월 20일에 벌어진 상가 참사 관련 진상규명 요구 시위도 행해지고 있었다.

그곳을 바라본 우연아는 누구보다도 열성적으로 상가참사 시위대에 가담하였다. 시위 저지선을 경계로 경찰과 대치한 학생들은 꽹과리와 북을 두드렸다. 우연아도 구호를 외치는 선봉대에 끼어 주먹을 치켜들었다.

"정부는 용산참사 진상을 규명하라!"

시위하는 장소에는 화재 발생이나 사고 터지는 걸 방지하기 위해 지원 나와 있던 이경우의 모습도 보였다. 그러나 이경우는 학생들의 시위를 돕고 있었다.

참사사건으로 피해를 당한 사람들 중에 자신도 포함되었기 때문이다. 시위를 방관하는 그는 오히려 가장 여유로운 시간이기도 했다.

보안정보부대에서 파견 나온 이경우는 사복차림으로 시위장소를 구경삼아 돌아보고 있었다. 그는 우연아가 다니고 있는 대학교로 향했다. 경찰과 대치한 학생들의 시위는 마찬가지였다. 대학 정문 앞에는 시위 저지선을 사이에 두고 구호를 외치는 학생들의 함성으로 '정부는 참사규명과 반값등록금 공약을 지키라' 고 요란했다.

시위대의 선두에는 도로로 나가려는 학생들과 경찰들 간에 몸싸움이 일어나고 있었다.

현장을 둘러보던 이경우의 시선이 한 곳에 집중됐다. 학생들의 선두 그룹에서 우연아의 모습이 보였다.

경찰이 밀고 나오는 방패를 우연아가 걷어차고 있었다. 걷어 채인 방패로 경찰이 뒷걸음질하다가 엉덩방아를 찧으며 쓰러졌다.

주위에 있던 경찰들이 우연아를 에워쌌다. 경찰들과 이에 대항하는 우연아 사이에서 순식간에 난투극이 벌어졌다. 우연아는 결코 물러설 생각 없이 빠른 몸놀림으로 동분서주했다.

아무리 무술로 단련된 우연아라고 해도 여럿이 에워싸는 경찰들을 당할 수는 없었다. 여러 명의 경찰들에게 팔과 다리를 붙잡힌 우연아가 꼼짝없이 끌려 나오고 있었다. 이경우는 그걸 바라보고 있었다.

하지만 바라만 보고 있을 수는 없었다. 경찰들을 헤치고 저지선으로 들어갔다. 우연아를 끌고 나오는 네 명의 경찰들 앞을 막아섰다.

"군에서 찾는 비밀용의자야. 내가 데려가서 처리할 테니 놓아줘!"

이경우가 큰소리를 쳤다.

"네? 왜 그러십니까?"

"말 안 들려? 난 국군특수요원이라고."

이경우는 특수요원이라고 말을 했다.

"네? 그럼 신분증 좀 보여주시죠?"

이경우는 뒷주머니에서 지갑을 꺼내 국군특별수사관 신분증을 보여주고 얼른 주머니에 찔러 넣었다. 그러자 경찰은 서로 눈치를 살피다가 우연아를 풀어주었다.

이경우를 바라보는 우연아의 얼굴에는 반가움이 묻어났다. 우연아는 입가에 묻은 피를 주먹으로 문지르다 씩씩거리며 숨을 몰아쉬었다.

경찰들에게 잡힌 것이 분했기 때문이었다. 이경우가 우연아의 손목을 움켜쥐고 시위대 밖으로 끌고 나갔다.

"조심해야지. 다치지 않았어?"

"괜찮아."

"남자도 아니고, 요령껏 해야지."

"괜찮다니까!"

날카롭게 팩 쏘아붙이고 돌아선 우연아가 다시 시위대를 향해 뛰어갔다. 이경우는 시위대 속으로 들어가는 우연아의 모습을 멍하니 바라만 보았다.

더 이상 우연아를 말리고 싶지 않았다. 그렇게라도 해서 과거의 아픈 상처에서 벗어날 수 있기를 바랄 뿐이었다.

이경우는 함성이 일어나고 있는 시위현장을 벗어났다.

다른 지역보다 늦게 계절이 찾아오는 남한산성 등성에도 녹음이 깃들기 시작했다.

컴퓨터 앞에 앉아있던 이경우는 기지개를 켜며 거실로 나왔다. 그동안 칠성회 조직원들에 관련된 정보들을 컴퓨터에 입력하고 있었던 것이다. 한동안 등 뒤에서 이경우의 작업을 쳐다보고 있던 우연아는 거실로 나가더니 소파에서 책을 보고 있었다.

소파에 비스듬히 누운 우연아는 탁자 위에 다리를 올려놓았다. 그리고 보고 있던 책을 얼굴에 올려놓고 무슨 생각인지 골똘히 잠겨있다.

소파에 걸터앉은 이경우는 텔레비전 리모컨을 집어 들었다. 그리고 우연아를 힐끗 바라봤다. 반바지를 걸친 우연아의 허벅지의 뽀얀 피부가 드러나 보였다. 캠퍼스생활을 시작하더니 우연아는 더욱 살결이 고와지고 탄력 있는 아름다움과 함께 청순해지고 있었다.

이경우가 리모컨을 들고 텔레비전 전원 스위치를 눌렀다. 텔레비전에서는 대통령이 담화를 발표하는 화면이 방영되고 있었다. 그런 화면은 요즘 뉴스 시간마다 나오는 화면이었다.

얼굴에 책을 덮고 있던 우연아가 일어나더니 텔레비전을 주시했다. 뉴스를 보고 있던 우연아가 불쑥 입을 열었다.

"오빠! 만약에 말이야."

"만약?"

"응, 만약에 내가 대학 근처로 독립해 나가고 싶다면 어떡할 거야?"

"음. 연아가 원한다면 어쩔 수 없지."

TV 화면을 주시하고 있던 이경우는 우연아의 갑작스런 물음에 혼란스러웠다. 전혀 예기치 않았던 말이었다. 그러나 우연아로서는 오랜 시간동안 고민을 하다가 이경우의 동의를 구하는 말이었다. 아니 그녀는 이미 결심을 했던 마음의 전달이었다. 그러나 막상 자신의 생각을 표현한 그녀는 이경우가 낙심하는 표정에 마음이 아팠다.

"오빠 나 없이 혼자 있어도 괜찮겠어?"

"연아가 걱정되기는 하겠지만 어쩌겠어."

"그럼 내가 없어도 괜찮다는 말이야? 조금도 서운하지 않아? 오빠 마음 속에서 나는 멀어진 거야?"

"그런 건 아니고, 어쩌겠어."

"피잇! 이제 오빠는 조금도 나를 생각하지 않는구나."

"그럴 리가 있어. 이제 너도 어린애가 아니니까, 독립하고도 싶겠지."

막상 우연아에게 그런 말들을 듣고 보니 이경우는 새삼스럽게 애착심이 들었다.

그동안 아이를 낳아 키우듯이 우연아를 보살펴 오면서 괴로울 때도 많았지만 남다른 정이 깃들었다.

어쩌면 우연아에게 피붙이보다도 더한 애정을 쏟아 부운 것이다. 우연아가 곁에 없다는 것은 생각해 보지도 않았기에 가슴 한쪽이 뻥 뚫리는 것처럼 허전한 감정이 솟아났다.

혼자 독립하면 어떻게 하겠냐고 질문을 하는 우연아가 갑자기 어른스러워 보였다. 그리고 그녀가 자신의 보살핌을 받았던 여동생이 아니라 완전한 여성으로 보였다.

남성은 남성 나름의 의지가 있고, 여성은 여성 나름의 삶의 방식이 있다고 한다. 이경우는 정말 우연아가 곁을 떠나고 싶은지 의문스러웠다.

"정말 독립하고 싶은 거야?"

"독립하고 싶다기보다는 내 인생에 대해 깊이 생각해 봤어."

이경우는 갑자기 지나간 세월이 떠올라 눈물이라도 흘릴 것처럼 욱하는 감정이 솟아올랐다.

소파에서 부스스 일어났다. 문 밖으로 나서려 하고 있었다. 가만히 지켜보고만 있던 우연아도 그를 따라 나섰다.

해는 서쪽으로 기울고 있었다. 이경우는 뒷산 오솔길을 따라 걸었다. 뒤를 따라 나온 우연아가 그의 팔에 매달리며 배시시 미소를 지었다.

"오빠는 결혼 안 해? 지희 언니 좋아하잖아."

"아직 생각해 본 적 없어."

"난 이따금 결혼해서 예쁜 아기를 낳고 행복하게 사는 꿈을 꿔."

"벌써, 남자 친구 생겼니?"

걷던 걸음을 멈춘 이경우가 몸을 돌려 그녀를 바라봤다. 잠시 대답하기를 망설이던 그녀가 아카시아 나뭇잎을 따서 하나씩 떼어내고 있었다.

"글쎄. 마음 속에 있는 남자는 있는데, 친구는 아냐."

"그럼 애인이란 말이야?"

"음. 뭐라고 표현해야 할지 모르겠어."

"그런 말이 어디 있어?"

"수수께끼야."

키들거리는 웃음을 흘린 우연아는 떼어낸 아카시아 잎사귀를 높이 던졌다. 그리고 슬며시 그의 옆모습을 바라봤다.

그의 정갈한 귓바퀴와 까만 머리칼이 바람에 나부끼고 있었다. 자신을 보살펴 준 오빠라기보다는 자신의 모든 것을 알고 있는 남성으로 보여졌다.

그것이 사랑의 힘이라고 생각했다. 혓바닥을 날름 내밀어 보인 그녀는 그의 손목을 잡아당겨 깡충거리며 앞서서 걸었다.

그녀에게 이끌린 이경우는 의아스런 눈빛으로 다시 걸음을 옮겼다.

"수수께끼?"

"응, 오빠가 맞춰 봐."

그녀의 말에 이경우는 고개를 갸웃거렸다.

풀숲에서 노닐던 다람쥐가 이들의 발자국소리에 놀라 빠르게 달아났다.

어린아이처럼 키득거리는 우연아의 웃음소리와 바람결에 흔들리는 나뭇잎의 사각거리는 소리, 들새들의 날개 젓는 소리, 그리고 어디선가 잔잔한 음악이 흘러나올 것만 같은 아름다운 정경이었다.

이경우는 마주잡은 우연아의 손에서 전달되는 부드러운 온기를 느꼈다. 어깨를 나란히 하고 걷던 그녀가 몸을 휘돌려 그의 앞을 막고 섰다. 그리고 빤히 올려다보더니 그의 목덜미에 팔을 둘렀다. 흔들리는 나뭇잎 사이로 비치는 서녘 햇살에 그녀의 눈동자가 이슬을 머금은 듯 반짝였다.

그녀는 그의 목을 끌어안고 얼굴을 붉히더니 사르르 눈을 감았다. 그는 그녀에게서 흐르는 체취를 느꼈다. 얼굴이 맞닿을 정도로 가까이 다가온 그녀의 입술을 보며 가슴 속에 갇혀 있던 감정이 북받쳤다.

그는 그녀의 얼굴을 양손으로 받쳐 들고 입술을 마주했다. 언젠가 백화점 앞에서 돌발적으로 키스를 해 오던 우연아의 모습이 떠올랐다.

그는 그녀를 당겨서 가슴 속 깊이 껴안았다. 입술과 입술이 맞닿아 습한 열기를 일으키고 그녀가 파르르 떨면서 가슴 속으로 파고들었다. 어린 암사슴처럼 파고드는 그녀의 혀를 깊이 빨아 당겼다.

현기증을 느낀 그녀는 다리에 힘이 풀려 휘청거리면서 목구멍 속으로 흘러나오는 신음을 도로 삼켜야 했다.

주체할 수 없는 감정에 휘말리는 그의 머릿속에는 자신도 모르게 권지희가 떠올려졌다. 이경우는 가슴 속에 갇힌 그녀를 으스러지도록 부둥켜안았다가 풀어 주었다.

입술을 떼어낸 우연아가 밝은 미소를 띠며 얼굴을 붉혔다. 그도 어쭙잖은 웃음을 흘리며 오던 길을 되돌아 집으로 들어왔다.

그는 가슴 속에서 꿈틀거리는 감정을 어떤 단어로 표현할 수는 없었으나 우연아를 대하는 순간마다 불씨처럼 살아나서 괴롭혔다. 특히 자신의 인생에 대해 생각한다는 우연아의 아리송한 수수께끼는 더욱 마음을 혼란스럽게 했다.

무엇일까, 막연한 허전함과 간절함 같은 것들은. 밤이 이슥하도록 머릿속의 혼란스러운 감정은 사라지지 않고 끈적끈적하게 꼬리를 물고 일어났다.

창문의 커튼 사이로 달빛이 흘러 들어와 있었다. 그런 것들이 더욱 마음을 심란하게 만들었다. 방바닥과 벽에 비치는 달빛이 하얀 거품처럼 살아 오르는 것 같았다.

우연아가 곁을 떠난다면 홀로 타오를 촛불 같은 것인가. 가슴 속에 부글부글 들끓는 감정들은 소리 없는 아우성이었다. 용암처럼 솟아오르는 붉은 불꽃보다도 뜨겁게 활활 타오르는 하얀 불꽃이었다.

문득 소리 없이 방문이 열리는 바람에 이경우는 흠칫 물러섰다. 살그머니 방문이 닫히고 몸매가 드러나 보이는 하얀 잠옷 차림의 우연아가 서 있었다.

달빛을 받은 그녀의 모습은 요정처럼 단아했다. 예전처럼 그녀가 다시 악몽에 시달리는 것이 아닌가 싶어 그는 깊은 한숨을 내쉬었다.

잠시 달빛 아래 서서 바라보던 그녀가 침대로 다가왔다.

"오빠! 자는 거야?"

"아니."

"오빠!"

"응?"

"오빠."

"응, 그래."

이경우는 달빛을 등지고 있는 우연아의 표정을 알 수 없었다.

그녀도 잠을 이루지 못하다가 온 것이다. 한 번도 표현하지 못한 감정을 전하고 싶었다. 어쩌면 처음이고 마지막일 수도 있는 것이다. 그러나 막상 어떤 단어가 어울리는지 떠오르지 않아 망설였다.

"오빠."

"응! 자지 않고 왜?"

"오빠. 나 좋아해?"

"그럼, 좋아하지."

"나, 사랑해?"

"물론, 사랑하지."

"그럼."

우연아는 뒤이어서 나오는 말을 삼키고 있었다. 가장 진실하고 적절한 단어로 마음을 표현하고 싶었다.

이경우는 그녀가 말하고자 하는 말을 전혀 예측할 수 없어 상체를 일으켜 앉았다. 창문으로 흘러들어오는 달빛을 받아 잠옷을 걸친 그녀의 몸매가 실루엣처럼 더욱 매끄럽게 드러나고 있었다.

"그럼, 나를 오빠의 여자로 만들어줘."

"무슨 말이지?"

"오빠의 여자가 되고 싶어."

"음! 지금도 연아는 나에게 하나밖에 없는 여자이고, 동생이야."

"아니! 여동생 말고, 오빠의 여자로."

이건 너무도 충격적인 말이었다. 그 말에 이경우는 소스라치게 놀라서 뒤로 물러앉았다.

실루엣처럼 서 있던 우연아는 자신이 걸치고 있는 잠옷의 어깨띠를 벗겨내고 있었다. '사그락!' 하는 소리와 함께 흘러내린 잠옷이 하얀 연꽃처럼 그녀의 발아래 떨어져 내렸다.

"무슨 짓이야! 옷 입어."

팬티만 걸친 그녀의 몸매가 달빛 속에 조각상처럼 드러났다.

"내가 싫어? 오빠는 내가 여자로 안 보여?"

그녀는 자신도 모르게 눈물이 흘러 나왔다. 떨고 있는 그녀의 목소리는 간절했다.

그렇다. 영혼이 실린 간절함이었다. 달빛 그림자처럼 그녀가 침대로 한 걸음 발을 옮겼다. 그때 그는 벽속으로 숨기라도 할 듯이 뒤로 물러앉았다. 하지만 벽이 있어 더 이상 뒤로 물러앉을 공간이 없었다.

그녀는 더 이상 어린 소녀가 아니었다. 조직원들에게 윤간을 당한 어린 소녀의 상처와 아픔을 씻어 주었지만, 지금 그녀는 어엿하게 성숙한 여자였다.

"넌 아름다운 여자야, 하지만."

"하지만 뭐? 내가 놈들에게 더럽혀진 몸이라 싫어. 그런 거야?"

"아냐! 연아는 누구보다도 순결해. 그러니 좋은 남자를 만날 수 있어."

"싫어. 모든 것을 알고 있는 오빠의 여자가 되는 것이 순결해지는 거야."

고개를 흔들던 그녀는 마지막 걸치고 있는 팬티마저 발 아래로 끌어내렸다. 발가벗은 그녀의 매끈한 몸매는 비너스보다도 아름다운 조각상이었다.

뽀얀 피부가 달빛을 받아 투명하게 드러난 그녀의 음부에는 봄에 돋아나는 잔디처럼 새카맣고 뽀송한 음모가 신비로웠다.

덜컹거리는 그의 심장 속에서 맥박 치는 열정의 감정들이 혈관을 타고 흘렀다.

발가벗고 서 있던 그녀는 그의 이불 속으로 빠져들었다. 그리고 수줍은 어린 소녀처럼 그의 가슴 속을 파고들었다. 그도 자신의 의지와는 상관없이 가슴을 파고드는 그녀를 껴안을 수밖에 없었다.

그녀는 더 이상 어린 소녀의 몸이 아니었다. 그녀의 발가벗은 알몸을 껴안은 그는 비로소 자신을 괴롭히던 감정의 응어리가 불꽃처럼 활활 타오르고 있었다.

그는 그녀를 반듯이 눕히고 내려다보았다. 무엇인가 갈망하는 그녀의 눈동자에는 달빛을 반사하는 습기가 어려 있었다. 그리고 그녀도 의식을 치르듯이 눈을 사르르 감고 누워서 그의 여자가 되기를 간절히 기다리고 있었다.

그는 천천히 그녀의 입술에 자신의 입술을 포갰다. 어쩌면 성스러운 의식이기도 하고 숨김없는 감정의 표현이기도 했다.

그녀의 혀가 이경우의 입속으로 빨아 당겨졌다. 갈증을 해소하듯이 혀와 혀가 서로 엉키어 서로의 타액을 빨아들였다. 똑같은 아픔을 겪었던 감정의 응어리가 봄눈 녹듯 사르르 녹아내렸다.

그의 손길이 그녀의 아담한 젖가슴을 보듬어 안았다. 젖가슴을 어루만지는 남자의 손길에서 그녀는 아픈 추억이 사라지는 것 같았다. 그리고 잔잔하게 밀려드는 감촉이라 더욱 좋았다. 고통스러운 기억을 남겼던 남자의 손길이 아니라, 아늑하게 밀려오는 감미로운 환상이었다.

타액을 교환하던 그의 입술이 그녀의 젖가슴으로 내려왔다. 이제 우연아에 대한 이경우의 감정은 열정적으로 사랑하고 싶은 여자일 뿐이었다.

젖가슴을 보듬어 얼굴을 묻고 그의 혀끝은 젖꼭지를 핥고 지나다녔다. 그리고 입속으로 빨아 당겼다. 젖꼭지가 그의 입속으로 빨려 들어가는 순간 그녀는 짜릿한 통증을 느꼈다. 아울러 뼈마디가 저려오는 희열이 물결처럼 요동치며 이어졌다.

깨물려지는 젖꼭지로 온몸의 말초신경이 몰려드는 쾌감에 그녀는 급히 숨을 들이켰다.

젖가슴이 타액으로 적셔지자 그녀는 현기증을 느끼며 자신도 모르게 그의 머리를 보듬어 안았다.

"오빠!"

"사랑해."

"정말이지?"

그는 대답 대신 돌기를 일으킨 그녀의 젖꼭지를 깊게 빨아 당겼다. 그리고 유리그릇을 다루듯이 사알살 그녀의 젖가슴을 쓰다듬었다. 그의 손길은 점점 아래로 내려가 허리를 지나서 둔부를 쓰다듬었다. 그리고 허벅지의 민감한 살갗들을 어루만졌다. 허벅지를 쓰다듬던 그의 손길이 음모를 스치고 지나다니다가 은밀한 여자의 꽃순을 건드리고 다녔다.

그녀는 묘한 쾌감에 진절머리를 치며 올려다보았다.

"오빠 아!"

달빛의 음영을 받은 남자의 몸은 군살 없이 적당한 근육으로 다듬어져 있어 더욱 매력적이었다. 이제 그녀는 그의 여자가 되는 것이 행복하다고 느꼈다.

남자의 몸이란 여자와는 전혀 달랐다. 잘 마른 고목 같기도 하고 거친 야수와도 같았다. 그리고 금방이라도 터질 것만 같은 화약더미 같기도 했다.

"난 몰라."

돌연 그녀는 허리를 비틀었다. 음부를 쓰다듬던 그의 손길이 돌기를 일으킨 예민한 부분을 쓰다듬었기 때문이었다.

생전 처음으로 느끼는 흥분의 열기에 몸속 깊은 곳에서 막혔던 샘이 터지듯이 비밀스러운 관들이 열리고 샘물이 흘러나오는 소리가 들리는 것 같았다.

"사랑해 줘 오빠!"

"연아를 아프게 하고 싶지 않아."

"아니, 더 이상 아픔은 없어."

그녀는 도리질을 했다. 그리고 그의 여자가 되는 순간을 영원히 간직하고 싶었다.

열정의 눈빛으로 내려다보던 그가 그녀의 허벅지를 벌렸다. 발가벗은 알몸이 달빛에 반사되어 완연하게 드러났다. 그래도 그녀는 하나도 부끄럽지 않았다. 그녀의 허벅지 사이로 이경우의 우람한 물건이 치밀고 들어왔다.

옅은 통증을 느끼면서 그녀는 칠성회 조직원들에게 윤간을 당하던 고통이 떠올랐다. 그러나 지금의 통증은 그들에게 잃었던 순결을 다시 찾는 것이라고 생각하며 입술을 다물었다. 그런데 옅은 진통을 수반하면서도 참을 수 없는 묘한 감각의 물결이 전신을 뒤덮고 있었다.

그녀와 한 몸이 된 그는 그녀를 소유하고 있는 자신의 강렬한 의지에 새삼스럽게 놀랐다. 혹시 그녀에게 다시 고통을 안기는 것은 아닌지, 정말 그녀를 여자로 사랑하고 있는지를 스스로 자책하면서도 거친 호흡을 토해냈다.

일단 불이 붙으면 연쇄적으로 폭발하는 것이 남성이었다. 인간에게 있어서 태풍보다 강렬하게 분출하는 것이 성적인 욕망이라고 말한다. 성욕은 남녀 두 살갗의 접촉에서 생기고, 하나가 되는 마음은 동질감을 느끼는 두 감수성의 접촉에서 생기는 것이다.

남성이 몸속으로 치밀고 들어올 때마다 그녀는 짜릿한 진통과 함께 한없이 솟구쳤다가 나락으로 떨어지는 아찔한 희열에 빠져 들었다. 남자들에게 당한 저주스러운 기억이 고통만은 아닌 주체할 수 없는 환희로 되살아났다.

그녀의 목소리는 알아들을 수 없는 신음소리로 변해 버렸다. 혼미한 정신 속에서 깊은 나락으로 떨어지고 있었다. 이제 그들은 요동치는 육체의 멜로디로 서로의 감정을 전달하고 있었다. 남자의 근육질에 눌려 숨조차 쉴 수 없는 그녀는 남자의 몸이 뜨거운 쇳덩이처럼 달구어질수록 그저 아득한 현기증을 동반한 환희 속에 깊이 빠져 들 뿐이었다.

그녀는 이 순간이 순결했다는 증거라고 믿고 싶었다. 달빛을 반사하는 남자의 몸만이 움직이는 것이 아니라, 그녀의 알몸이 같이 따라 움직였다. 그러다 올 것이 온다고 느꼈는데, 결국 몸속에서 폭발이 일어나고 말았다. 무언가 꽉 차오르는 그러면서 열락의 연못에 깊이 빠져 드는 혼미의 세계에서 일시에 숨이 멈춰졌다가 서서히 풀어지는 것이었다.

강렬했던 감정 대신 그는 서서히 그녀의 얼굴을 양손으로 받쳐 들고 입술에 키스를 했다. 그리고 거친 숨을 몰아쉬며 그녀의 촉촉해진 가슴에 머리를 묻었다. 그녀 또한 그의 머리를 부둥켜안고 머리카락을 쓰다듬고 있었다.

이제 이경우는 우연아의 영혼을 간직하게 해준 남자였다. 기억 속에 간직되어 잊을 수 없던 고통을 영원한 기쁨으로 바꾸어준 남자였다.

여자는 태어나면서부터 여자는 아니다. 그녀의 성(Gender) 역할을 통해 여자로 탄생하는 것이라고 했던가. 그녀는 이제 순결을 되찾은 새로운 여자가 되었다고 생각했다.

그들은 한동안 한 몸이 되어 거칠어진 호흡을 진정시키고 있었다. 적막이 이어지고 창문 밖 숲속에서 부엉이의 울음소리가 들려왔다.

그녀를 부둥켜안고 있던 그가 그녀의 몸에서 벗어나 나란히 누웠다. 그리고 시트를 당겨 그녀의 몸을 덮어주었다.

그들은 뜨거운 감정으로 하나가 되어 침묵하고 있지만, 창문으로 스며드는 달빛은 여전히 순백의 언어를 흘리고 있었다.

그녀의 손을 잡아 토닥거리던 그가 침대 끝에 걸터앉았다. 침대 아래 꽃잎처럼 쌓인 우연아의 팬티를 집어 들었다. 시트를 젖히고 그녀에게 팬티를 입혀 주고 있었다. 그 순간 칠성회 그들에게 윤간을 당한 그녀를 씻기고 옷을 입혀 주었던 기억이 떠올랐다. 그 당시는 단지 동질감을 느낀 애틋한 마음이었으나 지금은 자신의 여자가 된 그녀가 소중하기만 하면서도 왠지 모를 자책감이 들었다.

뜨거운 키스와 그의 애무에 대한 그녀의 격한 움직임, 그리고 그녀와 하나가 되었을 때의 감정은 단순한 욕구에 의한 것만은 아니었다.

이제는 지난 세월에 당한 무서운 고통의 짐 때문에 비틀거리는 그

녀를 보호하기 위해서라도 수단과 방법을 가리지 않을 것이다. 만약
에 다시 그녀를 괴롭히려는 상대가 있다면 먼저 목숨부터 내놓아야
할 것이다. 그리고 그는 그녀 곁에 항상 자신이 존재한다는 것을 의
식하게 하고 싶었다.

트렁크 팬티를 걸쳐 입은 그는 그녀의 하얀 잠옷을 들고 망설였
다. 그리고 팬티 차림으로 누워 있는 그녀의 머리 위로부터 잠옷을
끼워 넣었다. 어린 아이에게 옷을 입히듯이 팔을 차례대로 끼워 놓
고 잠옷을 밑으로 잡아당겨 입혔다. 잠옷을 입힐 동안 말똥말똥 올
려다보고만 있던 그녀가 발딱 일어나 앉았다.

"가기 싫어! 그냥, 나 여기서 자면 안 돼?"

"새벽에는 추울 것 같아서. 연아야, 편한 대로 해."

그는 자신의 가슴 속을 파고들며 열기로 달아오르던 그녀를 생각
했다. 발랄하고 청순했던 그녀의 표정에서 성적인 매력마저 느껴지
지 않았던가. 이제 그녀는 오직 여자로서 존재한다. 자신은 가족도
없는 그녀를 영원히 보호해야 하는 남자일 뿐이다. 평생 가족 없이
살아야 할 우연아에게 동질감을 느꼈다. 그녀가 언제까지나 그의 곁
에 머물러 주었으면 하는 바람일 뿐이다.

우연아도 마찬가지였다. 그는 단 하나의 가족이고 그녀의 소중한
남자가 된 것이다. 한 편으로는 한 남자의 여자가 되는 의식이라고
생각했으나 한 편으로는 아직까지 느껴보지 못한 혼돈의 회오리였
다. 모세혈관들이 뜨겁게 달아오르고 모든 감정이 몰입되는 희열이
었다.

여자의 성욕은 혈관 내에서 생기는 하나의 규율이다. 그녀가 몰랐던 바로 그 신체의 규율까지도 일깨워 준 남자였다. 그의 여자가 되고 싶은 것은 순결함을 되찾고 싶은 것만은 아니었다.

그녀 나름대로 자신의 인생에 대한 계획이 있었다. 멍에가 되어 끈질기게 그녀의 인생을 어둠 속에 가두어 버린 과거, 분노조차 메말라 버린 상처는 그녀의 뼛속 깊이 새겨져 있었다. 죽음까지도 생각했던 그 상처를 벗어나지 않고는 살아 있는 것조차 버거웠었다. 그 상처를 벗겨내는 계획을 실행하기 전에 자신을 보살펴 준 남자의 여자가 되고 싶었던 것이다.

어쩌면 영원한 이별이 될지도 모른다는 생각을 하면서 그녀는 공연히 눈물이 흘러나올 것만 같아 그에게서 등을 돌리고 누웠다.

순간의 감정이 아니라, 캠퍼스 생활을 하면서 고민했던 해답이었다. 평생 이 순간을 간직할 것이라고 생각하니 그와 같이 있는 시간이 너무나 짧은 것 같았다.

등을 돌렸던 그녀는 몸을 돌려 그를 향해 누웠다. 그리고 와락 이경우의 귀를 잡아 당겼다. 얼떨결에 얼굴이 맞닿은 그가 눈을 크게 뜨고 그녀를 바라봤다.

그녀의 눈동자에는 이슬이 맺혀 반짝거렸다. 그녀의 뜨거운 혀가 이경우의 입술을 핥았다. 입술과 입술이 맞닿고 아쉬운 듯이 혀와 혀가 엉키었다.

그는 입술을 헤집고 들어오는 그녀의 혀를 받아들이며 다시 뜨거워지는 그녀의 체취를 느꼈다.

입안에 생명수와 같은 달콤한 타액이 고이기 시작하고, 그들은 목마른 사슴처럼 서로의 영혼을 들이마셨다. 다시금 습기 어린 그녀의 눈동자는 꿈을 꾸듯이 몽롱해지고 있었다.

"오빠, 안아 줘."

남녀 간의 육체 접촉은 말보다 민감하고 빠른 감정의 표현이다.

가슴으로 울고 있는 그녀는 파닥거리는 은어처럼 그의 가슴 속을 헤집고 들어갔다. 그들은 다시 하나가 되어 뜨겁고 아득한 불길 속에서 서로의 욕망을 불태웠다.

그녀는 자신의 마음 속에 있는 남자가 수수께끼라고 생각했다. 자신이 던진 수수께끼의 해답을 몸으로 표현하고 있었다.

마치 강물처럼 달빛이 흐르는 밤에 그들은 다시 한 몸이 되어 미지의 어둠 속을 한없이 달리고 있었다.

밤새도록 고고하게 흐르던 달빛이 사라지고 밝음이 찾아드는가 싶더니 이내 아침 햇살이 창문으로 파고들었다.

뒤척이던 이경우는 눈부신 햇살을 견디지 못하고 부스스 일어나 앉았다. 같이 침대에 누워있던 그녀는 보이지 않고 왠지 방안 공기가 썰렁했다.

아마도 자신의 방으로 가서 잠들었을 것이라고 생각하며 몸을 일으킨 그는 욕실로 들어갔다. 세면을 하면서도 아직까지 그녀의 체취가 남아 있는 것 같은 느낌에 긴장감이 휘감아 돌았다.

가사 할머니가 차려놓은 식탁에 앉아 혼자 밥을 먹자니 입맛이 없었다. 서둘러 출근 준비를 하고 거실을 나서려다가 우연아가 궁금했다. 아니 촉촉한 눈빛으로 가슴을 파고들던 그녀가 보고 싶어졌다.

발길을 돌려 그녀의 방문을 열었다. 그녀의 모습은 보이지 않고 방안에서는 싸늘한 한기만 흘러 나왔다.

알 수 없는 것이, 이상했다. 방안으로 들어가 주위를 살폈다. 책상은 잘 정돈되어 있었다. 눈에 띄던 책들이 보이지 않았다. 책꽂이가 반은 비어 있었다. 불길한 생각에 옷장 문을 열었다. 옷장 안도 텅 비어 있었다.

부리나케 거실로 나가 정원을 내다보았다. 그녀의 승용차도 보이지 않았다. 순간 독립하면 어떻게 하겠냐고 묻던 그녀의 표정과 습기 어린 눈동자가 떠올랐다.

눈앞이 캄캄해졌다. 거기다가 불안감이 온몸을 휘감아왔다. 그리고 갑자기 다리가 휘청거렸다. 이어 현기증을 느끼면서 주방으로 향해 갔다.

"할머니! 할머니?"

"응, 밥 다 먹었나."

주방 옆의 방에서 바느질을 하고 있던 가사 할머니가 돋보기안경을 쓰고 나왔다.

"연아가 일찍 나갔나요?"

"아니 항상 나갈 때는 말하고 나가는데, 방에서 자고 있는 거 아녀?"

"아닌데요. 없어요."

"그럼 말도 없이 나갔남?"

가사 할머니는 정색을 하며 어리둥절한 표정을 지었다. 이경우는 우선 전화기로 우연아에게 연락하라고 문자를 보냈다. 별일이 없을 것이라고 생각하지만 머릿속에는 불안한 그림자가 가득히 드리워졌다.

"혹시 연아에게 연락이 오면 저한테 전화하라고 하세요."

"응, 그려. 급한 일이 있어서 일찍 나갔나?"

온몸의 피가 빠져 나가는 허탈감에 젖은 이경우는 어정쩡한 모습으로 집을 나왔다. 자동차를 몰고 마을을 빠져 나오는데 개들이 얼쩡거리는 것조차 짜증이 났다.

이경우는 부대에 출근을 했으나 마음이 안정되지 않았다.

우연아가 다니는 대학교에 도착했다. 승용차에서 내리자마자 학생처부터 찾아갔다.

푸른 숲과 잔디로 둘러싸인 캠퍼스 내의 풍경은 그의 마음과는 다르게 여유로웠다. 삼삼오오 짝을 지은 학생들이 한가롭게 거닐거나 잔디 위에 앉아 웃음꽃을 피우고 있었다. 특히 여학생들은 뽀얀 살결을 드러내는 핫팬츠나 미니스커트를 걸치고도 부끄러움 없이 발랄한 표정들이었다. 거기에 우연아가 꼭 끼어 있는 것만 같았다.

학생처로 들어간 이경우는 공연히 마음이 급했다. 업무에 열중하느라 시선을 주지 않는 담당 여직원의 탁자를 두드렸다.

깜짝 놀란 여직원이 눈살을 찌푸리며 올려다보았다.

"학생을 찾습니다."

“어느 학생을 찾으시는데요?”

“체육학과의 우연아라고.”

“뭘 알고 싶으세요. 직접 체육과로 가보시지요.”

“오늘 안 나온 것 같아서.”

“기다리세요.”

불쾌했는지 담당 여직원은 툭 쏘아붙였다.

여직원은 컴퓨터에서 학생명부를 뒤적거렸다. 기다리는 시간이 길어서 이경우는 조바심이 났다.

한동안 전산 처리된 학생명부를 뒤지던 여직원이 이경우를 향해 쳐다보았다.

“우연아 학생을 왜 찾으시는데요?”

“제 동생입니다.”

“그런데 모르셨어요? 이틀 전에 휴학계를 냈는데요.”

“이틀 전, 휴학계를 냈다고요?”

“오라버니 되신다면서 모르셨어요?”

“다시 확인해 주세요.”

“여기 와서 보세요. 본인 자필로 낸 휴학계를.”

여직원이 도리어 짜증을 냈다.

아뿔싸. 이경우는 눈앞이 캄캄해지는 것을 느끼고 있었다. 벌거숭이가 된 것같이 허전하고 추위가 느껴졌다.

멍하니 여직원을 바라보다가 그는 말없이 뒤돌아섰다. 허탈함에 젖어 다리에 힘이 풀렸다.

모든 것이 우연아의 계획적인 행동이었다. 이경우는 어떻게 자동차를 몰고 부대까지 왔는지 기억이 나지 않을 정도였다.

주차장에 자동차를 세우고 내리는데 스마트폰에서 메시지 음이 울렸다. 기다리던 우연아에게서 온 문자였다.

—오빠, 미안해. 기다리지 마. 연락할게.

기다렸기에 반갑기는 해도 실망스러웠다. 몇 번을 봐도 똑같은 문자였다. 문자로 봐서는 답장이 오지 않을 테지만 이경우는 잠깐만이라도 만나자고 그녀에게 문자를 보냈다.

그는 방향 감각을 잃고 사무실 주변을 배회하기 시작했다. 골프장으로 조성된 넓은 잔디밭을 무작정 걷고 있었다. 걸었던 길을 되돌아 걸어도 마음이 안정되지 않았다. 갑자기 한기가 들어 으스스 떨리고 외로움이 느껴졌다.

그는 목걸이에 달린 어머니의 반지를 만지작거렸다. 그동안 돌봐주느라 힘도 들었지만 막상 우연아가 곁을 떠났다고 생각하니 어머니와 여동생이 비참하게 살해당했을 당시보다 더한 외로움이 엄습해 왔다.

상가철거민 사건에 어머니와 여동생을 잃은 이경우에게도 치유할 수 없는 기억이지만, 여자의 몸으로 치욕적인 상처를 안고 살아가는 우연아의 마음이 얼마나 고통스러운 것인지 짐작할 수 있었다.

상가철거민 사건으로 인연이 되어 우연아를 만났고, 씻어내지 못할 고통으로 눈빛만 봐도 서로의 마음을 알았던 그녀였다.

우연아가 곁을 떠난 이유는 어쩌면 가슴에 못 박힌 과거를 스스로

청산하기 위한 것인지도 모른다.

그것은 너무나도 무모하고 여자의 몸으로 불가능한 일이다. 이경우는 또 다른 위험에 처하기 전에 그들을 처치하고 어머니 묘지 앞에 반지를 바쳐야 한다고 다짐했다. 그러나 우연아가 사라진 지금 순간은 황량한 사막을 걷는 마음뿐이었다.

그에게는 참을 수 없는 또 다른 고통이었다. 맑게 개였던 날씨마저 흐릿해지고 소나기라도 내릴 듯이 하늘에는 먹구름이 끼었다.

잔디밭을 맴돌던 이경우는 탄천을 건너 태평역 부근으로 갔다. 직원들과 자주 술과 밥을 먹었던 음식점이 있었다.

태평역 부근에서 이경우는 자주 가던 음식점 안으로 들어섰다. 음식점 주인의 시골 할머니 같은 손맛에 요원들이 단골로 찾는 음식점이었다. 그는 구석진 탁자 앞에 가서 앉았다.

종업원이 물잔과 물병을 탁자 위에 올려놓고 이어서 언제나 친근한 인상으로 맞이하는 할머니가 그에게 다가왔다.

"오늘은 웬일로 혼자 온 거여?"

"그냥 술 한 잔 마시려고요."

"혼자서 술을?"

"네. 날씨도 우중충하고 그래서요. 소주 한 병 주세요."

"안주는 뭐로 줄까?"

"그냥 간단한 걸로 주세요."

"딸이라도 있으면 사위 삼을 텐디."

할머니에게 자주 듣는 말에 이경우는 억지웃음을 흘리고 있었다.

여섯

해가 중천에 떠오른 경기도 양평군 유명계곡이다.

한참 골짜기를 들어가다 보면 어미산으로 들어가는 입구에 커다란 농장건물이 있다. 건물 위의 커다란 나무 그늘에서 우연아는 골똘히 생각에 잠겨 있었다.

그녀의 정면에는 용문목장이 한 눈에 바라보이고, 목장 주변을 어슬렁거리는 송아지만한 도베르만들이 이따금 산을 오르는 등산객의 발자국 소리를 듣고 짖어대곤 했다.

우연아는 한동안 이경우가 컴퓨터에 작성했던 칠성회 조직과 그들의 정보 파일들을 몇 번이고 정리해 가지고 나왔다. 이미 그녀의 머릿속에는 그들에 관한 정보와 신상명세가 암기되어 있었다. 그런 그녀는 그동안 계획했던 일들을 실천에 옮기기 위해 많은 시간이 걸렸다. 계획했던 일들을 처리하려면 많은 역경이 도사리고 있을 것이라는 것도 각오가 되어 있었다.

상부로부터 고위직의 지시를 받고 충성을 다했던 오병태와 황종해는 상가철거반대 점거농성 현장에서 고의적인 화재로 농성자 7명을 죽이고, 이경우의 어머니와 여동생, 그리고 우연아의 이모와 사촌동생마저 살해하였다. 이 사건으로 세상이 시끄러워지자 오병태는 미국으로 피신하고 황종해는 그 사건의 희생양으로 구속되어 교도소에 복역 중이다.

그런데 우연아에게서 오병태와 황종해의 이름은 사라졌지만, 이제부터 칠성회 그들을 처치하는 것은 그녀 자신의 몫이라고 단정 지었다.

어쩌면 지금쯤 과거를 말끔히 지우고 새롭게 탈바꿈한 인생을 시작하는 것이 옳은 일인지도 모른다. 그러나 시시때때로 우연아의 가슴 속에서는 지울 수 없는 정신적 고통이 죽음으로까지 몰아가는 듯했다.

깊은 애정을 갖고 있는 이경우에게도 말할 수 없었던 그녀 혼자만의 고통이었다. 언젠가 닥쳐올 죽음은 의심할 가치 없이 명백한 사실로 받아들여야만 하고, 이제 최선의 방법으로 선택한 그녀 앞에 펼쳐질 나머지 삶은 지극히 교묘하게 위장되어야만 했다.

그녀는 긴 머리카락을 자르고 짧게 커트를 쳤을 뿐만 아니라, 남자들의 눈을 현혹시킬 몸매에 남루한 복장을 걸쳤다.

체념할 수 없는 과거를 지우지 않으면 죽음도 헛된 망상에 지나지 않을 것이다. 도저히 망상의 삶을 받아들일 수는 없었다.

과거를 지울 수 있을 때 죽음이 아니면 이경우와 안락한 삶을 선택할 것이라고 그녀는 막연하게 생각해 왔었다. 그렇게 수많은 생각과 고심 끝에 계획을 실천하기 위해 이경우 곁을 떠난 것이다. 아니 계획도 계획이거니와 그를 생각해서 그에게 보답해 주기 위해서라도 떠나야 했다.

그의 곁을 떠난 그녀는 우선 부동산을 찾아갔다. 경제적으로 의존할 수 있는 것은 이경우에게서 받은 신용카드뿐이다. 그런데 그녀의 계획을 알고나 있는 듯이 그가 거액을 통장 잔액으로 남겨 놓아서 힘들지 않게 양평에 있는 오피스텔을 임대할 수 있었다.

우연아가 소유하고 있는 것은 신용카드와 망각의 시간표였다. 과거로 거슬러 올라가 자신을 짓밟았던 칠성회의 흉터자국 곽춘호, 곱슬머리 주승균, 새끼손가락 없는 박종규, 허문한, 김철오, 박충식 등 6명 모두 찰코에 걸려들 것이다. 그 6명 중에 우선 곽춘호의 죽음으로부터 시작될 것이다.

그러니 시작은 그녀의 여정을 알리는 서곡에 지나지 않았다. 그녀의 무기는 그들에게 짓밟힌 자신의 육체뿐이다.

무엇보다 용서할 수 없는 것은 그들 모두는 반성은 없고 하나같이 이 사회의 질서를 깨고 나라에 도움이 되지 않는 이적행위를 하면서 너무도 잘 살아가는 것이었다.

남자들은 여자를 성(SEX)에 대한 충동적인 욕구 대상으로 바라보지만, 여자는 스스로의 육체를 삶의 목적과 수단으로 이용하는 힘을 가지고 있다는 걸 그들은 전혀 모르고 있었다. 그리고 옛말에 여자가 한을 품으면 오뉴월에도 서리가 내린다는 말이 있지 않은가.

시원한 나무 그늘에 앉았던 우연아는 작은 손가방을 들고 천천히 일어섰다. 건전한 사회를 위해서, 미래를 위해서라도 그들은 이 나라에서 제거되는 것이 당연하다고 생각되었다.

이미 오랫동안 거듭 비장한 결심을 한 그녀에게 남은 것은 앞을 향해 전진하여 실행하는 일만 남아 있었다.

용문목장을 향해 걸음을 옮겼다. 죽음도 불사할 듯한 독한 마음가짐이지만, 누가 보아도 그녀의 발걸음은 지쳐 보였다.

인생은 연기라고 했던가. 그녀 스스로 사람들의 눈을 속이고 측은하게 보이는 연기였다.

손가방을 가슴에 안은 우연아는 목장 입구의 철문 앞에서 웅크리고 앉았다. 철문 안쪽 깊숙한 곳에는 붉은 벽돌로 지어진 주택이 있었다. 주택 오른쪽 철망으로 지어진 규모가 큰 울타리 안에는 몇 마리 되지 않는 사슴들이 보였다. 담쟁이 넝쿨나무가 지붕까지 덮은 주택의 출입문은 굳게 닫혀 있었다. 그리고 사람의 흔적은 보이지 않았다.

목장 안의 도베르만들이 그녀의 인기척을 느끼고 짖어대고 있었다. 도베르만의 사납게 짖어대는 소리가 골짜기에 메아리쳤다. 그녀를 볼 수 있는 철문 입구의 도베르만은 묶여 있는 목줄까지 끊고 달려들 기세로 게거품을 물고 짖어댔다. 도베르만을 자극해도 목장 안에서는 도통 사람들이 모습을 드러내지 않았다.

개라는 동물이 있으니 사람은 있을 것이다. 우연아는 누구라도 나올 때까지 있기로 다짐하고 기다렸다.

얼마의 시간이 흘렀을까. 굳게 닫혀 있던 건물의 출입문이 열렸다. 출입문에 나타난 사람은 나이 50대의 중년 남자와 30이 넘어 보이는 여자였다.

파자마 차림의 중년 남자를 자세히 보면 얼굴에 흉터 자국이 드러나 보였다. 그가 바로 우연아가 칠성회 6명 중 첫 번째로 노리고 있던 곽춘호였다. 그리고 여자는 그의 정부였다가 아내가 된 김애경이었다.

그들은 개들이 짖어대는 시끄러운 소리를 듣고 있다가 참다못해 나온 것이었다. 풍만한 몸에 원피스를 걸치고 휘적거리고 나온 김애경은 철문 앞에 앉아있는 우연아에게 다가서며 이맛살을 찌푸렸다.

"애. 너 거기서 뭘 해? 개들이 짖잖아! 빨리 가지 못해. 시끄러워서 못 살겠네."

"아줌마. 배고파서 그래요. 밥만 먹여주시면 뭐든지 시키는 일을 할게요."

초라한 모습으로 웅크리고 앉아있던 우연아가 울먹이는 목소리를 흘렸다. 도베르만 개는 여전히 짖어대고 있었다.

파자마차림의 곽춘호가 뒤에서 어슬렁거리고 다가와 짖어대는 도베르만에게 앉으라고 명령을 했다. 날뛰던 도베르만이 순한 양처럼 앉아 날카로운 이빨을 내보였다.

그리고 그들은 어이가 없다는 표정으로 우연아를 바라보고 있었다.

"여기가 복지시설인 줄 알아. 나이도 있는 계집애가……. 다른 데 가서 알아봐."

김애경이 팩 쏘아붙였다.

"제발 부탁해요. 강원도에서 왔는데, 어디로 갈 기운도 없어요."

"딴 데로 가라니까, 말귀도 못 알아들어?"

독살스러운 여자의 말에도 우연아는 눈물까지 흘리며 애걸복걸하였다. 뒤에서 바라보고 있던 곽춘호가 앞으로 나서며 우연아를 살펴봤다. 초라해 보이기는 해도 동그랗고 까만 눈동자에 청초한 미모를 간직한 우연아의 모습이 그의 시선을 끈 것이었다.

"너, 몇 살이니?"

그는 허름한 스커트 위로 드러난 그녀의 몸매를 훑어보며 물었다.

"스무 살이요."

"고향은 어디고, 이름이 뭐냐?"

"본래 고향은 강원도 강릉이고, 이름은 이애리예요."

웅크리고 앉았던 우연아가 주먹으로 눈물을 씻으며 일어섰다. 자신의 이름 대신 이경우의 성씨와 자신이 안고 다니던 인형의 이름 애리를 말했다.

김애경은 우연아를 게슴츠레한 눈빛으로 관심 있게 바라보는 곽춘호를 못마땅하게 여겼다. 그러나 곽춘호의 독선적이고 포악한 성격을 잘 알고 있는 김애경은 내색을 할 수가 없었다.

"너 정말 시키는 대로 집안일 할 수 있어?"

곽춘호는 아랑곳하지 않고 마치 사냥감을 노리듯이 우연아를 뚫어지게 바라봤다.

"네. 시키는 일, 열심히 할게요."

우연아는 안도의 한숨을 내쉬었다.

"그럼, 집안일 좀 거들게 해 보지?"

곽춘호가 돌아서면서 김애경의 의사를 물었다. 하지만 곽춘호는 김애경이 대답도 하기 전에 건물로 향해 걸어가고 있었다.

김애경의 의사를 묻는 것이 아니라 형식적인 질문이었고, 곽춘호의 말은 명령이었다.

불만을 표현할 수도 없는 김애경은 시답지 않은 표정으로 철문 귀퉁이에 있는 작은 쪽문의 잠금장치를 풀었다. 푸는 데 이가 갈리는 금속성 소리와 함께 쪽문이 열려졌다.

"빨리 안 들어오고 뭘 해."

"감사합니다. 아줌마!"

우연아는 허리를 굽혀 쪽문을 통과하여 안으로 들어갔다. 사납게 짖어대던 도베르만이 이방인인 우연아를 바라보고 금방이라도 달려들 듯이 날카로운 이빨을 드러내고 으르렁거렸다.

김애경의 흔들리는 치마꼬리를 따라 손가방을 움켜쥔 우연아의 모습은 붉은 벽돌집 출입 문안으로 사라졌다.

이곳 용문목장에서 우연아가 일한 지 일주일이 되는 날이었다. 수도꼭지를 틀어 쏟아지는 물을 주전자에 담아 가스레인지 위에 올려놓았다. 그런데 우연아는 무척 긴장하고 있었다.

그 일주일동안 생각보다 목장에서 그녀가 하는 일은 힘들지 않았다. 술집 직업여성으로 근무하다가 젊은 나이에 곽춘호의 아내가 된 김애경은 아내의 주도권을 놓치지 않으려는지 우연아에게 살림을 맡기려 하지 않았다. 그래서 우연아는 힘들지 않아서 오히려 다행스러운 것이다.

남자는 여자보다 성적인 욕구가 강하고 충동적이다. 우연아는 처음부터 곽춘호의 게슴츠레한 눈빛을 의식했다. 바로 그녀의 계획이 순조롭게 시작된다는 의미로 해석할 수 있는 부분이다.

첫날부터 곽춘호는 아내의 눈치를 살피며 주방으로 들어와 설거지하는 우연아에게 스킨십을 하려고 했다.

이제는 아예 우연아의 엉덩이와 젖가슴 쓰다듬기를 주저하지 않았다. 물론 우연아는 그의 손길을 거부하며 몸을 사렸다. 그건 곽춘호가 더욱 달아오르는 기회를 엿보고 있었던 것이다.

오늘 긴장해야 했던 것은 그동안 손님이 찾아오지 않더니, 목장에 방문객이 찾아와서 긴장을 하고 있었던 것이다. 그러니까 우연아가 이 집에 들어오고 처음으로 맞이하는 방문객인 것이다.

우연아의 계획은 우선 곽춘호를 통해 칠성회 그들의 소재를 파악하는 것이 급선무였다. 방문객을 살펴본 그녀는 심장이 두근거렸다.

이경우의 파일에서 보아왔던 칠성회 조직원 중의 한 명이었다. 기린처럼 유달리 목이 긴 주승균이 확실했다. 고통스러운 기억 속에서 떠오르는 곱슬머리를 잊을 수 없는 우연아로서는 긴장하지 않을 수가 없었다.

"애리야. 뭘 그렇게 꾸물거리니. 빨리 가져오지 않고."

주전자에서 끓는 물을 찻잔에 붓고 커피를 타는 우연아의 손이 떨렸다.

"네. 지금 가져가요."

거실에서 신경질적인 김애경의 말에 대답한 우연아는 커피를 탄 찻잔을 올려놓은 쟁반을 들고 거실로 나갔다. 거실에는 곽춘호와 김애경, 그리고 곱슬머리 주승균이 소파에 앉아 대화를 나누고 있었다.

대화를 멈춘 그들의 시선이 쟁반을 들고 들어가는 우연아에게 향했다. 우연아는 다소곳이 탁자 위에 찻잔을 내려놓고 돌아섰다. 스커트 자락을 찰랑거리며 주방으로 들어가는 우연아의 아담한 둔부가 흔들리는 뒷모습을 주승균이 빤히 바라봤다.

"형님. 저 쌈박한 영계는 누굽니까?"

"아, 그냥 집안일 거들어주는 여자."

주방으로 들어온 우연아는 거실로 통하는 문 옆에서 그들의 대화를 엿듣고 있었다. 커피를 마시는지 잠시 침묵이 흐르고 유리탁자 위에 찻잔을 놓는 소리가 이어졌다. 주승균의 간사스러운 목소리가 흘렀다.

"순천 여자는 미인이라던데, 형수님은 갈수록 아름다워지십니다."

"그렇게 보여요?"

김애경은 칭찬에 간드러지는 웃음을 흘렸다. 하지만 곽춘호는 못마땅하다는 표정으로 외면했다.

주승균이 곽춘호의 표정을 살폈다. 그리고 곽춘호의 비위를 맞추는 것도 잊지 않았다.

"형님이 잘해 주시나 봐요. 형수님의 몸매도 갈수록 처녀 같아지는데요."

"처녀는 무슨? 그나저나 철오나 종규는 요즘 보기 힘든데 뭣들 하고 지내나?"

곽춘호는 김애경을 칭찬하는 주승균의 말이 시답지 않아 화제를 돌렸다.

많은 여자들을 상대해 본 곽춘호는 세상에 여자는 많다고 생각하고 있었다. 할 수 없이 아내로 인정하고 있는 김애경에게 식상감과 권태로움을 느끼고 있는 중이었다.

"형님. 모르쇼? 철오는 문한이한테 가 있잖아요. 종규는 짭새들 피해 부산으로 애들 데리고 가서 토박이 놈들하고 전쟁 한판 치르고 자리잡았지요."

"문한이는 잘하고 있지?"

김애경은 새침한 표정으로 곽춘호를 흘겨봤다. 그러나 곽춘호는 그녀를 무시하고 양팔을 들어 기지개를 켰다.

곽춘호의 질문에 주승균은 자신이 알고 있는 소식을 자랑스럽게 대답했다.

"문한이는 이제 이름난 교주가 됐어요."

"너는 요즘도 인천에서 지하금융인가 하는 사채놀이 하냐?"

"사채놀이가 뭡니까? 대부회사."

"사채나 대부나 거기서 거기 아니냐?"

"그래도 정부로부터 보호를 받는 아시안머니 금융회사라고요."

"어쨌든 돈 많이 벌은 모양이구나."

곽춘호가 느긋한 표정으로 소파에 몸을 묻으며 다리를 뻗어 탁자 위에 올려놓았다. 옆에 앉았던 김애경이 잽싸게 곽춘호의 다리를 주무르기 시작했다.

그녀는 마땅치 않으나 이런 세계에서 군주나 다름없는 곽춘호의 비위를 맞출 수밖에 없었다.

주승균이 곽춘호의 눈치를 살피며 조심스럽게 입을 열었다.

"사실은 쇳가루가 모자라 형님 찾아왔는데 도와주십시오."

"머닌가 뭔가 하는 대부회사 사장이 돈이 없다니?"

"상납도 해야 하고. 사실은 이 기회에 저축은행으로 등급을 올리느라 현금이 좀 필요해서요. 10억만 투자 좀."

"나도 요즘 돌아가는 현금은 없다."

곽춘호는 주승균의 요구를 한 마디로 거절했다. 실망스러운 표정을 한 주승균이 곱실거리는 머리를 긁적거렸다.

"물 있는데 팔아서 쓸래?"

곽춘호는 길게 목을 빼고 고개를 숙이는 주승균의 모습이 안 됐는지 덧붙여 말했다.

"저야, 좋지요."

곽춘호가 말하는 물은 마약을 말하는 것이었다.

곽춘호는 며칠 후에 중국 상선으로부터 도착할 밀수품과 필로폰을 기다리고 있었다.

환한 얼굴빛을 드러낸 주승균이 구부렸던 상체를 일으켰다. 곽춘호는 어렵게 들여올 필로폰을 주고 싶지는 않았지만, 자신이 던진 말에 책임을 지지 않을 수가 없어 쓸쓸한 표정을 지었다.

"그럼, 다음 주쯤에 연락할게, 들러."

"고맙습니다. 형님!"

그들은 밀수품을 중개업자에게 넘길 계책을 꾸몄다.

문 뒤에 몸을 감추고 있는 우연아는 그들의 대화를 낱낱이 듣고 있었다. 한 시간 가량 대화를 나눈 주승균이 자리에서 일어나 곽춘호에게 각듯이 인사를 하고 나갔다.

주승균을 배웅한 곽춘호가 거실로 들어왔다. 뒤따라 들어온 김애경이 곽춘호에게 투정을 했다.

"자기는 왜 그 사람을 도와주는 거예요? 먼젓번에는 자기 심부름도 거절했는데."

"넌 잔말하지 마! 내가 애들하고 똑같으면 어떡해. 친형제 같은 아우들인데 보살펴 줘야지. 언젠가는 다 써먹을 때가 있으니 참견하지 마."

곽춘호는 김애경이 자신의 일에 관여치 못하도록 명령하듯이 언성을 높였다. 새침해진 김애경이 주눅이 들어 소파에 털썩 주저앉았다.

아내의 간섭이 마땅치 않은 곽춘호도 소파에 앉으며 파이프 담배를 입에 물고 라이터를 켰다. 집밖에서 두런두런 사람들의 말소리가 들렸다.

"인부들이 왔나 봐요."

곽춘호의 눈치를 살피던 김애경이 소파에서 일어나 현관문을 열고 나갔다. 하루에 한 번씩 목장을 돌보러 올라오는 아랫마을에 사는 인부들이 온 것이다.

주방문 뒤에서 그들의 대화를 엿듣고 있던 우연아는 싱크대 앞으로 다가가 찻잔을 씻기 시작했다.

파이프 담배를 피우려던 곽춘호가 슬며시 주방으로 들어와서 우연아의 등 뒤로 다가섰다.

항상 우연아에게 흑심을 품고 기회를 노리던 그였다. 우연아는 그가 다가오는 것을 알면서도 모르는 척 설거지에 열중하였다.

그녀로서는 그를 더욱 유혹하여 신뢰하도록 만들어야 한다는 생각이었다.

자신의 등 뒤로 바짝 다가서는 그의 거칠어지는 숨소리를 느꼈다. 그녀의 등 뒤에서 껴안은 그의 손길이 앞가슴을 더듬었다.

"아저씨, 이러지 마세요. 아줌마한테 혼난단 말이에요."

그때서야 우연아는 젖가슴을 주무르려고 하는 곽춘호의 손을 뿌리치며 돌아섰다.

"괜찮아. 제까짓 게 어쩌지 못해. 애리가 귀여워서 미치겠다."

게슴츠레한 눈빛을 한 곽춘호가 우격다짐으로 우연아를 껴안았다.

역겨운 열기를 느끼는 우연아가 그의 가슴을 밀치며 빠져 나오려고 몸을 비틀었다. 그러나 곽춘호는 장난감을 다루듯이 우연아를 다시 돌려 세워 등을 껴안았다.

티셔츠를 추켜올린 그의 손길이 브래지어 속으로 들어왔다. 손가락 사이에 젖꼭지를 거머쥔 그가 부르르 떨었다.

"아잉! 아저씨 이러시면 안 돼요. 저 쫓겨나요."

우연아는 이질감과 함께 묘한 촉감을 느꼈다.

"괜찮아, 넌 나만 믿어."

그것은 육체적인 짜릿함보다는 보복해야 할 남자의 마음을 사로잡았다는 쾌감이다.

싱크대 위의 진열장 유리에 비친 거울을 들여다보듯이 우연아와 남자의 모습이 드러났다. 밀려 올라간 티셔츠 위로 완연하게 드러난 젖가슴이 남자의 손끝에서 주물려지는 모습도 비쳐졌다.

우연아는 그의 발기된 남성이 둔부 사이를 쿡쿡 찌르는 것을 느꼈다. 얼굴이 벌겋게 달아오른 그의 숨소리가 거칠게 높아만 갔다.

"당신 뭐해요? 얼른 나와요. 사슴 뿔, 자를 때도 됐잖아요."

그때 현관 문 밖에서 김애경의 앙칼진 목소리가 들려왔다.

"천천히 해도 되는데 왜 지랄이야."

퉁명스런 목소리를 흘린 곽춘호가 못내 아쉬운 눈빛으로 우연아를 바라보며 주방을 빠져 나갔다.

우연아는 엿들었던 말들을 곰곰이 생각했다.

박종규가 부산에서 조직폭력배 조직의 보스로 있다는 것과 주승균이 인천에서 대부금융회사를 운영하고 있다는 사실을 알 수 있었다. 그러나 교주라는 허문한에 대해 더 자세한 정보를 얻지 못한 것이 아쉬웠다.

그렇게 주승균이 좋은 정보를 남기고 돌아간 지 5일이 지나는 밤중이었다. 자정이 넘은 시각에 승합차 차량 한 대가 마당에 도착했다. 승합차의 전조등이 꺼지자 건물 안에서 나온 사람은 곽춘호였다.

흰 가운을 걸친 남자들은 재빠르게 승합차 뒷문을 열고 환자를 들것에 실어 건물 안으로 사라졌다.

그때 우연아는 소란스러움에 잠에서 깨었다. 무슨 일인가 하고 일어나 슬그머니 문을 열고 방에서 나왔다. 주방에서 몸을 숨기고 거실을 살폈다.

곽춘호가 거실 안의 한쪽 벽면에 세워진 진열장을 밀어내자 지하로 통하는 계단이 보였다. 남자들은 환자로 보이는 들것을 들고 지하실로 운반하였다.

곽춘호가 한 남자의 어깨를 토닥거렸다.

"수고했어. 자네는 승합차를 세차해서 증거될 만할 것을 없애고, 횡성이나 평창에다 버리도록 해."

"네. 큰 형님."

두 명의 남자는 구십도 각도로 인사를 하고 건물을 나갔다. 잠시 후 시동거는 소리에 이어서 승합차의 엔진소리가 멀어져 갔다.

　지하실에 여러 개의 전등이 밝혀졌다. 지하실 가운데의 침상 위에는 환자가 쥐 죽은 듯이 누워 있었다. 곽춘호와 남자들은 침상 부위로 몰려들었다. 한 남자가 환자의 몸통을 감고 있는 붕대를 풀었다.

　붕대가 풀려지고 나타난 모습은 환자가 아니라 시체였다. 시체는 온몸이 시퍼렇게 변해 있었고 목 밑에서부터 하복부까지 절개된 부위는 가마니를 꿰맨 듯이 엉성하게 봉합되어 있었다. 피로 물들인 시체는 감히 눈을 뜨고 바라볼 수 없는 지경이었다.

　그 광경을 지하실 문틈으로 바라보는 사람이 있었다. 선잠이 들었다가 어수선한 소리에 깨어난 우연아였다. 거실로 나오니 진열장이 옮겨져 있는 벽의 어두운 공간에서 희미한 빛이 흘러나오기에 층계를 내려왔던 것이다.

　문틈으로 드러난 지하실 광경에 우연아는 치를 떨었다. 환한 불빛 아래 드러난 침상 위에는 물에 퉁퉁 불은 듯이 부풀어 오른 시신이 있었다. 더욱 놀라게 하는 것은 남자들이 짐승의 껍질을 벗겨내듯이 시신의 봉합된 상처 속에 손을 넣고 피부를 뜯어내는 것이었다.

　가죽 찢어지는 소리가 나고 시체의 내부가 드러났다.

　시체의 뱃속에는 장기가 하나도 없었다. 뱃속에는 장기 대신 비닐봉지들이 꽉 들어차 있었다.

　곽춘호가 봉지 하나를 뜯어냈다. 하얀 분말가루가 나타났다. 분말가루는 그들이 중국 상선에서 환자로 위장해서 들여온 밀수입품 필로폰이었다.

　"이건 순도 백 프로야. 수고들 했어."

분말가루를 찍어 혀끝에 대고 입맛을 다신 곽춘호의 얼굴에 희소가 흘렀다.

"저희들은 큰 형님 지시만 따랐을 뿐입니다. 축하합니다."

"아직 일러. 이걸 실수 없이 넘겨야 안심하지."

"큰 형님께서는 뒤를 봐주는 영감님이 있잖습니까. 무엇이 두렵습니까."

"그 영감은 정치에 큰 꿈을 갖고 있어. 우리가 실수를 하면 그 영감이 위험에 처한다고. 그거야 뭐 우리하고 연결 안 시키면 그만이지만, 우리가 대주는 정치자금이 뚝 끊긴단 말이야."

"아, 정 힘들면 짱 밟히기 전에 일본으로 보내죠?"

"그건 내가 알아서 해. 참, 그 이만재 비서를 만났다. 영감의 대리모였던 우금순한테 태어난 이민선이라는 그 아이가 살아있다는 거야."

"무슨 소리입니까. 그때 분명 둘 다 확실하게 죽였잖습니까."

"어린 계집애와 그 어미를 죽였는데. 살아 있다는 거야. 그 비서는 그때 일을 완수하지 못한 책임을 지고 당장 이민선을 찾아서 쥐도 새도 모르게 죽이라는 지시를 받았어."

"그렇다면 그때 테이블 위 중학생 계집아이."

"그 계집아이 잠옷에 우연아라고 쓰여 있었잖아."

"정말 살아 있을까요? 이민선."

"아이씨벌 골 아퍼. 거기다 짱깨들이 물건 값 먼저 달라고 지랄하는데."

"그건 나중에 줘도 되잖아요."

남자들이 시신에서 분말가루가 담긴 비닐봉지들을 꺼내어 트렁크에 담으며 나눈 대화였다. 그 대화를 엿듣던 우연아는 그들의 대화에 오금이 저려왔다. 그런데 알 수 없는 이만재는 누구고, 대리모와 우금순은 누구인가.

비닐봉지를 꺼낼수록 시신의 내부는 피가 엉겨 붙은 동굴처럼 비어갔다.

곽춘호는 들고 있던 봉지를 묶어서 트렁크에 던져 넣었다. 시체도 도끼로 토막을 내어 검은 비닐에 싸서 커다란 가방에 넣어 한쪽 구석에 방치해 두었다.

"아니, 큰 거라서 급하다고 하니 신용은 지켜야지. 그건 그렇고 너희들은 내일부터 영감이 찾는 우연아라는 그 계집을 찾아야 돼."

"남산에서 김씨 찾기 아닙니까? 그건 힘들 것 같은데요."

"그래도 우리 뒤를 봐주는데 노력해 봐야 돼. 영감에 의하면 그 여자가 개명했을 수도 있다니까. 애들 풀어서 찾아봐. 경찰에서도 찾고 있으니까."

그들의 말을 엿듣고 있던 우연아는 의문을 가질 수밖에 없었다. 영감은 누구인가. 누구이기에 곽춘호의 뒤를 봐준다는 말인가. 그들은 누구이기에 경찰력까지 동원할 수 있고, 무엇 때문에 우연아를 찾고 있는지 모르겠다. 그리고 곽춘호는 왜 그들의 지시에 복종하는지 우연아의 의혹이 증폭되었다.

공포를 느끼게 하는 지하실의 광경에 우연아는 얼어붙은 것처럼 꼼짝할 수 없었다. 몸이 더욱 오싹하였다.

그때 충계 위로 통하는 거실 쪽에서 인기척이 들리는 것 같았다. 그 인기척에 하얗게 질린 우연아는 재빠르게 충계를 올라가 거실로 들어섰다. 막 욕실 문이 열리는 것을 보고 얼른 주방으로 걸음을 옮겼다.

욕실에서 나온 이는 속살이 들여다보이는 잠옷 차림의 김애경이었다. 농염한 몸매의 그녀가 양손을 허리에 집고 서서 눈살을 찌푸렸다.

"너, 왜 안 자고 나와 있는 거야? 누구한테 꼬리치려고."

"목말라서 물 마시려고요."

우연아는 고개를 숙인 채 그녀의 표정을 훔쳐보았다.

김애경은 곽춘호가 우연아에게 흑심을 품고 있는 것을 느끼고 있었다. 그래서 우연아에게 눈을 떼지 않고 감시하며 구박을 하였다.

김애경의 시선을 의식한 우연아는 자신의 모습을 내려다보았다. 엉겁결에 잠자다가 나와서 팬티 차림이었다. 다행히 허벅지까지 가리는 커다란 남성용 와이셔츠를 걸친 것이 다행이었다.

겸연쩍은 모습으로 돌아선 우연아는 주방 안으로 들어갔다. 그녀가 거주하는 방은 주방 안으로 통하는 곳에 있었다. 자신의 방으로 들어온 우연아는 지하실의 광경이 떠올라 잠을 이룰 수가 없었다. 어쩌면 그녀로서는 감당할 수 없는 음모가 곽춘호 뒤에 도사리고 있는 것만 같았다.

그렇게 잠을 이루지 못해 뒤척이던 우연아는 뒤늦게 잠이 들어 동이 튼 뒤에야 깨어났다.

거실로 나갔다. 간밤에 뻥 뚫렸던 벽은 다시 진열장으로 가로 막혀 있었다. 그리고 집안은 조용했다.

거실 뒤의 창문으로 밖을 내다보았다. 곽춘호와 김애경이 사슴우리에서 사슴들을 돌보고 있었다. 우연아는 김애경의 잔소리를 듣기 전에 아침밥 준비를 하러 주방으로 들어갔다.

아침밥 준비가 다 되었을 무렵이었다. 곽춘호와 김애경, 그리고 목을 길게 늘어뜨린 주승균이 헐레벌떡 뒤쫓아 들어왔다. 김애경은 뒤쫓아 들어오는 주승균이 못마땅한지 찌푸린 인상이었다. 앞서서 들어온 곽춘호가 주승균에게 핀잔하듯이 말했다.

"넌 할 일도 없니? 아침부터 찾아오게."

"형님 연락받고 있을 수가 있어야지요. 밥그릇 농사라도 져야지요."

헤픈 웃음을 흘린 주승균이 넉살을 떨었다.

곽춘호는 필로폰을 가져가라는 연락을 했으나 이렇게 일찍 주승균이 찾아올 줄은 몰랐다. 그러니 김애경의 심사는 더욱 뒤틀리고 있었다.

"애! 애리야! 아침준비 안 하고 뭐하니?"

김애경은 발끈해서 화풀이를 하는 것처럼 주방을 향해 소리 질렀다.

"다 해 났어요."

타월에 손을 닦으며 우연아가 주방에서 쪼르르 나왔다. 곽춘호가 세면장 문을 열고 들어가고 주승균은 거실에서 눈치를 살폈다.

김애경은 공연히 빗자루를 들고 거실 바닥을 먼지가 나도록 획획 쓸어댔다.

곽춘호가 세면장에서 나와 주방으로 들어오고 나서야 주승균과 김애경이 주방으로 따라 들어왔다.

그들이 수저를 들고 아침 식사를 시작하고 우연아는 그들 앞에 놓인 빈 물잔에 일일이 물을 따라주었다.

주승균이 밥을 먹으면서 우연아를 흘끔흘끔 쳐다보았다. 그리고 옆으로 다가와 물을 따라주는 우연아의 스커트 속으로 슬그머니 손을 뻗쳤다. 엉덩이를 더듬는 촉감에 우연아가 흠칫 놀랐다.

그녀의 시선이 무심코 쳐다보는 곽춘호와 마주쳤다. 우연아는 곽춘호를 시험하고 싶어서 주승균을 힐끗 쳐다보며 눈짓을 하였다. 곽춘호의 시선이 우연아의 엉덩이를 더듬는 주승균의 손을 향했다.

"으흠! 물건 가지러 왔지?"

곽춘호는 주승균을 쏘아보며 헛기침을 하며 물었다.

"네?"

한 손으로 반찬을 집어 들었던 주승균이 얼떨결에 대답을 하고 곽춘호를 바라봤다. 그리고 곽춘호의 사나운 눈빛을 의식한 주승균이 우연아의 엉덩이를 쓰다듬던 손을 얼핏 빼냈다.

묘한 분위기를 느낀 김애경이 의혹스러운 눈빛으로 곽춘호와 주승균을 번갈아 쳐다봤다.

"하하! 하여튼 형님 죄송스럽고 고맙습니다."

주승균이 무안함을 대신하여 너털웃음을 흘렸다.

"아우님은 매번 도와 달라고만 해요."

영문도 모르고 김애경이 불만스러웠던 마음을 뱉어냈다.

우연아는 다른 사람의 눈치를 살피며 곽춘호를 향해 배시시 미소를 지었다.

한동안 그들은 밥 먹느라고 침묵이 흘렀다.

"100그램이면 충분하지?"

입 속에 든 음식을 씹어 먹으며 곽춘호가 정색을 하고 주승균을 향해 툭 내뱉었다.

"아! 네."

"짱깨들이 자금을 달라는데, 너 비자금 좀 마련해 주라."

"형님도 참. 제가 쇳가루 있으면 형님한테 손 벌리겠어요."

"그럼 대부회사 돈은?"

"대출로 다 나가 있고 해서 들어온 돈이 없어 미치겠습니다."

수저를 들고 입 안에 든 음식물을 씹던 곽춘호가 못마땅하다는 표정을 했다. 그리고 김애경을 향해 말했다.

"할 수 없군. 당신, 승균이 갈 때 같이 가서 은행에 좀 다녀와."

"왜요?"

김애경이 수저를 놓으면서 곽춘호를 빤히 쳐다봤다. 마치 하기 싫은 일을 시킨다는 표정이었다.

곽춘호가 묵묵히 남은 밥을 수저에 떠서 입에 넣었다. 김애경에게 반문을 하지 말라는 모습이다. 대답을 기다리고 있는 김애경만 답답할 뿐이다. 여유를 두고 곽춘호가 말했다.

"통장 줄 테니까, 환전해서 마카오 은행구좌로 입금시키고 와."

시큰둥한 표정을 지은 김애경은 마지못해 대답을 했다.

곽춘호의 말은 거부할 수 없는 명령이었다. 식사를 마친 그들은 거실 소파에 가서 앉았다. 그들은 습관처럼 우연아가 가져다주는 커피를 마셨다. 빨리 물건을 받아 가고 싶은 주승균은 단숨에 커피 잔을 비우고 느긋한 곽춘호의 눈치를 살폈다.

"물건이 얼마나 있습니까?"

"그건 몰라도 돼. 기다려."

곽춘호는 여유를 부리며 천천히 커피 잔을 비웠다. 주방 안에서 그들의 대화를 듣고 있던 우연아가 커피 잔을 치우러 거실로 나왔다.

슬그머니 일어선 곽춘호를 뒤따라 김애경도 일어섰다. 김애경은 침실로 들어가고 곽춘호가 진열장 상단에 있는 도자기를 옆으로 옮겨 놓았다. 그 자리에 보이는 스위치를 누르니 진열장이 스르르 이동하고 지하실로 통하는 어둠침침한 계단이 나왔다. 어두운 공간으로 들어간 곽춘호가 잠시 후 검은 비닐봉지를 양손에 들고 나왔다. 들고 나온 비닐봉지를 주승균 앞 탁자에 집어 던지듯이 올려놓았다.

"괜히 학교 가지 말고 잘 가져다 써."

"넵! 감사합니다. 짱 밟혀도 형님한테 피해 안 입힙니다."

주승균은 굽실거리며 일어서서 비닐봉지를 들고 나갔다. 침실 문이 열리고 김애경은 연두색의 투피스 옷으로 갈아입고 나왔다.

김애경은 뭐가 미덥지 못한지 곽춘호를 한동안 바라보다가 주방
으로 들어갔다. 싱크대 앞에서 설거지를 하고 있는 우연아의 뒷모습
을 바라보다가 볼멘소리로 일침을 놓았다.

"애리야 너, 내가 나갔다 올 동안 빨래 다 해 놔."

"네, 알았어요. 다녀오세요."

우연아가 힐끗 돌아보고는 거품난 수세미로 그릇을 문질렀다. 머
뭇거리던 김애경이 거실로 나가니 곽춘호가 통장, 도장과 입금시킬
계좌번호를 메모한 종이쪽지를 건네주었다.

김애경이 현관문을 나서고 곽춘호도 뒤따라 나갔다. 승용차 시동
거는 소리에 이어서 둔탁한 엔진소리가 들렸다.

잠시 후 곽춘호가 거실로 들어왔다. 우연아는 촉각을 곤두세우고
그들의 일거일동을 감지하고 있었다.

거실로 들어온 곽춘호가 주방 안을 기웃거렸다. 그리고 우연아의
등 뒤로 다가섰다.

우연아는 목덜미로 불어오는 곽춘호의 입김을 의식하고 긴장이
되었다. 김애경도 없고 곽춘호의 태도로 보아 아무래도 분위기가 심
상치 않았다. 그녀의 예상대로 등 뒤에 다가선 곽춘호가 그녀를 껴
안았다. 그리고 우격다짐으로 블라우스를 밀고 올라온 곽춘호의 손
이 브래지어를 들추고 들어왔다. 젖가슴이 잡히는 순간 우연아가 몸
을 비틀었다.

"아저씨 이러지 마세요. 아줌마가 알면 혼나요."

"괜찮아. 애리 요구 다 들어줄게."

"싫어요. 이러시면, 이 집에서 나갈 거예요."

"나가기는. 네 요구 다 들어준다니까."

곽춘호의 손가락이 젖꼭지를 끼고 주물렀다. 우연아는 작은 통증과 함께 아릿한 감각을 느꼈다. 스커트 위의 엉덩이에는 벌써 후끈 달아올라 발기한 남성이 마찰을 하고 있었다.

바로 그때 거실에서 전화벨이 울렸다. 전화벨 소리도 무시하고 곽춘호의 손길이 우연아의 몸을 거칠게 더듬었다.

곽춘호의 억센 팔에 안긴 우연아는 고무장갑을 낀 채 싱크대를 붙들고 어찌해야 할지 고심하였다.

거실에서 울리던 전화벨 소리가 끊어졌다. 얼마든지 뿌리칠 수도 있었고 죽일 수도 있다는 자신감이 있지만 아직은 곽춘호를 통해 더 알아낼 것이 있었다.

곽춘호의 손길이 팬티 속을 더듬는 순간 다시 전화벨이 울리기 시작했다. 우연아의 팬티 속에서 손을 빼낸 곽춘호가 입맛을 다시며 돌아섰다.

"이런, 제기랄."

곽춘호는 거실로 나가서 전화를 집어 들고 큰소리를 질렀다.

"누구시오?"

다행이라고 생각한 우연아는 곽춘호가 통화하는 전화소리에 귀를 기울였다. 불만이 가득한 목소리로 수화기를 들었던 곽춘호가 웬일인지 굽실거리며 낮은 목소리를 흘렸다. 어디서 걸려온 전화인지 몰라도 고분고분하게 대답을 했다.

"네, 제가 곽춘호입니다."

"……."

"네, 이민선을 꼭 찾으라굽쇼?"

"……."

"이름을 개명했다는 것은 알고 있습니다만."

"……."

"네? 이민선 이름이 우연아라고요?"

"……."

"네, 네! 알았습니다."

엿듣고 있던 우연아는 망치로 얻어맞은 것처럼 아찔했다. 자신의 이름을 들먹거리는 것에 간이 콩알만해지는 걸 느꼈다.

놈들에게 발각된 것인가. 아니면 동명이인인가. 혼란스러워 그 자리에 얼어붙을 것만 같았다.

하여튼 당장은 다시 돌아올 곽춘호를 피해야겠다는 생각을 했다. 그리고 얼른 씻은 그릇들을 싱크대 안에 넣고 주방을 나왔다.

세탁물이 담긴 바구니를 들고 밖으로 나왔다. 세탁기는 현관문 옆 별도의 세탁실에 있었다.

세탁실로 들어간 우연아는 혼란스러운 생각에 잠겨 있다가 생각을 다잡고, 세탁기에 세탁물을 넣고 스위치를 눌렀다.

세탁기의 덜그렁거리는 소리만큼 가슴이 두근거렸다. 동명이인이라고 해도 왠지 불안감을 떨쳐 버릴 수가 없었다. 그런데 세탁이 다 끝난 세탁물을 마당 건조대에 널고 나서도 곽춘호의 모습은 보이지 않고 조용하기만 하였다.

무엇인가 이상한 느낌을 받은 우연아는 두근거리는 가슴으로 현관문을 열고 들어섰다. 거실 안에도 곽춘호의 모습은 보이지 않았다. 주방으로 들어가니, 자신이 머무는 방문이 열려 있었다.

방안으로 들어갔다. 방안을 휘둘러보고 나오려는데 그녀는 멈칫하였다. 그녀가 항상 지니고 다니던 손가방이 보이지 않았다.

그녀의 유일한 금전거래의 수단인 이경우의 신용카드가 제일 중요했다.

거실로 나온 우연아는 안방 침실문이 벌어져 있는 것에 의문을 느꼈다. 문 앞으로 다가간 우연아는 숨을 크게 들이켰다.

침대 위에 올라앉은 곽춘호가 그녀의 손가방 안에 있는 물건들을 끄집어내어 살펴보고 있었다.

"아저씨! 왜 남의 물건을 함부로 뒤져봐요?"

화들짝 놀란 우연아가 방문을 열어젖혔다.

"별거 없구먼. 내가 못 볼 물건이라도 있어?"

"그래도 여자 물건을 보면 안 되죠."

"그런데 우연아가 누구야?"

곽춘호가 그녀의 학생증을 들고 흔들어 보였다. 자신의 신분이 드러날 것이 두려운 우연아가 방으로 뛰어 들어가서 곽춘호가 들고 있는 학생증을 낚아채려고 하였다.

"누가 우연아라는 여자애를 찾던데, 네가 우연아야?"

곽춘호는 우연아의 태도가 더 이상한지 정색을 하며 학생증을 들고 있는 손을 뒤로 감췄다.

"아녜요. 그건 친구 거예요. 주세요."

"이상한데. 너 바른 대로 말해."

"아니라니까요. 전 애리예요. 이애리."

그러나 곽춘호는 믿으려 하지 않고 우연아의 멱살을 잡고 방바닥에 팽개쳤다. 순간적으로 우연아는 난관에 부딪친 것을 느꼈다.

곽춘호를 처치하던지 모면할 방도를 생각하지 않으면 모든 계획이 수포로 돌아가고 말 것이다.

우연아는 벌떡 일어나서 블라우스 단추를 풀어 젖혔다. 브래지어 차림으로 침대 위로 가서 곽춘호와 마주 앉았다.

"아잉! 아저씨, 난 이애리란 말이에요. 대학생 흉내 내느라고 친구 거 갖고 있는데 주세요."

곽춘호의 목에 팔을 감고 눈웃음을 쳤다.

"그 친구가 어디 사는데?"

"서울 사는데, 지금은 몰라요. 아저씨는 날 믿으세요."

"널 뭐로 믿어?"

"아잉! 아저씨는."

곽춘호의 시선이 브래지어를 걸친 우연아의 앞가슴을 향했다. 그리고 다리를 벌리고 앉은 우연아의 허벅지를 번갈아 보았다. 스커트가 말려 올라가 하얀 팬티가 들여다보였다. 그는 마른 침을 꿀꺽 삼키고 뒤로 숨겼던 우연아의 학생증을 들여다보고 건네주었다.

"어디, 그럼 믿어 볼까."

음험한 미소를 띤 곽춘호가 그녀를 왈칵 끌어안았다.

"아저씨 이러지 마세요."

"가만 있어. 믿어 본다니까."

"아저씨?"

순간은 모면했으나 우연아는 당혹스러웠다.

곽춘호의 힘에 의해 그녀는 침대 위에 눕혀지고 있었다. 누우면서 탁자 위에 있는 철제로 만들어진 독수리 형상을 보았다. 그 독수리 형상은 날개를 펴고 있어 당장이라도 달려들 것 같다는 생각을 하고 있었는데, 거칠어지는 숨결을 흘리며 곽춘호가 우악스럽게 그녀의 브래지어를 풀어서 방바닥에 던졌다.

스커트가 벗겨지고 팬티 바람인 그녀는 곽춘호의 가슴 아래 깔렸다. 그도 자신이 걸친 겉옷을 벗고 팬티 차림이 되어 그녀의 젖가슴을 움켜쥐었다. 그리고 게걸스럽게 젖꼭지를 입속으로 빨아 당기기 시작했다.

"아, 아저씨. 안 돼."

"너 하나쯤 없애는 건 밥 먹기보다 쉬워. 그러니 나한테 가만히 귀여움 받는 게 좋아."

우연아는 어차피 당할 수박에 없다고 생각하여 눈을 감았다.

놈들에게 윤간을 당하던 저주스러운 고통이 떠올랐다. 젖꼭지가 유린당하고 그녀는 의외로 짜릿한 감각을 느꼈다.

남자의 입김이 온몸에 퍼지고 열기가 달아올랐다. 곽춘호의 손이 팬티 속으로 들어와 음모를 거머쥐는 순간 흠칫하고 놀랐다.

“안 돼.”

본능적으로 내뱉은 우연아는 곽춘호의 이글거리는 시선을 피해 고개를 돌렸다.

팬티가 벗겨지고 곽춘호가 하복부를 들여다보았다. 그의 시선이 닿는 곳마다 소름이 돋아나는 것 같았다.

그의 손길이 그 사이를 쓰다듬었다. 자연의 섭리인가. 아니면 생리적인 반사작용인지, 그녀의 몸속에서 샘물이 흘러나왔다.

“고거 제법인 걸.”

곽춘호가 묘한 웃음을 흘렸다. 그런 그는 그녀의 허벅지를 벌리고 무릎을 꿇더니 그 사이를 쓰다듬은 손을 코에 대고 냄새를 맡는지 킁킁거렸다. 그리고 흉물스러운 남성을 느닷없이 그녀의 허벅지 사이로 밀어 넣었다.

우연아는 무엇인가 거대한 것이 아랫도리로 밀려들어오는 것을 느끼고 입술을 깨물었다. 어쩔 수 없이 당한다는 심정으로 방심하고 있던 우연아는 갑작스런 충격에 상체를 들어 올리며 바들바들 떨었다.

“어마 얏!”

“조금만 참아. 너도 좋을 테니.”

곽춘호는 우연아의 신음소리가 쾌감으로 흘리는 것인 줄 알았던 모양이다. 그녀의 알몸을 부둥켜안으며 흉물을 더욱 깊숙이 밀어 넣었다. 그의 주름진 피부와 우연아의 연한 피부가 전면으로 밀착되었다.

충격에 눈을 부릅떴던 우연아는 다시 눈을 질끈 감았다. 하지만 열기로 몸이 뜨거워지기는커녕 점점 더 굳어지고 있었다.

"너, 참 매력 있구나."

거친 숨을 내뱉으며 곽춘호는 더욱 거세게 그녀를 몰아붙였다. 달구어졌던 뺨도 차갑게 식어가고 우연아는 그저 눈을 감고 마네킹처럼 흔들렸다.

그녀는 아랫도리로 반복해서 밀려들어왔다가 빠져나가는 흉물을 의식하며 빳빳하게 누워 있었다.

이건 고통이었다. 패랭이 꽃잎보다도 섬세하고 나비의 더듬이보다도 민감한 부분이 느끼는 아픔, 우연아는 입술 사이로 터져 나오는 비명을 이를 악물고 참아냈다.

"넌 대단해."

곽춘호가 안간힘을 쓰며 중얼거렸다.

우연아는 이경우와의 마지막 밤을 떠올렸다. 무엇을 위해서 입술을, 그날 밤 그렇게 황홀한 순간을 견디지 못해 그토록 입술을 깨물었던 것일까.

너무나 대조적인 감각이었다. 곽춘호의 허리는 힘차게 상하운동을 계속했다. 그럴 때마다 우연아의 목구멍 속에서는 고통스러운 신음소리가 번져 나왔다.

우연아의 목구멍 속에 잠기는 신음은 아픔이 아니고 고통이었다. 곽춘호에게 유린당하는 시간이 길어지면서 힘겨워지기 시작했다. 제발 그만하라고 말하고 싶은 마음뿐이었다.

　내리누르는 곽춘호의 어깨가 턱까지 육박해 오는 것을 느끼면서 우연아는 생각했다.

　아아, 언제쯤 이 사람은 끝을 내는 것인가. 자신의 쾌감은 알지 못한 채로 오직 곽춘호의 희생물이 되어 몸을 내맡기는 순간을 지워 버리고 싶었다. 그래서 우연아는 곽춘호의 어깨에 내리눌리는 무게만 느꼈다.

　"미치겠다."

　헐떡거리던 곽춘호가 경직되면서 비명 같은 신음을 터뜨렸다.

　우연아는 몸속으로 뿌려지는 뜨거운 이질감에 몸서리를 쳤다. 자신의 몸이 변기처럼 남자의 배설물을 받아냈다는 참담한 기분이었다.

　곽춘호는 잠시 그녀의 몸에 널브러져 거친 숨을 몰아쉬었다. 그리고 그녀의 몸에서 미끄러져 내려와 누웠다.

　"저어, 이 쪽 보지 마세요."

　우연아는 벌떡 일어나 돌아앉았다. 벗어던져진 팬티와 브래지어를 집어 들었다.

　"다 본 걸 뭘 그래."

　"난 몰라요. 아저씨 때문에 큰일 났어요."

　"큰일은 뭐. 처녀도 아니면서."

　침대에서 일어난 곽춘호가 중얼거리며 반대편 침대에 걸터앉았다. 팬티를 걸쳐 입던 우연아는 허벅지로 흘러내리는 남자의 배설물을 보고 구역질을 느꼈다.

그녀는 유린당하는 것으로 순간을 모면했다고 생각했다. 그러나 곽춘호는 여전히 그녀를 의심하고 있는 모양이다.

"넌 아무래도 이상해. 어떻게 학생증에 있는 사진이 네 얼굴과 똑같아? 사실대로 말해! 너 우연아. 아, 너 이민선!"

그는 팬티를 집어 들면서 우연아를 윽박질렀다.

순간 우연아는 아차 싶었다. 학생증의 사진을 미처 생각 못한 것이었다. 몸만 빼앗겼지 얻은 소득이 없는 결과가 돼 버린 것이다.

우연아는 순간적인 판단을 했다. 더 이상 이곳에 머문다는 것은 위험한 일이고 언제 그들의 손아귀에 붙잡힐지도 모르는 상황이 된 것이다.

김애경이 돌아올 시간이 멀지 않았다. 우연아는 당장 이 집을 떠나야 한다고 판단했다.

침대 옆의 작은 탁자에 놓인 커다란 철제 독수리 모형이 우연아의 생각과 동시에 시야에 들어왔다. 눈을 부릅뜨고 날갯짓을 하는 독수리 형상이었다.

우연아는 고개를 돌려 곽춘호를 바라보았다. 등을 돌리고 앉은 그는 두 손으로 팬티를 들고 양다리를 집어넣으려 하고 있었다. 팬티가 발가락에 끼었는지 허둥거리고 있었다. 그녀는 재빠르게 독수리 철제 형상을 집어 들었다. 그리고 돌아앉은 곽춘호의 뒷머리를 내리찍었다.

"죽어라! 죽어. 개 같은 놈!"

"악!"

우연아는 두 번이나 곽춘호의 뒷머리를 내리찍었다. 갑작스런 공격에 비명을 지르며 곽춘호는 침대 아래로 굴러 떨어져 나뒹굴었다. 방바닥에서 한 바퀴를 구른 곽춘호가 눈을 홉뜨고 비틀거리며 일어섰다. 머리에서 붉은 피를 주르륵 흘리고 있는 그가 기어가다시피 방구석에 놓인 진열장으로 갔다. 진열장 문을 열고 총을 집어 들었다. 그리고 우연아에게 총구를 겨냥하고 부들부들 떨었다.

"너, 너 이년! 죽여 버릴 거야."

"탕!"

군용 K1총에서 탄환이 발사되는 순간이었다. 우연아는 이미 방바닥을 차고 뛰어올라 있었다. 그리고 침대 위를 넘어가 곽춘호의 가슴을 두 발로 걷어찼다. K1총이 바닥에 뒹굴고 곽춘호는 크게 숨을 들이키며 화장대를 들이받고 쓰러졌다.

머리에서 분수처럼 피를 쏟고 있는 그는 발목에 걸쳤던 팬티마저 벗겨진 발가벗은 알몸이었다. 피로 범벅이 된 채 곽춘호의 크게 떠진 눈동자에서는 붉은 핏줄이 돋아났다. 그를 바라보는 우연아의 눈동자도 붉게 충혈되었다.

우연아는 피가 뚝뚝 떨어지는 독수리형상을 들고 그에게 다가갔다. 그리고 사정없이 곽춘호의 몸을 내리찍어대기 시작했다.

"죽어! 죽으란 말이야."

한동안 곽춘호의 알몸을 찍어대던 우연아는 잠시 멍하니 허공을 쳐다봤다. 그녀의 두 눈에서 붉은 눈물이 주르륵 흘러내렸다. 들고 있던 철제 독수리형상을 집어 던진 그녀는 손가방에서 흩어져 나온 물건들을 주섬주섬 챙겼다.

그리고 검은 매직펜을 꺼내들고 곽춘호에게 다가갔다. 곽춘호의 입술에 검게 바르고 얼굴과 몸에 검은 매직펜으로 '찰코'라는 글씨를 써넣었다.

곽춘호의 몸은 붉은 피와 검은 매직이 범벅이 되어 그려졌다. 묘한 희소를 떠올린 그녀는 세면장으로 들어가서 손에 묻은 피를 닦아냈다. 그리고 그녀의 방으로 들어가 옷을 갈아입고 나왔다.

손가방을 들고 나온 우연아는 칠성회 곽춘호, 곱슬머리 주승균, 새끼손가락 없는 박종규, 허문한, 김철오, 박충식 등 6명 중에 곽춘호를 지워 버렸다. 그리고 집안을 휘둘러보았다.

모든 것이 순간적인 일이었다. 거실 탁자 위에 놓인 밀짚모자를 뒤집어쓴 그녀는 아무 일도 없었던 것처럼 현관문을 나섰다.

밀짚모자를 쓴 그녀는 마을로 향하는 신작로가 아닌 왼쪽 산등성이가 보이는 좁은 등산길을 치달렸다.

목장 주변의 도베르만들이 사납게 짖어대며 날뛰었다. 바람처럼 달려가는 그녀의 모습이 산등성이 너머로 사라지고 없었다.

일곱

아직 읍내의 나이트클럽이 문을 열기는 이른 시각이었다. 넓은 홀 안에서는 종업원들이 한가하게 장사 준비를 하고 있었다.

이경우는 곽춘호를 찾기 위해 쉬는 토요일을 이용해 경호용역회사 최중혁 사장을 만나고 있었다. 작은 룸에서 불곰이라는 별명을 가진 최중혁과 마주앉아 있는 이경우. 붉은 빛의 조명등이 비치는 룸, 바닥마저 붉은 색 카펫이 깔려 있어 온통 붉은 빛이다. 실내임에도 멋으로 도수 없는 갈색 안경을 끼고 있는 불곰이 이경우 앞으로 바싹 다가앉았다.

"염려 마십시오. 사장님! 들개가 단단히 지키고 있으니까."

"그런데도 별 다른 움직임이 없다고요?"

"네. 얼마 전에 몇 놈이 왔다 간 후에 변동사항이 없습니다."

"연락하지 그랬어요?"

"왔다가 금방 가기에 미처 말씀 못 드렸습니다."

불곰이 머리를 긁적거렸다.

문이 열리고 허벅지가 드러나는 원피스를 걸친 여종업원이 음료수와 유리잔을 들고 들어왔다. 나이가 앳되어 보이는 여종업원이 탁자 위에 음료수를 내려놓고 이경우를 힐끔 쳐다보며 음료수를 따랐다. 다시 껌을 질겅질겅 씹으며 이경우에게 다가왔다. 그리고는 이경우의 무릎 위에 앉으며 교태를 부렸다.

"오빠! 잘 생겼네. 음료수 말고 맥주 좀 사줄래요?"

"대낮부터 무슨 맥주?"

여종업원이 이경우의 목에 팔을 두르며 매달렸다. 이경우가 여종업원을 피해 상체를 뒤로 젖혔다. 이 모습을 바라보고 있던 최중혁이 안경너머로 이경우의 눈치를 살피며 한 마디 내뱉었다.

"은영아. 그분은 오빠가 아니고 어르신이니 함부로 까불지 마라."

"이렇게 젊은 분이 무슨 어르신. 오빠지."

"허엇! 까불지 말래도."

"사장님 질투하시나 보다."

그녀는 의도적으로 이경우의 허벅지 사이를 엉덩이로 깔고 앉으며 허리를 흔들었다. 불곰은 모른 척 외면을 하고 안경을 벗어서 소매 끝으로 문질렀다. 이경우가 옅은 미소를 띠며 그녀의 허리를 안아 올려 옆자리에 앉혔다. 그러자 그녀는 이경우의 볼에 입맞춤하며 눈을 흘겼다.

"오빠, 되게 비싸게 구네. 홍!"

콧방귀를 흘린 그녀가 샐쭉한 표정을 지었다. 그때 다른 여종업원이 전화기를 들고 들어왔다. 불곰이 다시 안경을 고쳐 쓰며 입구를 바라보았다.

"사장님 전화기에 전화 왔는데요. 들개 오빠예요."

공연히 거들먹거리는 불곰이 전화기를 받아 들었다. 두 여종업원이 시선을 마주하고 그들만의 표정으로 눈짓을 하더니 룸을 빠져 나갔다. 천천히 자세를 잡은 불곰이 담배 한 개비를 뽑아 입에 물며 전화기를 귀에 대고 거드름을 피웠다.

"아! 그래. 왜, 전화했어?"

"지금 목장에서 총소리가 났는데, 이상해요."

"총소리가?"

입에 문 담배에 불을 붙이던 불곰이 벌떡 일어났다. 그리고 잽싸게 입에 물었던 담배를 바닥에 던지고 발로 비벼 껐다. 전화기 속에서 거친 숨소리와 함께 들개의 다급한 목소리가 들려왔다.

"휴대폰이 안 터져서 마을에 내려와서 전화하는데요. 총소리와 비명소리가 나더라고요. 그리고 밀짚모자를 쓴 여자가 뛰어나오더니 사라졌어요. 형님! 오실 거죠?"

"비명소리! 여자가? 기다려. 갈게."

전화기를 손에 움켜쥔 불곰은 큰일을 치른 사람처럼 어깨에 힘을 주고 이경우에게 말했다.

"목장에서 무슨 일이 터졌나 봅니다. 총소리와 비명소리가 났다는

데요."

"나도 듣고 있었어."

소파에서 일어난 이경우는 룸 문을 열고 나섰다. 불곰도 뒤따라 나왔다. 붉은 카펫이 깔린 통로를 걸어가던 이경우가 걸음을 멈추고 돌아섰다.

"사장님은 여기 있고. 차 열쇠 좀 주시겠습니까."

불곰은 손에 들고 있던 자동차 열쇠를 이경우에게 건넸다. 열쇠를 받아든 이경우는 전화기로 경찰서 수사과 전화번호를 누르며 걸어 갔다. 뒤따라오던 불곰은 이경우가 어디에 전화를 하는지 귀를 기울 였다.

경찰서 친구였던 조 경정을 바꿔달라고 하면서 카운터에 당도한 이경우가 마약밀수에 관련된 사건일 것이라며 용문목장 위치를 전 화상대에게 가르쳐 주었다.

이경우가 건네는 무선전화기를 받아든 최중혁은 이경우가 말한 마약밀수의 의미를 곰곰이 생각했다.

출입문을 열고 나간 이경우가 층계를 뛰어 올라가는 구둣발자국 소리가 점점 멀어져 갔다.

토요일이라 산을 오르던 많은 등산객들이 별안간 먼지를 일으키 며 경찰차와 버스가 올라가자 발걸음을 멈추며 바라보고 있었다. 뒤 이어 승용차 한 대가 청암산 중턱을 향해 쏜살같이 올라갔다.

경찰버스, 그리고 승용차가 용문목장 입구의 철제문 앞에서 급정 거했다. 버스에서 내린 경찰이 목장 앞을 가로막고 있는 철제문을 열어 젖혔다. 목장을 지키고 있던 도베르만 개들이 귀가 찢어지도록 짖어댔다. 대기하고 있던 차량들이 철제문 안으로 들어섰다.

버스에서 내린 경찰수사관과 사복형사들이 목장 내부를 샅샅이 수색하기 시작했다. 경찰차에서는 조 경정과 임 경위, 그리고 승용차에서는 이경우가 내려섰다.

목장 주변에서는 특이한 점을 발견할 수는 없었고, 주택에서는 사람의 흔적조차 찾을 수 없이 조용했다.

주택 안으로 들어간 조 경정은 확 끼쳐오는 피비린내에 애써 구역질을 참으며 눈살을 찌푸렸다. 거실로부터 핏자국이 이어진 안방은 그야말로 선혈이 낭자한 지옥 같았다. 벽과 침대, 그리고 방바닥은 붉은 물감을 풀어서 빗질한 것처럼 시뻘겋게 보였다.

부서진 화장대와 진열장 앞에는 피투성이가 된 남자가 쓰러져 있었다. 바지를 벗은 채 죽어있는 남자는 흉물스럽게 성기를 그대로 드러내고 있었다. 남자의 머리에서는 아직도 시커먼 피가 흘러나와 형체를 알아 볼 수 없을 정도로 흉측했다.

장갑을 낀 수사관 한 명이 남자에게 다가가 무릎을 굽히고 살피기 시작했다. 가슴에 손을 대어보고, 코에 귀를 대어보기도 하면서 확인을 하더니 조 경정을 쳐다보며 고개를 가로저었다.

"사망했습니다."

이미 숨이 끊어진 남자는 차갑게 식어가고 있었다. 남자의 시신 옆에는 K1소총이 나뒹굴고 있었다.

"찰코?"

한 수사관이 시체에 검은 매직으로 쓰여진 글씨를 보고 고개를 좌우로 저었다.

"찰코가 뭐야. 이름인가?"

찰코라는 소리에 뒤따라 들어온 이경우가 쓰러져 있는 남자에게 다가갔다. 옆으로 고개를 돌리고 있는 남자의 머리를 구둣발로 밀어 얼굴을 확인했다. 이경우는 사망한 남자가 곽춘호임을 알 수 있었다. 조 경정이 임 경위를 불렀다.

"어딘가, 물건이 있을 거야. 집안을 수색해 봐."

머리를 꾸벅하고 나간 임 경위가 형사들과 경찰수사관들에게 일일이 지시를 했다. 수사관과 형사들이 흩어져 집안을 꼼꼼하게 수색하기 시작했다. 수사관들은 주방과 방, 세탁실, 창고 등을 돌아다녔다. 작은 상자 하나도 놓치지 않고 쏟아내고, 심지어는 주방 기구들도 하나씩 들어내며 살피고 있었다.

곽춘호의 시신을 들여다보던 이경우는 섬뜩하고 오싹해져서 소름이 끼쳤다. 곽춘호의 얼굴과 몸에 문신을 하듯이 칠해진 검은 매직, 특히 입술에 검게 칠해진 형상에선 우연아를 떠올리지 않을 수 없었다.

최중혁이 전화를 받을 때 들리던 목소리도 떠올랐다. 밀짚모자를 쓴 여자가 목장에서 나갔다는 말. 그렇다면 밀짚모자를 쓰고 달아난 여자가 바로 우연아란 말인가.

이경우는 부정하고 싶었다. 두리번거리던 이경우의 시선이 화장대 위에 놓인 타원형으로 된 철제 집게덫에 꽂혔다. 이 덫은 중앙부를 밟으면 틀 좌우 양쪽에 팽팽하게 걸려 있던 편자 모양의 쇠가 튕겨 나와서 짐승은 물론 어느 누구라도 발목 부위를 잡게 되어 있었다. 진열장과 화장대 서랍을 뒤지던 조 경정이 무심코 그 사냥 기구를 만졌다.

“찰코?”

지나치려던 조 경정이 멈추어 섰다.

“찰코? 계속해서 사냥하겠다는 것인가.”

조 경정이 머리를 흔들었다.

“흠!”

조 경정의 행동을 주시하고 있던 이경우는 자신도 모르게 옅은 신음을 흘렸다. 그 자리에서 얼어붙은 것처럼 이경우는 꼼짝할 수가 없었다.

머릿속에는 여러 가지 상황들이 떠올랐다. 우선 곽춘호가 우연아에게 살해당한 것이 분명해졌다.

조 경정은 조바심을 내고 있었다. 부두에서 놈들을 놓치기도 했고, 아직 누구도 증거물을 발견했다는 보고가 없었다.

그때였다. 거실에서 진열장 상단의 도자기를 들어내던 임 경위가 무심코 도자기 밑에 드러난 스위치를 누르고는 흠칫하였다.

진열장이 스르르 이동하고 어둠침침한 공간이 나타났다.

“계장님, 여기 좀 보십시오.”

“뭔데?”

팔짱을 끼고 있던 조 경정이 거실로 나갔다. 이경우도 뒤따라 안방을 나왔다. 진열장이 있던 벽 뒤로 밑으로 내려가는 층계가 보이기에 조 경정은 긴장을 하였다.

조 경정이 먼저 층계를 내려갔다.

손전등을 밝힌 임 경위, 이경우 그리고 수사관 몇 명이 뒤따라 내려갔다. 가로막힌 철문 손잡이를 잡아당기니 쇠가 갈리는 기분 나쁜 소리가 들리며 철문이 열렸다.

햇빛도 들어오지 않는 캄캄한 지하실이었다. 곰팡이 냄새와 부패하는 냄새가 섞여 악취가 진동했다. 손전등으로 벽에 붙은 전등 스위치를 켰다. 전등불로 밝혀진 지하실 가운데에는 얼룩진 침상이 놓여 있었고, 벽 쪽에는 상자와 트렁크들이 쌓여 있었다.

수사관들이 트렁크와 상자들을 열어 확인하기 시작했다. 트렁크를 열던 수사관이 기겁을 하며 뒷걸음을 쳤다.

"헉! 이게 뭐야?"

트렁크 안에는 토막 난 시신을 담은 검은 비닐봉지가 쌓여 있었다. 비닐봉지에는 눈을 부릅뜬 머리통과 손 발 다리 등이 비닐봉지마다 나뉘어 담겨 있었다.

마약을 밀수하기 위해 시신을 이용했다는 정황 증거를 확인하고 마약 밀수업자들의 잔악한 행위에 치가 떨릴 뿐이었다.

이어서 쌓여 있는 상자 안에서 필로폰이 담긴 비닐봉지들이 발견되었다. 수사관들이 증거물들을 밖으로 들어 옮겼다.

수사관들이 현장조사와 증거물들을 확보하는 동안, 조 경정을 위시해서 임 경위, 이경우가 거실에서 마주하고 섰다.

　이경우는 기름을 안고 불구덩이로 뛰어들고 있는 우연아가 염려스러웠다. 놈들이 알면 어떻게든지 우연아를 제거하려고 할 것이기에 우연아의 광기를 막아야 했다.

　위험하다는 사실을 알려야 하는데, 소식이 끊긴 우연아에게 연락할 방법이 없었다. 팔짱을 낀 채 턱을 고이고 생각에 잠겼던 조 경정이 이경우에게 물었다.

　"경우 넌. 어떻게 알았지?"

　"정보원들을 붙여 놨었지."

　"왜?"

　"지난번 마약에 관련된 폭력조직 보스인 이노마를 잡았을 때 들은 정보가 있어서."

　"그럼 죽은 사람 신원도 알겠네."

　"응, 알고 있지. 곽춘호."

　"다른 생각이 있었던 건 아니고?"

　"지금 날 의심하나?"

　이경우의 눈빛이 날카로워졌다. 듣고 있던 임 경위가 뒷짐을 집고 난처한 표정으로 돌아섰다. 무안한지 조 경정이 시선을 외면했다.

　"아니, 내가 자네를 의심할 이유가 있나. 단지 당황스러워서 하는 말이지. 곽춘호라고?"

　"응! 맞아."

　"곽춘호의 배후에는 다른 사람이 없을까? 혼자서 이렇게 큰 규모의 필로폰을 밀수했을 리는 없고."

“나도 그런 생각이야. 적어도 수하 조직들이 있겠지.”

“누가 곽춘호를 살해했을까? 같은 조직원들끼리 다툼이 있었던 것인가.”

그때 현관 밖이 웅성거렸다. 수사관 한 명이 투피스 차림의 여자를 데리고 들어왔다. 수사관들의 시선을 받은 여자는 겁에 질린 표정을 하고 있었다.

거실의 분위기에 압도당한 여자는 눈을 동그랗게 뜨고 입에 양손을 모았다. 수사관이 여자를 가리키며 조 경정에게 말했다.

“이 집 주인 여자랍니다.”

조 경정과 임 경위 그리고 이경우를 비롯한 거실에 있던 수사관들의 시선이 여자에게 쏠렸다. 가뜩이나 겁을 먹은 여자의 얼굴이 하얗게 질려 부들부들 떨고 있었다.

“당신이 이 집 주인이요?”

조 경정이 그녀에게 물었다.

“네. 곽춘호 씨 아내입니다. 우리 남편은 어찌 됐어요?”

“아주머니 성함이?”

“김애경이에요.”

“죄송하지만 남편께서는 사망했습니다.”

“뭐라고요! 이를 어째? 그럴 리가 없어요. 어디 있어요? 우리 남편.”

김애경이 그 자리에 털썩 주저앉았다. 그리고 훌쩍거리며 눈물을 흘렸다.

조 경정은 생각보다 곽춘호와 김애경의 나이 차이가 많다는 것을 느꼈다. 그래서인지 잠시 울음을 터뜨리던 김애경의 모습은 그렇게 슬퍼하지 않는 것 같았다.

"결혼한 지 얼마나 되셨습니까?"

조 경정은 김애경의 팔을 부축하여 소파에 앉히며 물었다.

"결혼식은 아직……. 혼인신고한 지는 2년 정도 됐어요."

조 경정은 말투나 옷차림, 행동하는 것으로 봐서 김애경이 직업여성이었다는 것을 짐작하고 고개를 끄덕였다.

김애경은 전혀 예기치 않은 곽춘호의 죽음에 당황스럽기도 하고 경찰이 자신을 의심하지나 않을는지 두려웠다. 예리하게 쳐다보는 수사관들이 무슨 질문을 하려는지도 두려웠다.

"남편을 누가 살해했다고 생각하십니까?"

조 경정이 그녀를 빤히 쳐다보며 물었다.

"저는 이 집에 온 지 얼마 안 돼서 잘 몰라요."

"이 집에 온 지 얼마 안 된다니요?"

"결혼한 지 얼마 안 된다는 말이에요."

"그럼 여기서 단 두 분만 생활했나요?"

"그렇지요. 요즘에는 일하는 애가 있었지만, 얘는 어디 갔나?"

"누구 말씀하는 겁니까?"

"아마 한 달도 안 됐을 거예요. 갈 곳이 없다기에 여기 머물면서 허드렛일이나 시키면 하는 여자가 있었어요. 그런데 지금 안 보이네요."

“그 여자 이름과 나이는?”

“이애리라고 하더군요. 나이는 스무 살쯤 돼 보였어요.”

김애경이 주방을 주시하며 의혹어린 눈빛을 했다. 듣고만 있는 이경우는 우연아가 관련된 것을 더욱 확신하였다. 이경우가 백화점에서 사준 것으로 우연아가 항상 안고 다니던 인형의 이름이 애리였다.

“이애리? 그 여자에 대해서 아는 대로 말해 보세요.”

조 경정이 고개를 갸웃거렸다.

“그 외에는 개에 대해서 아는 것이 없어요. 밥만 먹여주면 무슨 일이든 하겠다고 해서 그 이가 받아준 거라서……. 처음부터 나도 탐탁지 않았는데 도망갔나요?”

“그걸 나한테 물으면 어떡합니까. 그 외에 남편과 자주 만나는 사람이 없었습니까? 이를테면 집에 찾아오던가.”

조 경정의 물음에 김애경은 허공을 향해 눈동자를 돌렸다. 답변하면 자꾸 추궁당할 것이고 실제로 곽춘호에 대해서 알고 있는 사항도 많지 않았다. 평소에 그녀가 알고 싶어 물어도 간섭하지 말라고 곽춘호가 윽박지르기만 했었다.

“나는 아는 것이 없어요. 그 이는 집을 잘 나가지도 않았고요.”

“아줌마!”

별안간 조 경정이 탁자를 치며 호통을 쳤다. 깜짝 놀란 김애경이 겁에 질린 모습으로 물러나 앉았다. 수사관들의 시선이 조 경정에게 쏠렸다.

"아줌마 거짓말하면 살인공범죄로 감옥살이도 해야 해. 한 집에서 같이 살면서 저것은 모른다고 못하겠지."

조 경정이 악어 입처럼 시커멓게 벌리고 있는 지하실 입구를 가리켰다. 조 경정의 손끝이 향한 벽을 바라본 김애경이 어깨를 흠칫하고 두 손을 내저으며 말을 더듬거렸다.

"저, 저는 한 번도 저 안에 들어가 본 적이 없어요. 정말이에요."

"저 안에서 시체가 나온 것도. 밀수한 마약이 나온 것도 모른단 말이야? 아줌마 어디 갔다 온 거야?"

"저, 정말 몰라요. 그이가 은행 심부름을 시켜서 다녀왔어요."

김애경은 안고 있던 핸드백에서 통장과 도장, 그리고 메모지를 꺼내 탁자 위에 놓았다.

조 경정이 통장과 메모지를 훑어보았다. 통장에는 아직도 거금의 잔액이 남았고, 메모지에는 마카오 은행계좌가 적혀 있었다. 조 경정이 등 뒤에 있는 임 경위에게 통장과 메모지를 건네주었다.

"임 경위! 일단 이 여자 연행해."

두 형사가 김애경에게 다가가 어깨를 잡아당겼다. 원망하는 눈빛으로 조 경정을 바라보는 김애경은 일어나지 않으려고 발끝에 힘을 주며 버티어 섰다.

그러나 잠시 후 김애경은 형사들에 의해 질질 끌려 나갔다. 현장 조사를 마친 수사관들도 현장에서 철수하고 있었다.

조 경정과 수사관들이 현장을 떠나고 다시 용문목장에는 통제구역을 알리는 노란 테이프가 쳐지고 경찰이 배치되었다.

늦게까지 목장 주변을 배회하던 이경우도 승용차를 몰고 그곳에서 떠나갔다.

오후가 되면서 날이 흐려지고 바람이 거세지기 시작했다. 아마도 내일 아침은 올겨울 들어 가장 낮은 기온이 될 거라고 TV화면에 나타난 기상캐스터가 말하고 있었다.

창밖에는 바람이 세차게 불어 유리창이 덜컹거리고 있었다. 한쪽 벽면을 유리로 만든 카페에서 유리창 밖으로 흔들리는 나뭇가지가 보였다.

한겨울을 재촉하는 날씨인 모양이었다. 토요일 오후, 서울 외곽의 아파트촌 인근에 새로 생긴 작은 카페에는 손님이 이경우 밖에는 없었다.

호리호리한 몸매의 여주인이 틀어 놓은 스콜피온스의 홀리데이가 영혼마저 흐느끼듯 애절하게 흘러나오고 있었다.

치밀어 오르는 울분과 설움을 억지로 삼켜내고서야 겨우 목구멍 너머로 토해낼 수 있는, 참으로 고통스럽게 토해낸 한숨처럼 노래는 처절한 멜로디를 타고 번져나가고 있었다. 창가에 앉아 있는 이경우는 아무런 표정 없이 바람 부는 창밖을 내다보고 있었다.

그리고 어느 틈에 내리기 시작한 겨울비, 그는 그 유리창을 타고 내리는 빗방울 속에서 우연아의 모습을 떠올렸다. 곽춘호를 살해한 우연아의 목숨이 위태로워도 연락할 방법이 없어 막연하기만 했다.

우연아는 다른 칠성회 조직원을 살해할 목표로 움직이고 있을 것이었다. 그리고 놈들은 우연아를 처치하려고 혈안이 되어 있을 것이다.

이경우는 우연아가 곽춘호에게서 얻어낸 정보가 무엇인지도 모르겠고 그 다음 대상자가 누구인지도 모른다.

곽춘호에게서 다른 놈들에 관한 정보를 얻어내려고 기다렸던 계획이 실수였던 것에 이경우는 자책하며 통탄하고 있었다. 차라리 곽춘호에게서 직접 정보를 알아냈어야 하는 것이었다.

이제 남은 그들은 다섯 명이다. 위험에 빠진 우연아를 구하려면 어떻게 하든지 그녀보다 먼저 그들이 있는 곳을 찾아낼 방도를 마련해야 했다.

우연아가 어딘가에 있다는 것을 알 수 있는 것은 이따금 빠져 나가는 통장 잔액이다. 그런데 출금 장소가 다양하여 우연아의 행방을 찾는 데에는 별로 도움이 되지 않았다.

역덟

TV 화면에서는 사회고발 시사프로그램인 '추적60분'이 재방송
되고 있었다. 여자 PD가 질문을 하고 모자이크 처리된 신흥종교 재
단에서 빠져 나온 여인이 답변을 하고 있었다.

생활고에 쪼들리던 여인은 물품 판매업체에 입사하여 외판원을
시작했다고 한다. 그런데 업체는 피라미드 조직으로 운영되었고, 신
흥종교에 자금을 조달하던 업체였다는 것이다. 회사의 강요에 의해
신흥종교에 빠져들게 된 여인은 뒤늦게 후회를 한다고 했다.

여인의 말을 요약하면 신흥종교는 사이비종교로서 재단의 지시에
복종하지 않는 신도들은 폭력배들을 동원해서 감금하고 구타를 일
삼았다. 여인은 교주에게 여러 번 성폭행을 당했고, 그녀같이 성폭
행을 당하고 감금당한 여자들이 무척 많다는 것이다. 뿐만 아니라

갑자기 사라지는 신도들이 있는데 그들은 폭력배들이 죽여서 매장했다는 소문을 들었다고 했다.

질문을 마친 PD는 경찰에서는 아직 수사를 하고 있지 않다면서 신흥종교의 문제성과 사건의 심각성을 강조했다.

화면을 바라보면서 이경우는 자주 시계를 들여다보았다. 웬일인지 몰라도 CIA 한국지부 요원으로부터 이경우를 만나자는 연락이 와서 기다리고 있었다. 조금 일찍 나와 기다리고 있었지만 약속 시간인 오후 다섯시가 넘어가고 있었다. 하필이면 만나자는 장소가 이런 외진 곳이라는 것도 의아했다.

카페 안에 있는 카운터의 전화벨이 울렸다. 카운터 안에서 뜨개질을 하느라 머리만 보이고 앉아있던 여종업원이 손을 뻗어 수화기를 집어 들었다. 그리고 걸려온 전화에 응답하던 종업원이 수화기를 든 채 일어서서 이경우를 바라봤다. 손님이 이경우 혼자뿐이었기 때문일 것이다.

"혹시, 이경우 씨이신가요?"

"네."

"전화 받으실래요?"

종업원은 이경우가 대답도 하기 전에 수화기를 카운터 위에 내려놓았다. 자리에서 일어서는 이경우를 힐끔 바라보더니 종업원은 의자에 주저앉아 다시 뜨개질을 하기 시작했다.

이런 곳에서 이경우를 찾는 전화를 할 사람은 약속했던 CIA요원밖에 없었다.

카운터로 다가간 이경우가 수화기를 집어 들었다.

"네. 이경우입니다."

"보안을 위해서 유선으로 전화를 걸었습니다. 저는 오늘 만나기로 약속했던 토마스 박입니다. 혼자 오셨지요?"

"네."

"지금 찾아뵙겠습니다."

상대는 사무적인 말투로 전화를 끊었다. 상대의 서툰 한국말을 들은 이경우는 상대가 미국계 교포 2세쯤으로 생각했다.

창가로 돌아가 앉자마자, 이경우가 생각한 대로 얼굴 바탕은 동양인이면서 눈이 파란 혼혈의 젊은 남자가 카페 입구로 들어섰다. 그런데 토마스 박을 따라서 미국 남자 한 명과 중년 한국 여인이 뒤따라 들어왔다.

카페 안을 둘러보던 그들은 이경우를 향해 걸어왔다. 남자들은 뻣뻣한 자세로 옆에 서 있고, 중년 여인은 이경우를 유심히 살피면서 탁자를 마주하고 앉았다.

중년 여인은 얼굴에 잔주름이 보였지만 젊은 시절에는 꽤 많은 미인소리를 들었을 만큼 세련된 미모를 지니고 있었다.

이경우는 여인의 모습이 왠지 낯설지 않아 보였다. 이경우는 연락을 했던 토마스 박에게 시선을 향했다. 토마스 박은 고개를 오른쪽 어깨 쪽으로 움직여 보였다. 아마도 말하기 전에 취하는 습관적인 동작인 모양이다.

"오늘 만나자고 한 것은 앞에 계신 분 때문입니다. 우리 CIA의 보호를 받고 있습니다."

"처음 뵙겠습니다. 우금순(우연아 본 이름 이민선의 생모)이라고 합니다."

"아?"

살며시 고개를 까닥이는 여인을 보고 이경우는 뒤통수를 얻어맞은 것 같았다.

그렇다면 우연아의 생모란 말인가. 그러고 보니 우연아와 우금순의 얼굴 윤곽이 닮아 보였다.

이경우는 자신도 모르게 반쯤 일어섰다가 다시 앉았다. 짙고 긴 속눈썹, 균형 잡힌 구조의 얼굴을 마주하니 나이든 우연아를 대하는 것 같았다.

"이경우라고 합니다."

"알고 있어요. 3년 전인가? 방송국 이산가족 찾기에 나오셨었지요?"

"네."

"민선이는, 아니 연아는 잘 있나요?"

"그게."

이경우는 길게 한숨을 내쉬었다. 다시 한 번 우연아를 지켜주지 못한 자책감이 느껴졌다. 대답하기 난처해진 그는 손을 들어 뒷머리를 쓰다듬었다. 대답을 기다리는 우금순의 눈동자가 동그랗게 떠졌다. 씁쓸한 표정을 짓던 이경우는 의문을 느꼈다.

"민선이가 연아인가요?"

"네, 이민선. 그 아이를 보호하려고 제 성을 따서 붙여준 이름이 우연아입니다."

우금순의 말에 이경우는 다시 한 번 머릿속이 아득해졌다. 비밀리에 찾고 있는 경찰과 그 조직들, 이만재의 사생아라고 하는 이민선이 우연아라는 말이다.

밀려오는 두려움에 소름이 돋았다. 그렇다면 우연아는 더욱 위험해진 것이다. 지금 이 순간도 그녀를 제거하려는 집단들이 어디선가 노리고 있을 것이다.

"그게 제 잘못입니다. 연아는 지금 제 곁에 없습니다."

"네? 없다고요?"

실망하는 표정으로 우금순이 길게 한숨을 내뿜었다. 빳빳한 자세로 서 있던 CIA요원들이 자리를 피해 주었다. 대화할 수 있는 공간을 만들어 주려는지 요원들이 두 번째 건너의 자리로 가서 앉았다.

이경우는 어떻게 말해야 짧은 시간에 우금순을 이해시킬지 혼란스러웠다.

"연아는 몇 달 전에 스스로 제 곁을 떠났습니다."

"어디로요? 지금 어디 있지요?"

"저도 모릅니다. 지금 찾고 있으니까요. 연아가 지금 위험하다는 것은 알고 계시지요?"

"네. 그래서 지인을 통해 CIA 보호를 받고 입국한 겁니다. 연아를 미국으로 데려가려고요. 왜, 연아가 떠난 거지요?"

"그게 말입니다. 연아는 과거의 기억 때문에 정신적인 고통을 당

하고 있습니다. 이렇게 말하면 맞을는지 모르겠는데 일종의 정신질
환이지요."

"정신질환이라고요? 어떤?"

"그러니까, 요약해서 말씀 드리자면 상가사태 당시 제가 연아를
구해 내긴 했는데, 연아는 여러 놈들에게 무시무시한 윤간을 당해
서……"

이경우는 다시 과거를 떠올릴 수밖에 없었다. 새롭게 감정이 북받
쳤지만 되도록 차분하게 그동안 연아가 겪었던 고통과 정신적인 타
격 등을 우금순에게 소상하게 전달했다.

이야기를 하는 도중에 토마스 박이 주문했는지 여종업원이 녹차
를 가져다 놓았다. 이경우의 말을 듣는 동안 우금순은 흔들림 없는
자세로 경청하였다. 다만 손수건을 꺼내 연신 흐르는 눈물을 닦아내
고 있었다.

이경우의 말이 끝나자, 그녀는 흐르는 눈물을 다시 넣을 것처럼
고개를 뒤로 젖혀 흔들었다.

"모두 내 잘못이에요. 어떻게든지 데리고 갔어야 했는데, 연아는
이 엄마를 무척 원망하고 있을 거예요."

"연아가 엄마를 원망하는 말은 한 번도 하지 않았습니다. 어쩌면
그런 말을 할 마음의 여유가 없었는지 모르겠지만."

갈증을 느낀 이경우는 탁자 위에 놓인 녹차를 남김없이 들이켰다.
녹차가 식을 정도로 말하는 시간이 길었던 것이다.

우금순은 연속해서 한숨을 내쉬고 있었다. 그리고 자책감인지 우

연아를 남겨두고 미국으로 간 사연을 푸념처럼 흘려냈다.

"연아의 생부는 지금도 자신의 욕망에 걸림돌이 된다고 생각해서 나와 그 아이를 제거하려고 해요."

"알고 있습니다."

"아! 그러시군요."

"그 인간은 정치에 미쳐 있었어요. 나중에 알게 되었지만 나한테 미혼이라고 말한 것도 거짓이었고."

우금순은 하소연하듯이 그동안 살아온 과거를 회상하며 이경우에게 조근조근 말하기 시작했다.

당시 위험하니 아이는 포기하라고 했다는 것이다. 하는 수없이 아이의 이름을 바꿔서 여동생에게 부탁했고, 미국으로 건너가 CIA 간부인 미국인과 재혼을 했다는 것이다.

우연아가 이경우와 같이 있는 것으로 알았던 우금순은 무척 실망한 표정이다.

"이제 어떡하지요? 연아를 찾아야 하는데."

"제 잘못이기도 합니다. 어떻게 하든지 찾겠습니다."

"고마워요. CIA 보호를 받고 있지만 안전하지도 못해요. 그리고 오래 한국에 머물 수가 없어요. 한국에 머무는 동안 연아 소식이 있으면 토마스를 통해 연락 주세요. 저도 CIA를 통해 연아를 알아보고 정보가 있으면 연락드릴게요."

"너무 염려하지 마십시오."

핸드백에서 거울을 꺼내 들여다본 우금순이 자리에서 일어섰다.

이경우도 따라서 일어섰다. 멀리 떨어져 앉아있던 CIA요원들이 다 가왔다.

　우금순과 CIA요원들이 무슨 말인가 영어로 주고받았다.

　토마스 박이 이경우에게 명함을 내밀었다. 우금순을 호위하여 출구로 데리고 간 CIA요원들이 출입문을 열고 기다렸다. 고개를 돌려 이경우를 바라보던 우금순이 출입문 밖으로 사라졌다.

　토마스 박에게서 받은 명함을 들고 서 있던 이경우는 그때서야 천천히 카페를 빠져 나왔다.

아홉

부둣가에서 멀지 않은 인천의 외곽지대.

납색 하늘에서 굵은 눈송이가 떨어지고 있었다. 눈은 시야를 가리는 함박눈이다. 도로를 지나가는 사람들은 종종걸음을 치기도 했지만, 개들은 꼬리를 흔들며 이리저리 신나게 뛰어다녔다. 개들은 눈을 좋아해서 그런 것이 아니라 사물의 움직임에 민감하고 자극적이기 때문이라 한다.

이따금 부둣가에서 울리는 뱃고동소리가 이국적인 기분을 만들어주었다. 대로변에는 지금도 다방이라는 간판이 보였다. 요즘에 보기 드문 간판이었다. 아무래도 바닷가라선지 물장사보다 여자장사가 나은가 보다.

오늘도 다방에서 남자들이 우르르 나온다. 한적한 다방이지만 이따금 몰려드는 손님들이 다방 안을 시끌벅적하게 만들었다. 주로 배달을 많이 하기에 손님들이 몰려 나가면 다방 안은 조용해진다.

우연아는 껌을 질겅질겅 씹으며 쟁반을 집어 들었다. 손님들이 나가고 난 뒤 탁자로 다가갔다. 칠성회 곽춘호, 주승균, 박종규, 허문한, 김철오, 박충식 등 6명 중에서 곽춘호는 지웠고, 이번에는 곱슬머리 주승균이 운영하는 지하금융회사를 찾아 그녀는 다방 종업원으로 위장 취업한 것이다.

그녀는 진한 화장에 머리까지 파마를 하고 있었다. 주승균의 아지트는 다방에서 멀지 않은 곳에 있으나 아직 찾아가 보지는 않았고 방문 기회를 엿보는 중이었다.

오늘은 토요일이다. 주승균은 토요일에도 사무실에 출근한다는 사실을 알아냈다. 목적은 가끔 여자티켓을 끊기 위해서란다.

쟁반에 빈 찻잔을 옮기던 우연아는 TV 화면을 주시했다. 이산가족 찾기 프로그램이었다. 한동안 화면을 주시하던 그녀의 눈동자에 눈물이 어렸다.

그녀를 찾는 사연이 담긴 이경우의 편지를 아나운서가 읽고 있었다. 안 그래도 며칠 전 라디오 음악 프로그램에서도 들었던 사연이었다. 기억 속에 가물가물한 그녀의 어머니가 그녀를 찾으니 연락하라는 것이다.

"얘! 넌 뭐하고 있니? 빨리 빨리 치우고 배달 나갈 준비 않고."

카운터에서 마담이 우연아를 향해 날카롭게 소리를 질렀다.

"알았어요. 금방 치울게요."

우연아는 손바닥으로 흘러나오는 눈물을 문질렀다. 그리고 부지런히 빈 찻잔을 쟁반 위에 담았다. 그때 다방 문이 열리고 여종업원이 보자기에 싼 찻잔과 커피포트를 들고 들어왔다.

여종업원은 추위에도 허벅지가 드러나는 짧은 스커트를 걸치고 있었다. 여종업원은 추워서 몸을 웅크리면서도 손에 든 지폐를 마담에게 흔들어 보이며 웃음을 흘렸다.

"언니! 티켓 받아왔어. 아시안머니 곱슬머리 사장."

"그 구두쇠가 돌아다니지도 않고 웬일로 회사에 붙어 있대? 조심하고, 시간 내에 돌아와."

"난 가기 싫은데……. 아다라시나 영계 있으면 보내라는데……."

"정미는 역시 남자 호리는 재주가 좋아. 너 아니면 누가 가겠니."

"언니, 지숙이하고 현자는 어디 갔어?"

"티켓 나갔는데, 좀 있어야 돌아와."

정미의 엉덩이를 두드리며 마담이 비위를 맞춘다. 나이가 삼십대로 보이는 정미는 젊어 보이려고 몸의 윤곽이 드러나는 옷을 걸치고 있었다.

입맛을 다신 정미가 입술을 삐죽 내밀었다.

"어쩌지 난 위험기간인데."

"콘돔 쓰던지, 약국 갔다가 가."

"그래도 곱슬머리는 싫단 말이야. 저번에도 어떻게 붙잡고 늘어지는지 지겹단 말이야."

"욕심이 많은 남자, 어쩌겠니?"

"하여튼 추우니까 옷이나 갈아입고."

한숨을 내쉰 정미가 엉덩이를 좌우로 흔들면서 주방 옆으로 들어가다가 쟁반을 들고 오는 우연아와 마주쳤다. 그리고 우연아의 턱을 손으로 받쳐 들고 들여다봤다.

"어머! 애리. 너 울었니?"

"아니, 눈에 뭐가 들어가서."

"너, 티켓 안 나갈래?"

"걔는 아직 멀었어. 갔다가도 퇴짜 맞고 올걸. 손님만 떨어져."

마담이 앙칼지게 쏘아붙였다. 자신의 생각에 잠겨 있던 우연아는 그녀들이 무슨 말을 하고 있었는지 모르고 있었다.

그녀는 차 배달은 했어도 아직 티켓을 끊고 나가본 적은 없었다.

"어디로 차 배달하는 건데?"

"어디긴……. 티켓 배달 말이야."

"난 아직."

"한 번 경험해 봐야지. 어쩌려고."

우연아는 모르는 척하고 주방으로 쟁반을 들고 들어갔다. 주방 안에 들어간 우연아가 마담의 낌새를 살폈다. 마담과 우연아의 시선이 마주쳤다. 그렇다고 마담은 다른 종업원들과 달리 돈을 미리 당겨쓰지 않은 우연아에게 티켓 나가기를 강요할 수는 없었다.

"그냥 정미가 갔다 오라니까. 머니은행 곱슬머리가 그래도 매상 많이 올려주잖아."

손가락에 침을 발라 돈을 세면서 마담이 한 마디 던졌다.

“내가 갈게요.”

곱슬머리라는 말에 우연아는 주방을 나서면서 냉큼 대답을 했다. 그녀 나름대로 계획이 있었던 것이다.

돈을 세던 손을 멈추고 마담이 우연아를 빤히 바라봤다. 옷 갈아입으려고 방으로 들어가던 정미도 문턱에 발을 올려놓고 돌아보았다.

“그래, 애리. 너, 생각 잘했다. 이왕 이 바닥에서 생활하려면 가 봐야지.”

“생각보다 주 사장 배포가 크단다. 넌 어리고 예쁘니까, 잘만하면 주 사장이 한 몫 단단히 챙겨줄지 누가 알아?”

마담도 우연아를 부추겼다. 가고 싶지 않다던 정미가 환한 미소를 지었다.

스커트를 걸치고 있던 우연아는 방으로 들어가서 청바지와 깃에 털이 달린 점퍼를 걸치고 나왔다.

그동안 정미가 커피포트와 찻잔을 보자기에 싸 놓았다. 우연아의 손에는 손가방이 들려 있었다.

“너, 고분고분해야 한다. 그렇지 않으면 안 가는 게 좋아.”

마담이 혹시나 해서 우연아에게 충고를 했다.

“그런데 너, 손가방은 왜 들고 가니?”

빤히 바라보는 정미가 의아스런 눈빛을 했다. 마담의 시선도 우연아를 향했다.

우연아는 들은 척도 안 하고 커피배달 보자기와 손가방을 들고 다방 문을 나섰다. 우연아의 뒷모습을 바라보면서 정미가 소파에 엉덩이를 걸치고 앉았다.

"언니! 쟤 그냥 가 버리는 거 아냐?"

"갈려면 가라지 뭐. 티켓 값은 미리 받았고, 돈 물린 것도 없으니 난 손해 없어."

다방 문을 나선 우연아는 시야를 가리는 눈송이뿐만 아니라, 바람이 세게 불어 종종걸음을 했다.

옷깃을 세우고 총총히 달려간 곳은 2층짜리 건물이었다. 1층은 은행영업장이고 2층에 사장실이 있었다.

층계를 올라가 출입문을 여니 곱슬머리에 반팔 티셔츠 차림의 남자 머리가 보였다. 우연아는 목을 길게 늘어뜨리고 장부를 들여다보는 그가 주승균임을 알 수 있었다.

"사장님! 커피 시키셨죠?"

"넌 처음 보는 것 같은데……. 어느 다방이지?"

"은하수요. 정미언니가 가보라는데요."

"커피뿐이 아니라, 여자 배달도 시켰는데……."

주승균이 의자에 벌렁 기대앉아서 음흉스러운 눈빛으로 우연아를 쳐다봤다.

우연아는 태연하게 입속에 든 껌을 손가락으로 잡아 늘였다가 풍선을 만들면서 딱딱 소리 나게 씹었다. 그리고 앞의 원형탁자에다 팔꿈치를 대고 엎드리면서 엉덩이를 흔들었다. 그리고 주승균을 향해 얼굴을 내밀면서 배시시 웃음을 흘렸다.

“여기 왔잖아요. 되게 성급하시네.”

“고거 맹랑하네. 조금만 기다려, 비서를 돌려보내고…….”

“여기서 안 마실 거예요?”

“여기는 사장실이잖아. 내 개인 밀실이 따로 있지.”

용문목장에서 봤지만 주승균은 우연아의 변신한 모습을 알아보지 못하는 모양이었다.

우연아는 안내받은 밀실을 들여다보았다. 커다란 두 개의 금고와 큰 침대가 있었고, 한쪽에는 골프연습을 할 수 있는 시설도 해 놓았다. 그래서일까, 구석에는 여러 개의 골프채가 세워져 있었다.

“혼자 쓰시는 방인가 봐요.”

껌을 질겅질겅 씹으며 우연아가 한 마디 내뱉었다.

“여기는 비서 외에 아무도 들어오지 못하지. 마음에 드는데, 네 이름이 뭐냐?”

“애리요.”

“이름도 예쁘네. 잠깐, 비서 퇴근시키고 올게.”

“맛있는 거, 사줄 거예요?”

“한 번 안아보고.”

주승균의 말도 떨어지기 전에 사무실 문이 열리고, 다시 밀실 문이 열리더니 젊은 비서가 들어왔다. 청년은 어딜 다녀왔는지 머리와 어깨에 묻은 눈을 털어내며 하얀 입김을 뿜어냈다.

“김 비서. 눈도 오고 하니 일찍 집에 들어가라.”

청년을 힐끔 쳐다본 주승균이 아량을 베푸는 듯이 말했다.

"아, 네. 고맙습니다. 지금 나가도 되겠습니까?"

"그래, 내가 뒷정리하고 문 닫을게."

기분이 좋아진 청년은 희소를 흘리며 뒤도 안 돌아보고 밀실 문을 열고 나갔다. 그리고 주승균은 사무실 문을 잠그고 밀실 문도 잠그었다.

"어디, 배달시킨 것이 맛있나 볼까?"

우연아는 책상 위에 커피 보따리를 풀었다. 주승균과 나란히 앉아 찻잔에 커피포트에 있는 커피 물을 붓고 설탕과 크림을 탔다.

금고문을 닫고 다이얼을 돌린 주승균이 돌아앉았다. 커피에는 관심 없이 주승균은 대뜸 우연아의 허리를 끌어안더니 점퍼 속으로 손을 밀어 넣었다. 그리고 티셔츠 밑으로 손을 넣어 맨살을 더듬더니 브래지어를 들추었다.

우연아는 무감각하게 껌을 질겅질겅 씹고 있었다. 브래지어 속으로 들어온 손이 젖가슴을 움켜쥐었다.

"앗 차가워라! 사장님 커피 들고 손 좀 녹이고 만지세요."

"네 몸에 손 녹이려고 티켓 끊어줬거든. 그러지 말고 이리 와."

벌떡 일어난 주승균이 우연아의 손목을 잡아끌었다. 그는 우연아를 끌고 가서 침대 위에 눕혔다. 티셔츠를 벗고 상체를 드러낸 그가 대뜸 우연아의 점퍼를 젖히고 셔츠를 들어 올렸다.

브래지어를 밀어 올린 손이 우악스럽게 젖가슴을 움켜쥐었다. 그리고 젖꼭지를 구슬 돌리듯이 돌리며 우연아의 표정을 살폈다.

"좋으니?"

"네, 좋아요."

차갑고 징그러워 뿌리치고 싶었지만 우연아는 태연하게 껌을 씹으며 천장을 올려다보았다.

그녀는 다른 칠성회 멤버들의 행방을 알아내고 싶었다. 특히 무슨 교주를 한다는 허문한이 궁금했다. 그러나 잘못했다가는 신분이 드러날 것 같아 조심스러웠다.

젖가슴에 머리를 묻은 주승균의 혀끝이 젖꼭지를 핥기 시작했다. 간지러우면서도 신경 마디가 짜릿했다. 젖가슴을 타액으로 적시던 주승균의 손길이 청바지를 끌어내리려 했다. 우연아는 반사적으로 청바지 허리띠를 움켜쥐었다. 순간 주승균이 쌍심지를 켜고 내려다보았다.

"너. 싫으면 티켓 값 내놓고 가."

"우격다짐으로 그러시니까. 그렇잖아요."

"그럼 내가 너한테 봉사하랴. 길거리에 가면 흘린 게 여자야."

엄포를 놓은 주승균이 청바지를 발끝부터 잡아당겼다. 팬티만 걸친 우연아의 하복부가 그대로 드러났다. 팬티 끈 속으로 주승균의 손이 불쑥 들어와 음모를 쓰다듬었다.

주승균의 눈빛이 갑자기 게슴츠레해지며 숨이 거칠어졌다. 그리고 비밀스런 여자의 질 속으로 손가락을 불쑥 밀어 넣었다. 순간 이질감을 느낀 우연아가 허리를 비틀었다. 성감을 느낀 동작으로 여겼는지 주승균이 그녀의 팬티를 벗겨 내려고 했다. 우연아는 침대 바로 옆 진열대에 놓인 골프채를 바라봤다.

우연아는 다시 벗겨지려는 팬티 끈을 움켜쥐었다.

"사장님! 뭐 하나 물어봐도 돼요?"

"뭔데? 너 혹시 달거리 중은 아니겠지."

"아뇨. 그런 게 아니고, 저 본 기억 없어요?"

"널 어디서 봐?"

"난 사장님 본 기억이 있는데."

"어디서? 너, 꾀부리면 국물도 없어."

"용문목장에서 일했었거든요."

순간 팬티를 벗기려다가 멈춘 주승균이 우연아의 하복부와 얼굴을 번갈아 쳐다보았다.

그러나 별 기억 없는지 숨소리가 거칠어진 주승균은 우연아의 팬티를 발끝으로 내려 버렸다. 그와 함께 그녀의 까만 융단 같은 음모 밑으로 연분홍 빛깔의 숨겨진 속살이 드러났다.

우연아는 얼굴이 벌겋게 달아오른 주승균을 올려다보았다. 이미 성욕으로 흥분해 버린 그는 예전과 다른 모습의 우연아를 알아 볼 수 없이 정신이 가물가물했다.

"본 것도 같고, 아닌 것도 같고."

"곽(곽춘호) 사장님이 허문한 씨한테 뭘 전해 주라고 했는데, 어디로 가야 되지요?"

"지리산에 가면 궁천교라는 종단이 있어."

주승균은 무심코 대답을 하며 그녀의 발끝에서 팬티를 뽑아냈다. 그리고 허겁지겁 자신의 바지와 팬티를 한꺼번에 벗어 내렸다. 거친 숨을 몰아내며 주승균은 우연아의 몸 위에 올라탔다. 그 순간 우연아는 진열대의 골프채를 힐끗 바라봤다.

"뭐? 춘호 형님이!"

순간 곽춘호가 이미 사망한 것을 알고 있던 그는 무엇인가 이상한 느낌이 들었던 것이다. 그러나 그의 말초신경은 그의 생각과는 달리 강렬한 성욕에 휘말려 있었다.

주승균은 여자의 옥문에 맞닿은 촉감에 극도로 흥분해서 팔뚝만 해진 흉물을 우연아의 질속으로 밀어 넣고 있었다.

"너, 거짓말이지? 형님이 죽었는데, 어떻게!"

순간 채 말도 끝내지 못하고 급히 숨을 들이킨 주승균은 한쪽 구석으로 나가 떨어졌다. 우연아가 양발로 그의 가슴을 세차게 걷어찬 것이다.

팬티가 벗겨진 우연아는 번개처럼 일어나 세워져 있던 골프채를 집었다. 점퍼자락이 팬티가 벗겨진 그녀의 하복부를 덮고 있었다.

테이블에 머리를 들이받은 주승균은 펄쩍펄쩍 뛰었다. 그리고 일그러진 표정으로 버둥거렸다.

"앗! 이런 개 같은 년이……. 학!"

일어서려던 그는 다시 책상머리를 들이받고 구석에 처박혔다. 우연아가 몸을 회전하면서 그의 명치끝을 돌려 찬 것이다.

골프채를 움켜쥔 우연아가 여전사처럼 그에게 다가섰다. 원을 그리며 휘둘러진 골프채가 주승균의 머리에 작렬하였다. 그녀는 사정없이 골프채를 연달아 휘둘렀다.

여자라고 얕잡아봤던 주승균은 죽음의 공포를 느꼈다. 필사적으로 두 팔을 허우적거리며 골프채를 잡으려 했다.

"이, 이런 개 같은, 악!"

우연아의 손에 쥐어진 골프채가 필드 위에서 공을 때리듯이 그의 머리를 향해 휘둘러졌다. 두개골이 깨지는 파열음과 함께 그의 머리에서 피가 터져 나왔다. 비틀거리며 마지막 사력을 다해 버둥거리던 그가 우연아의 손에서 골프채를 빼앗았다. 그러나 그뿐, 눈을 크게 치켜뜬 그는 단발마의 신음을 토해내며 볏단 쓰러지듯이 가슴을 움켜쥐고 고꾸라졌다.

주승균의 가슴에는 과도가 꽂혀 있었다. 이내 선혈이 주르륵 흘러내렸다. 우연아가 책상 위에 있던 과도를 집어 들고 찌른 것이다.

입에서 울컥 피를 토한 주승균의 몸이 스르르 무너져 내렸다. 그리고 주승균의 눈동자가 크게 확대되더니 그 상태로 나자빠졌다.

"더러운 악마! 네놈들이 짓밟은 어린 소녀를 기억하느냐?"

"……?……"

그의 가슴을 밟고 서서 싸늘하게 내려다보던 우연아는 가슴 속에서 알지 못할 뜨거운 무엇인가가 끓어오르는 희열을 느꼈다.

"6년 전, 상가철거농성장에서 네놈들이 한 짓을 기억하냐고? 죽음보다 더한 고통 속에 살아남은 나를 기억하냐고, 이 악마야!"

"끄르륵."

목구멍으로 거꾸로 피가 넘어가는 소리를 내더니 주승균의 고개가 사무실 바닥에 툭 떨어졌다.

두리번거리던 우연아는 손가방에서 검은 매직펜을 꺼내들었다. 그리고 축 늘어진 주승균의 입술과 몸에 '찰코' 라고 써넣었다.

바닥에 아무렇게나 내던져진 팬티와 청바지를 차분하게 챙겨 입은 우연아는 손가방을 집어 들었다. 문을 열고 나서던 그녀는 사무실 안을 돌아보았다.

피비린내로 얼룩진 형상이 무척이나 음산해 보였다. 아무 일 없었다는 표정으로 생각을 다잡고 그녀는 그곳에서 빠져 나왔다.

밖에는 여전히 눈송이가 떨어지고 있었다.

그리고 다방과는 반대편 도로로 그녀의 모습이 유유히 사라지고 있었다.

경찰서 수사과 사무실. 여기저기서 걸려오는 전화벨소리, 그리고 다급한 내용으로 통화하는 목청 큰 형사들, 범죄 용의자와 책상을 마주하고 앉은 형사들의 핏대 오른 고함소리로 경찰서 사무실은 매우 시끄럽다.

수사과장실에는 조 경정과 임 경위가 마주하고 서 있었다. 심각한 표정으로 임 경위는 팔짱을 끼고 있는 조 경정을 바라봤다.

"아무래도 연쇄살인인 것 같습니다."

"인천에서도 비슷한 살인사건이 발생했단 말이지?"

"네, 인천경찰청의 보고에 따르면 시신에 검은 매직으로 '찰코' 라고 쓰여져 있었답니다. 살해수법도 양평 곽춘호와 같이 시신이 잔인하게 난자당했답니다."

"살해당한 시신의 신원은?"

"사채업을 하는 아시안머니 사장이랍니다. 범죄자 리스트에도 올라 있는 폭력배 주승균이었습니다."

"그의 비서가 아침에 출근해서 발견했는데, 사망한 시간이 전날 밤이라고?"

조 경정이 턱을 받치고 한 바퀴 서성거렸다. 깊은 생각을 할 때면 보이는 조 경정의 습관적인 행동이었다.

걸음을 멈춘 조 경정이 회의용 탁자 앞의 의자에 가서 앉았다. 임 경위도 탁자 앞에 가서 앉았다.

"네. 비서의 말에 따르면 사장이 일찍 퇴근하라고 해서 회사를 나갔는데, 그때 커피 배달하는 다방 아가씨가 그 자리에 있었다고 합니다."

"그 지역의 폭력배 조직은 알아봤대?"

"수사 중이랍니다."

"다방 아가씨 신원은?"

"종업원으로 들어온 지 일주일도 되지 않아 마담도 그 아가씨에 대해 잘 모른답니다. 티켓을 끊고 나갔는데, 돌아오지 않고 사라졌답니다."

"그렇다면 다방 아가씨가 폭력배 조직과 관계가 있단 말인가?"

"아직은 모르지요. 제 예감으로는……, 이상한 점이 있습니다."

"뭐가?"

임 경위는 양평 사건 당시부터 떠오르는 의문점이 있었다. 오랫동안 지방근무를 하다가 어렵게 서울로 발령받은 그였다.

섣부른 판단으로 자신의 근무 성적에 오점을 남기고 싶지 않은 임 경위의 심정이기에 함부로 말하지는 않았다.

임 경위는 조심스럽게 입을 열었다.

"양평 사건에서도 피해자가 살해된 후 집안일을 하던 여자가 사라졌다고 하지 않았습니까?"

"이번에도 피해자와 마지막까지 있었던 사람이 다방 여자라는 것이 아무래도 수상합니다."

"그렇다면 임 경위 생각은 살해 용의자가 여자일 가능성이 있다는 말이지."

"그뿐만이 아닙니다. 혹시 3년 전에 성남에서 있었던 살인사건 기억하십니까?"

"대부업을 하는 박민철 사건을 말하는가 보군."

"네."

임 경위의 말을 귀담아 듣던 조 경정은 실망한 표정으로 머리를 좌우로 돌렸다. 조 경정의 피곤한 모습을 바라본 임 경위는 다시 한 번 자신의 의견을 말해야 하는지 심사숙고했다. 조 경정이 성남 사건과는 관련이 없는 사건이라는 듯이 툭 내뱉었다.

"그건 이미 종결된 사건이 아닌가?"

"그런데 그 당시에도 피해자 박민철의 몸에 검은 매직으로 '찰코'라고 쓰여져 있었습니다. 그 자리에 국군특수조사관 이경우 씨도 있었습니다."

“경우가?”

“네. 군에서 찾는 비밀용의자라면서 군에 넘기라고 지시한 것도 이경우 씨였으니까요.”

“그래, 하여튼 알아보지. 하여튼 현장에 가 보고 상부에 보고해야겠어. 차 대기시켜.”

자리에서 일어선 임 경위가 수사과장실 문을 열고 나갔다.

잠시 고개를 끄덕이며 생각에 잠겨 있던 조 경정이 자리에서 일어섰다. 그리고 전화벨 소리와 용의자들을 취조하는 형사들의 고함소리가 들리는 수사과 사무실로 나갔다.

피곤이 누적된 조 경정은 양팔을 허리에 집고 좌우로 흔들고는 사무실을 나와 복도로 걸어갔다.

경찰서 건물 입구에는 경찰차의 조수석에 올라앉은 임 경위가 대기하고 있었다. 경비를 서고 있던 전경이 입구를 빠져 나가는 조 경정을 태운 경찰차를 향해 경례를 한다.

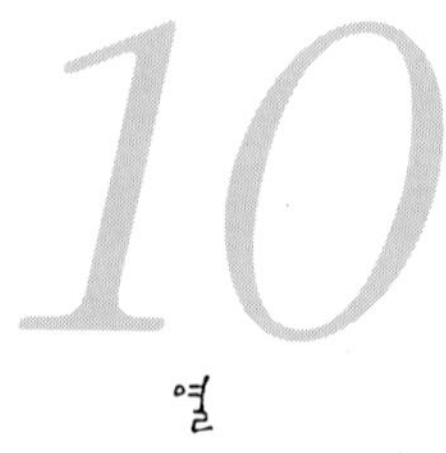

열

새벽 출근길은 무척 추웠다. 거리에 며칠 전에 내려 쌓인 눈이 바람에 날리고 있었다. 먹구름이 낀 흐릿한 날씨는 눈이라도 내릴 것같이 온통 납색이었다.

공항부대에 출근한 이경우는 양복에 넥타이를 맨 사복차림으로 건물 내의 통로를 걸어가고 있었다. 스마트폰에서 신호음이 울렸다. 액정화면에 찍힌 문자를 보고 심호흡을 하며 멈추어 섰다.

―오빠! 전화 줘.

이 문구와 함께 전화번호도 찍혀 있었다.

우연아에게서 온 문자가 분명했다. 위치 추적 때문에 공중전화를 이용하는 것 같았다. 지역번호를 봐서는 경기도 지역의 공중전화였다.

　빠른 걸음을 옮긴 이경우는 자신의 사무실로 들어갔다. 사무실내에는 언제나 수문장처럼 지키고 서 있는 사병의 모습이 보였다.

　이경우는 책상에 앉아 전화를 걸었다. 신호음이 가도 전화를 받지 않았다. 그는 책상 위에 걸터앉으며 다시 전화를 걸었다. 신호음이 몇 번 가고 덜컥하는 소리와 함께 숨소리만 들렸다.

　"여보세요. 연아니? 여보세요."

　상대는 여전히 대답이 없었다. 아마도 전화 거는 사람을 확인하려는 것 같았다. 다급해진 이경우는 걸터앉았던 책상 위에서 전화기에 입술을 바짝 들이댔다.

　"여보세요. 연아구나? 나 오빠야."

　"응, 알고 있어. 왜 나를 찾았어?"

　"엄마가 너를 찾고 있어. 하여튼 만나자."

　"난 엄마 없으니. 만날 필요 없어."

　"그러지 말고 일단 만나자. 만나서 얘기해."

　"……."

　"너 얼마나 위험한지 아니?"

　우연아는 듣고만 있고 대답을 하지 않았다.

　이경우는 우연아가 전화를 끊으면 영영 다시는 통화할 수 없을 것 같아서 조급해졌다.

　"너를 억지로 붙잡지는 않아. 말리고 싶지도 않고, 일단 만나서 얘기하자."

　"그럼, 단 한 번만이야."

"그래. 네 맘대로 해."

"여기는 부천 한마음마켓인데, 길 건너편에 있는 빵집 2층 카페에서 2시에 만나."

"그래. 어디 아픈 곳은 없니?"

"……."

"식사는 제때에 하고?"

"오빠! 사랑해."

그 한 마디를 남기고 우연아는 전화를 끊었다. 이경우는 힘없이 전화기를 거두고 길게 한숨을 내쉬었다.

이경우는 주승균이 인천에서 살해된 것을 조병문 경정으로부터 전해 들었다. 이경우는 즉시 우연아의 보복이라는 것을 알 수 있었다.

사건의 내막을 자세하게 설명한 조 경정이 성남에서 우연아가 살해한 박민철에 대해 꼬치꼬치 캐물었다. 우연아를 보호하기 위해 뒷수습을 처리한 일이라서 뜨끔했으나, 이경우는 태연하게 군 비밀을 캐가는 특수용의자로 조치했다고 답변했다. 다만 우연아의 광적인 보복행위가 어디에서 멈출지 암담하기만 하였다. 무엇보다도 위험에 처한 우연아를 보호하는 일이 급선무였다.

이경우는 CIA의 토마스 박에게서 받은 명함을 꺼냈다. 그리고 명함에 적힌 전화번호를 눌렀다.

차가운 겨울비가 부슬부슬 내리고 있었다. 부천에서 인천으로 향하는 도로 옆의 빵집 2층 카페에서 이경우는 우연아의 생모인 우금순과 탁자를 마주하고 있었다. 이경우가 토마스 박을 통해 우연아와의 만남을 주선한 것이다.

카페 입구의 탁자에는 우금순을 호위하고 온 토마스 박과 미군 CIA요원이 자리를 잡고 앉아 있었다.

우금순은 안절부절하는 모습이 역력했다. 수시로 핸드백을 열어 화장을 고치기도 하고 출입구를 주시했다.

빗줄기는 점점 거세져 도로에서는 뿌옇게 비 먼지가 올라오고 있었고 사람들은 서둘러 발걸음을 옮기고 있었다.

카페 유리창에 떨어지는 빗방울이 눈물처럼 주르륵 흘러내렸다. 이경우 역시 마음이 안정되지 않았다. 일찍 와서 기다렸기에 벌써 엽차를 세 잔이나 비웠다.

그때 카페 문이 열리고 스커트를 걸친 여자가 들어왔다. 우산을 펴들고 들어왔기에 얼굴은 알아볼 수가 없었다. 우산이 접혀지고 드러난 얼굴은 여학생이었다. 긴장했던 이경우는 길게 한숨을 내쉬었다.

카페 밖의 버스 정류장에는 버스를 기다리는 사람들의 서성거리는 모습밖에 보이지 않았다.

잠시 뒤에 작은 배낭을 메고 비옷을 뒤집어 쓴 여자가 들어왔다. 파카에 모자까지 뒤집어써서 누구인지 곧바로 알 수는 없었다.

근처 동네의 여자인지 돌아서서 자연스럽게 비옷을 벗어 털었다. 그리고 여자는 돌아섰다. 그러나 파카를 뒤집어쓰고 있어 얼굴이 쉽게 확인되지 않는 여자는 유리창 가까이에 있는 탁자에 가서 앉았다.

그 여자를 주시하던 우금순과 이경우는 실망스러운 표정을 지었다. 카페 안에는 종업원과 CIA요원, 우금순 그리고 이경우뿐이었다. 종업원이 등을 돌리고 앉은 그 여자에게 엽차를 가져다주었다. 머리에 뒤집어 쓴 파카를 젖힌 그 여자는 기다리는 사람이 있는지 종업원에게 마실 것을 주문하지 않았다.

카페 밖의 빗줄기는 점점 굵어지고 있었다. 5분 가량 지났을까, 혼자 앉아 있던 여자가 모자를 깊숙이 눌러쓴 채 일어섰다. 그리고 이경우가 있는 탁자로 다가왔다.

"오빠!"

귀에 익은 목소리에 이경우가 그녀를 올려다보았다. 깊숙이 눌러쓴 모자 밑으로 나타난 얼굴은 우연아였다.

반가움보다도 격한 감정이 일어났다. 무슨 말을 해야 할지 이경우는 입만 벌리고 쳐다봤다. 시선을 마주했던 우연아가 천천히 우금순을 바라봤다. 두 모녀의 시선이 마주치고는 '내 딸이 맞아?' '내 엄마가 맞아?' 라고 하는 표정들이었다.

천천히 물속으로 가라앉듯이 우연아가 이경우 옆에 앉았다. 마주보는 우금순의 눈에서 굵은 눈물이 뚝뚝 떨어지고 있었다.

시간이 멈추어 버린 것 같은 침묵이었다. 자신의 어머니를 바라보던 우연아가 고개를 숙이고 운동화를 신은 발로 무엇인가 긁적거렸다.

이경우가 힐끔 바라본 우연아의 크고 까만 눈동자에서는 눈물이 글썽거렸다. 핸드백에서 수건을 꺼내 눈물을 닦은 우금순이 읊조리듯이 말을 흘려냈다.

"연아야. 이 엄마를 용서해다오. 같이 미국 가자."

"뭐라고요?"

별안간 서슬이 파래진 우연아가 벌떡 일어나며 앙칼진 목소리를 뱉어냈다. 길게 한숨을 내쉰 우금순은 추위를 느끼듯 파르르 떨며 우연아를 올려다봤다.

우연아의 눈빛은 냉혹하고 날카로웠다. 마치 들판을 헤매는 하이에나 같았다.

그녀의 비에 젖은 운동화에서는 물이 흘러내렸다. 불끈 쥔 그녀의 두 주먹이 부르르 떨고 있었다.

"이제 나타나서 나하고 같이 미국에 가자고요? 나를 낳은 엄마라는 여자 때문에 죄 없는 이모와 이종사촌 동생이 죽었어요. 나를 거기다 맡겨 놓지 않았으면 이모 가족은 죽지 않았다고요."

"할 말이 없다. 날 용서해다오."

"이제 와서 뭘 어떻게 용서를 하라고요. 나더러 어쩌라고요! 찢기고 찢긴 내가 용서할 자격이 있어요? 차라리 나를 낳지 마셨어야 했어요. 남자를 사랑해서, 아니면 어쩔 수 없이 날 낳았나요?"

"이 엄마의 실수였어."

"실수라고요? 그래서 나 같은 괴물을 낳았어요. 실수라고 하면 모든 것이 덮어지나요?"

"이제 그만, 내가 지은 죄 그 대가를 치를 기회를 줄 수 없겠니?"

파카에 모자를 뒤집어 쓴 우연아는 괴물은 아니어도 악에 바친 독사 같은 눈빛이었다. 얼굴이 백납처럼 하얗게 변한 우연아는 스스로 광분하여 발을 동동 굴렀다.

"이제는 멈출 수가 없어요. 멈추는 방법도 모르고 여기서 멈추면 나는 죽은 목숨인 거 몰라요? 모르겠죠. 여기서 멈추느니 내가 멈추어야 할 곳에서 죽겠어요. 내 몸속에 흐르는 더러운 피를 씻어내기 전에는 멈출 수가 없어요. 지금 내가 필요한 것은 나를 더럽힌 놈들의 피가 필요해요. 당신의 피도 필요한지 몰라요."

부르르 떠는 우연아는 우금순을 향해 손가락질을 했다. 눈물이 흐르는 우금순의 입술이 파르르 떨렸다.

"연아야!"

"내 이름 부르지도 말아요. 난 연아가 아니니까. 강한 놈이 살아남는 것이 아니고, 살아남은 놈이 강하다고요! 나를 저주스럽게 만들고 살아남은 놈을 없애야 해요. 나한테 이러지 말고 당신을 실수하게 만든 그 남자를 찾아가 보지 그래요. 다시는 나를 찾지 말아요."

울음이 섞인 우연아의 목소리는 세상을 저주하고 스스로를 자학하는 절규였다.

우금순을 노려보던 우연아가 홀연히 제과점 입구로 발걸음을 옮겼다. 우연아가 제과점 문을 열고 나서는 모습을 보고 당황한 이경우와 우금순이 동시에 자리에서 일어섰다.

"연아야!"

"연아야!"

제과점을 나선 우연아는 들은 척도 하지 않고 빗줄기 떨어지는 거리를 뛰기 시작했다.

이경우와 우금순도 제과점을 뛰어나와 우연아를 쫓아갔다. 뒤이어 CIA요원들도 뒤쫓았다.

우연아는 뒤도 안 돌아보고 경인고속도로 옆의 오르막길을 달리고 있었다. 이경우가 따라가기 버거울 정도로 우연아는 빠른 질주를 하였다.

흙탕물을 튀기며 달리던 우연아가 경인고속도로 건너편으로 향하는 고가도로로 들어서는 모습이 이경우의 시야에 보였다. 그런데 빗속을 뚫고 달리던 우연아가 고가도로 난간에 올라서더니 밑으로 뛰어내리는 것이 아닌가. 고가도로로 들어서서 달려가던 이경우가 기겁을 하여 소리를 질렀다.

"안 돼!"

우연아가 뛰어내린 자리에 도착한 이경우가 숨을 몰아쉬며 고가도로 밑을 내려다보았다. 경인고속도로에는 물보라를 일으키는 모터보트처럼 고속도로를 질주하는 차량행렬이 물결을 이루고 있었다.

우연아가 달리는 화물차에 뛰어내린 것이다. 화물차에 태워져 빗줄기 속으로 사라지는 우연아의 모습을 이경우는 넋을 잃고 바라보았다.

이경우의 가슴 내부에서는 비애가 엄습하고 있었다. 막다른 골목에서 맞닥뜨린 자신의 능력이 너무나 부족하다는 것을 의식했다.

또 다시 떠나가 버린 우연아를 붙잡지도 못했고, 광분해 하는 그녀를 위험에서 구해내기도 막막하였다.

이경우는 빗속으로 사라져 버린 그녀의 모습이 떠올라 며칠 밤을 끙끙대며 제대로 잠을 이루지도 못했다. 그리고 칠성회 그들에 대한 적개심도 용광로처럼 더욱 끓어올랐다.

술에 취해도 불면의 독약처럼 그를 더욱 참담한 비애 속으로 몰아넣었다. 황량한 지하 도시 속을 방황하는 심정이었다. 모든 것이 구역질나고 무의미하게 보였다. 단지 깊은 적의를 품고 흘러가는 시간만을 응시할 뿐이다.

과거의 시간을 들추어내면 낼수록 오히려 어두운 그림자만 드리워졌다. 지금 처한 상황이 어쩌면 예정된 운명에 불과하다는 깨달음의 벽에 부딪쳤다. 그 벽은 또 다른 무능력의 막다른 골목이었다.

발톱을 세우고 다가오는 독수리를 피해 볏짚에 머리만 파묻는 꿩처럼 어딘가에 숨고 싶은 절망적인 심정이기도 했다. 그럴 때마다 그에게 위안이 되는 사람은 권지희였다.

그녀의 곁에 있는 시간만큼은 어두운 벽이 허물어지고 반전되는 밝은 세계의 시간이었다. 이를테면 사랑이라는 이름의 감정이었다. 서로와의 만남이 운명적인 사랑일 것이라고 생각했다. 운명적인 사랑은 필연적인 감정을 수반하였다.

피처럼 붉은 와인을 유리잔에 가득 부어 몇 잔을 마시고 누운 이

경우는 어둠 속을 바라보았다. 벽에는 새해가 되었음을 알리는 달력
이 초상화처럼 걸려 있었다. 번민과 갈등, 그리고 뼈아픈 자책의 시
간을 보내느라 어느덧 한해가 저물고 새해가 된 것도 모르고 있었던
것이다.

이경우의 팔을 베고 옆에 누워 있는 권지희가 수염도 깎지 않은
그의 턱을 매만졌다. 그때서야 이경우는 자신이 현실 속에 있다는
것을 자각했다. 어둠에 묻힌 달력의 숫자가 가물가물했다.

'올해가 몇 년도지?'

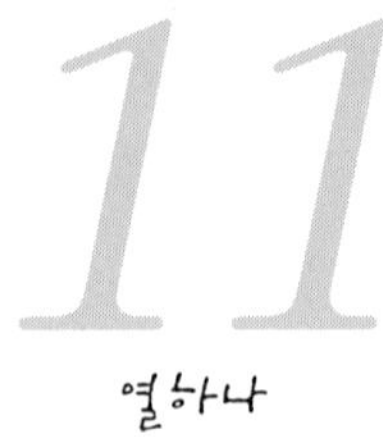

열하나

비릿한 생선 냄새가 풍기는 부산 자갈치시장의 변두리, 남포동의 번화가는 언제나 북적거리는 인파들로 가득했다. 특히 어둠이 내려앉은 어물시장 골목은 더욱 복잡하게 흥청거렸다.

시장 가운데는 줄지어 등불을 밝힌 리어카와 좌판 장사꾼들의 목청이 한껏 높아져 있다.

시장 골목으로 들어선 험상궂은 사내들이 식당 안으로 우르르 몰려들었다.

"아지매! 쐬주하고 삼겹살 주이소."

식당으로 들어서자마자 사내들 중 한 명이 외쳤다.

"예. 쬐메만 기다리소."

거들먹거리는 사내들은 식당 한가운데 있는 숯불이 놓인 사각식

탁을 둘러싸고 앉았다.

식당 안에는 여기저기 고기 굽는 연기가 피어오르고 일하는 아줌마를 부르는 손님들 목소리가 왁자지껄하게 들렸다.

식당 아줌마가 돼지고기와 석쇠를 들고 와서 숯불 위에 올려놓았다. 사내들 옆에서는 두 남자가 술잔을 주고받으며 정겹게 마시고 있었다. 돼지고기를 굽기 시작한 사내들은 성급히 소주를 따라 마시기 시작하면서 이따금 옆자리에 있는 남자들을 흘낏흘낏 쳐다보았다.

소주 한 잔을 들이킨 사내들 중에 머리를 빡빡 깎은 사내와 옆자리에 있는 남자의 시선이 마주쳤다. 머리를 빡빡 깎은 사내가 눈살을 찌푸리며 옆자리의 사내에게 한 마디 했다.

"와 보노? 와 눈깔을 꼰아보노. 니 디질래."

"머라카노? 믄디 자식! 많이 처묵고 가라."

"요 봐라! 알라들이 쎄게 나오네."

"돌았나! 니 쳐 맞을래?"

사내들이 느닷없이 벌떡 일어나 남자 두 명에게 달려들었다. 순식간에 드잡이를 하던 남자 두 명과 사내들이 음식점을 난장판으로 만들어 놓고는 밖으로 나가서도 주먹과 발길질을 하였다.

겁에 질린 음식점의 다른 손님들도 일어나서 밖으로 나가고, 음식점 아주머니는 카운터 전화기로 경찰서에 신고하느라 다이얼을 돌린다.

"어메! 또 싸움질들이고마."

사내들에게 집단 폭행을 당한 남자 한 명은 피투성이가 되어 시장 바닥에 나뒹굴었다. 다른 남자도 역시 여러 명의 사내들을 당할 수는 없었다. 얼굴에 피멍이 들고 입술에서 피를 흘리던 남자는 구경하려 몰려드는 사람들을 헤치고 시장 골목을 달려 도망치고 있었다.

남자 한 명을 쓰러뜨린 사내들이 도망가는 남자를 뒤쫓았다. 쓰러진 남자를 둘러싸고 있던 구경꾼 중에 누군가가 혀를 찼다.

"쯔쯧! 무섭데이."

사내들이 의도적으로 시비를 건 것이다. 남포동 일대에는 두 개의 폭력조직이 지역다툼을 하고 있었다.

원래 남포동의 토박이 폭력조직인 제왕파와 영도파끼리는 서로의 지역을 인정하고 큰 다툼이 없었다. 그런데 제왕파가 다른 폭력배들에게 넘어가고 털보파라는 신흥폭력배 조직이 탄생되면서 두 폭력조직의 지역다툼이 시작된 것이다.

영도파의 폭력배 조직원들이 점점 세력을 확장하는 털보파의 폭력배들을 공격한 것이다.

시장 골목을 벗어난 대로변에는 룸살롱과 카페, 그리고 나이트클럽 등 다양한 술집들이 즐비하게 늘어서 있었다. 초저녁인데도 세븐클럽이라는 간판이 달린 나이트클럽 입구는 휘황찬란한 불빛으로 단장되어 있었다.

아직은 이른 시간이라 클럽에는 적은 손님들이 있었다. 조명등을 받아 번쩍거리는 유니폼을 걸친 남자 종업원과 여자 종업원들이 손님 맞을 준비에 여념이 없었다.

남자 종업원 한 명이 위스키와 유리잔, 그리고 안주가 담긴 쟁반을 들고 홀 옆으로 붉은 카펫이 깔린 통로를 걸어가고 있었다. 통로 좌우로는 작은 룸으로 구성되어 있는데 들어가는 문들이 굳게 닫혀 있었다.

통로 끝은 좌우의 또 다른 통로로 이어져 있었다. 우측 통로로 접어든 남자 종업원은 때마침 화장실 문을 열고 나오는 남자와 부딪칠 것 같아 주춤거렸다. 남자는 세븐클럽의 지배인이면서 영도파의 행동대장 돌주먹이었다.

"뭐꼬? 어디 가져가노?"

"사장님한테요."

"됐다. 가져가지 말거래이."

"왜요? 형님!"

"애리, 그 가스나하고 있다 아이가."

남자 종업원은 오던 길을 되돌아 걸어갔다. 지배인은 통로 끝의 룸을 힐끗 쳐다보고 남자 종업원의 뒤를 따라갔다. 통로 끝의 핑크색 샹들리에가 켜진 룸, 한쪽 벽에는 커튼이 드리워져 있고 소파가 놓여 있었다.

양복을 걸친 영도파의 보스, 일명 백구두 전석도가 소파에서 여자를 끌어안고 있었다. 틀어 올린 머리를 너풀거리며 여자는 앳되어 보이는 미모를 지녔다. 날씬한 몸매가 드러나게 착 달라붙은 원피스를 걸치고 짙은 화장을 한 여자가 눈웃음을 쳤다.

"아이! 사장님. 영업시간 다 됐잖아요."

"와, 괘안타! 애리! 니, 참 얄궂게 깔쌈하다. 니도, 내 안 존나?"

"그래도 여기서는."

"괘안타 안캤나. 니 함 안아보자. 내 마누라하믄 뭐든지 해 주꼬
마."

전석도는 여자를 밀어 소파 위에 눕혔다. 그의 손길이 여자의 원
피스 속을 더듬었다. 원피스가 걷어 올려지고 뽀얀 허벅지가 드러났
다. 허벅지 속을 더듬던 전석도의 손이 여자의 원피스 앞가슴에 있
는 지퍼를 잡아당겨 끌어내렸다.

원피스 앞자락이 벌어지고 연분홍의 브래지어가 드러났다. 흥분
해 있는 전석도는 성급하게 브래지어를 잡아당겨 벗기려 했다.

"내일, 전쟁하러 간다면서요."

눈을 흘기며 올려다본 여자가 호크를 풀기 쉽게 등을 들어올렸다.

"머, 니를 안으믄 힘이 더 난다 아이가."

브래지어가 벗겨지고 탐스런 젖가슴이 드러났다. 젖가슴에 얼굴
를 묻은 전석도가 젖꼭지를 입속으로 빨아 당겼다. 짜릿함을 느낀
여자는 전석도의 머리를 끌어안고 천장을 올려다봤다. 그러나 여자
는 쾌감에 젖기보다는 또 다른 생각으로 날카로운 눈빛이었다.

그녀는 나이트클럽 여자 종업원으로 변신한 우연아였다. 우연아
는 곽춘호와 주승균의 대화중에 박종규가 폭력배 조직 보스가 되었
다는 말을 잊지 않고 있었다.

곽춘호, 주승균, 박종규, 허문한, 김철오, 박충식 등 6명 중에 곽춘
호와 주승균은 제거했고, 이번에는 새끼손가락 없는 박종규 차례였

다.

우연아는 박종규를 찾기 위해 부산으로 내려왔다. 술집 종업원을 가장하여 알아본 결과 털보파의 보스가 박종규라는 사실을 알게 되었다. 하지만 항상 부하들의 호위를 받고 있는 박종규를 혼자서 처치하기는 어려운 일이었다. 그래서 우연아는 털보파와 세력 다툼을 하고 있는 영도파의 힘을 빌리고자 생각한 것이다.

힘을 자랑하는 남자일수록 여자의 충동적인 유혹에 약할 수밖에 없다.

우연아는 영도파의 보스 전석도를 유혹할 수 있었다. 그리고 우연아는 박종규가 자신의 아버지를 죽인 사람이니 복수하게 해달라고 전석도에게 거짓말을 했었다.

마침 털보파를 제압하려던 전석도로서는 그 시기를 단축하게 된 것뿐이었다.

집요하게 젖꼭지를 파고들던 전석도가 거친 숨을 흘리더니 일어나서 룸의 문을 걸어 잠갔다.

그는 양복과 와이셔츠를 벗고 팬티차림으로 소파로 다가와 우연아를 번쩍 안아서 커튼으로 다가갔다. 커튼을 젖히고 드러난 큰 침대 위에 우연아를 눕혔다. 그리고 우연아가 걸치고 있는 원피스를 우악스럽게 벗겨냈다. 팬티마저 벗겨져 알몸이 된 우연아를 이글거리는 눈빛으로 내려다보았다. 우연아는 그의 시선을 피해 고개를 돌렸다.

남자의 손길이 잔디처럼 돋아난 우연아의 음모를 쓰다듬었다. 그리고 많은 여자를 다루어본 남자의 손가락이 유희를 하듯이 부드럽게 그녀의 음부를 쓰다듬고 다녔다.

여자의 성적인 감각은 혈관 내에서 생기는 하나의 규율이라고 했던가. 예민한 살갗들이 돌기를 일으키고 그녀는 내부에서 일어나는 성감에 휘말려 둔부를 꿈틀거렸다.

남자의 입술이 숨겨진 신경 세포들을 건드리고 다니더니 촉촉해진 몸속으로 남자의 손끝이 무례하게 침범하여 노략질을 해댔다.

그녀는 파르르 떨면서 침대 모포를 움켜쥐었다. 남자는 쪽쪽 소리가 나도록 그녀의 알몸을 핥고 지나다녔다.

남자의 혀끝이 그녀의 목덜미에 뜨거운 열기를 불러 일으켰다. 그리고 그 순간 그녀의 몸속으로 거대한 남성이 밀고 들어오는 것을 느꼈다.

급히 숨을 들이마신 전석도가 그녀를 으스러지도록 껴안았다. 뜨거운 불기둥이 몸속을 불태우며 깊이 들어오는 감각에 그녀는 파르르 떨었다. 자신도 모르게 남자의 등을 움켜쥐었다. 남자의 몸이 상하운동을 하기 시작했다. 그때마다 그녀의 알몸은 중심을 잃고 남자의 움직임에 따라 흔들거렸다.

그녀의 몸 안에서 일어나는 뜨거움은 성감이라기보다는 복수의 불길이었다. 침대가 삐걱거리는 소리와 끈적끈적한 엑스터시의 물결이 이어졌다. 파도 깊숙이 가라앉는 그녀의 속 깊은 뼈끝이 짓이겨지는 전율에 몸서리를 쳤다.

헐떡거리던 남자가 더욱 거세게 그녀를 몰아붙였다. 그리고 알지 못할 신음을 터뜨렸다.

"닌, 윽수로!"

몸속으로 힘차게 내뿜는 남자의 뜨거운 배설물을 느끼며 그녀는 깊은 나락으로 추락했다. 남자는 사정을 하고도 그녀를 놓아주지 않았다. 그녀가 움켜쥐고 있는 남자의 등에 땀방울이 배어났다. 살갗과 살갗이 맞닿은 곳에서 흙탕물이 스미는 소리가 흘러 나왔다. 헐떡이며 거친 숨을 내뿜던 전석도가 그녀의 몸 위에서 축 늘어졌다.

그때 룸문을 두드리는 소리가 났다. 전석도가 가라앉은 목소리를 내뱉었다.

"누구고?"

"형님! 저 돌주먹입니다."

"와 그라는데?"

"홍기가 놈들에게 당했습니다."

"머라꼬! 알았다. 내 나갈끼니 기다리래이."

룸문 저편을 향해 내뱉은 전석도가 우연아의 알몸에서 떨어져 나갔다. 우연아의 엉덩이를 토닥이며 희소를 흘린 그는 벗어던진 팬티를 걸치느라 뒤뚱거렸다.

양복까지 걸쳐 입은 그는 룸문의 잠금장치를 누르고 룸을 빠져 나갔다.

침대 위에 누워있던 우연아는 입술을 지그시 깨물고 룸안에 있는 화장실로 들어갔다.

그녀의 눈에서는 눈물이 흘러나오고 있었다. 수도꼭지를 틀고 누

구인가에게 분풀이라도 하듯 휴지를 수북하게 말아서 물에 흠뻑 적
셨다. 그리고 허벅지 사이에서 흘러내리는 분비물을 북북 문질러 닦
았다.

　밤새도록 거리를 누비던 술꾼들도 사라지고 이슬이 내리는 새벽.
어둠이 내려앉은 도로에 트럭과 승용차들이 질주하며 남포동 거리
로 들어섰다.
　차량들은 남포동에서도 유명한 룸살롱의 2층 건물 앞에서 급정거
를 했다. 차량에서는 몽둥이와 각목을 든 사내들이 뛰어내렸다. 사
내들은 서슴지 않고 굳게 닫힌 룸살롱의 문을 두들겨 부수고 안으로
쳐들어갔다.
　사내들은 영도파 폭력배 조직원들이었다. 그들 사이에는 작은 등
산 가방을 어깨에 둘러멘 우연아의 모습도 보였다.
　지하의 룸살롱과 1층 2층으로 나누어 돌진해 들어간 사내들은 닥
치는 대로 기물과 시설물을 부수었다. 지하 룸살롱에서 늦게까지 일
하다가 잠들었던 여자 종업원들과 털보파의 조직원들이 기겁을 하
여 우왕좌왕하며 날뛰었다.
　비명소리와 기물들이 부서지는 소리. 1층에서 마작을 하다가 쓰러
져 잠들었다가 영도파에게 급습을 당한 털보파 조직원들은 각목과
몽둥이에 얻어맞고 나뒹굴었다.
　2층은 털보파의 보스인 박종규가 사용하는 장소였다. 2층으로 뛰
어 들어간 전석도와 주먹코는 출입문을 걸어찼다.

그들의 뒤에는 몸매가 드러나도록 착 달라붙은 바지 차림에 점퍼를 걸친 우연아가 서 있었다. 출입문이 부서져 나가고 드러난 2층 구조는 사무실을 개조한 살림집이었다.

거실 한편으로는 커튼이 쳐진 침실이 보였다. 벌거벗은 채 여자를 껴안고 잠들었던 박종규가 기겁을 하여 침대에서 일어났다.

"뭐야! 네놈들은."

"우리가 여길 접수해 뿌겠네."

전석도가 대뜸 달려가 박종규의 가슴을 걷어찼다. 우연아가 찾는 박종규였다.

박종규와 같이 침대에 누워 잠들었던 여자가 젖가슴을 싸안으며 바들바들 떨었다.

전석도의 발길질에 박종규는 발가벗은 채 침대 밑으로 떨어져 나뒹굴었다. 주먹코가 들고 있는 각목으로 간단없이 박종규를 마구 내리쳤다. 각목으로 얻어맞은 살갗들이 툭툭 터지고 피가 줄줄 흘러내렸다.

그때였다. 이 모습을 바라보고 있던 우연아가 나이프를 꺼내들고 나서며 표독스럽게 뱉어냈다.

"저한테 원수 갚으라고 했잖아요."

"니, 죽이면 안 된다?"

우연아는 대답 없이 박종규에게 다가섰다. 박종규는 한쪽 손으로 간신히 몸을 지탱하며 일어서려고 했다.

우연아는 침대 모서리를 잡으려는 박종규의 뻗은 손을 쳐다봤다.

그녀를 윤간했던 그의 절단된 새끼손가락, 몸서리치도록 잊을 수 없는 기억이었다.

우연아는 몸을 돌려 일어서려는 박종규의 가슴을 휘둘러 찼다. 그녀의 빠른 몸놀림을 보고 전석도가 감탄했다.

"오! 가스나, 대단하구만."

우연아는 쓰러진 박종규의 하복부를 한 발로 밟고 섰다. 그리고 들고 있던 나이프로 그의 가슴을 내리찍었다. 순간 전석도가 외마디 비명을 내질렀다.

"죽이면 안 된다 카이. 니 와 그라노?"

지역폭력배 조직원들은 살인을 해서 감옥살이하는 것을 두려워하고 있었다.

잘못하면 지역도 뺏기고 사형이나 무기징역을 당하기 때문이었다. 그러나 우연아는 들은 척도 하지 않고 나이프를 휘둘러 박종규를 벌집으로 만들고 있었다.

그녀의 악귀 같은 잔인한 행동에 전석도와 주먹코, 그리고 영도파 조직원들은 경악하여 바라보고만 있을 뿐이었다.

"죽어! 죽으라고. 이 악마야."

우연아는 날카로운 목소리를 뱉어내며 나이프를 휘둘렀다. 박종규는 숨이 끊어졌는지 반사적으로 흔들리다가 고개를 외로 꺾었다.

그때서야 우연아는 히쭉하고 희소를 흘렸다. 그리고 거침없이 배낭에서 검은 매직펜을 꺼내 들었다. 그리고 박종규의 입술과 선혈이 낭자한 몸에 '찰코' 라고 글씨를 써넣었다. 그리고 그녀는 양손으로 얼굴을 감싸며 의자에 주저앉았다.

우연아의 그런 해괴한 행동에 공포를 느낀 폭력배 조직원들은 넋을 잃고 있었다.

의자에서 일어난 그녀의 얼굴에는 굵은 눈물이 흘러내리고 있었다. 그리고는 칠성회 곽춘호, 주승균, 박종규, 허문한, 김철오, 박충식 등 6명 중에 아직도 3명이 남았다는 걸 깨닫고 그녀는 다시 히쭉하고 미소를 흘리더니 거실 문을 나섰다.

당황한 전석도가 그녀를 불렀다.

"야! 가스나, 어디 가노?"

우연아는 뒤도 돌아보지 않고 2층 계단을 내려가고 있었다. 멍하니 그녀의 뒷모습을 쳐다보고 있던 전석도가 뒤늦게 사태의 심각성을 느꼈는지 부하들에게 퇴각명령을 내렸다. 그리고 전석도는 재빠르게 층계를 내려왔다.

난투극이 벌어졌던 건물 안은 난장판이었다. 영도파에게 두들겨 맞은 털보파 조직원들이 피를 흘리고 쓰러져 있거나 일어서려고 버둥거리고 있었다.

상처가 심각하지 않은 놈들은 눈치를 살피며 슬금슬금 도망치고 있었다. 전석도와 영도파 조직원들은 밖으로 나와 재빠르게 트럭과 승용차에 올라탔다.

어디로 갔는지 우연아의 모습은 보이지 않았다.

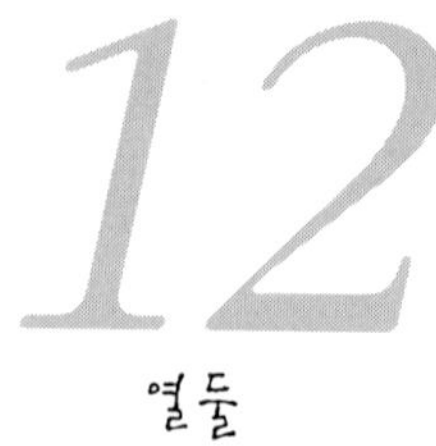

열둘

지리산 뱀사골로 올라가는 계곡은 예로부터 무속인과 도인이 많이 모여 있는 곳이다. 자고로 도인은 숨어서 도를 닦는 모습을 찾아보기가 쉽지 않다. 그러나 무속인과 사이비종교의 종사자들이 기거하는 암자나 건물들은 이따금 발견할 수가 있었다.

골짜기 우측에 잘 닦여진 길을 오르다 보면 의외로 규모가 큰 건물의 지붕을 발견할 수가 있다. 다른 종교단체와는 다르게 체격이 우람한 사내들이 입구를 지키고 있었다. 사내들은 접근하려는 사람들이나 입장하려는 사람들을 일일이 검색하고 있었다.

입구를 지나면 '궁천교' 라는 현판이 붙은 홍살문이 보였다. 홍살문 안으로 들어서면 2천여 평 이상이나 되는 대지 위에 웅장한 3층 현대식 건물이 보였다. 좌우로는 2층 건물이 좌우로 뻗어 있었다. 어떻게 산속 깊숙한 곳에 이런 건물을 세울 수 있었는지 의아심이 들 정도다.

우측 건물의 입구에는 유통업을 하는 창고 같은 건물이 있는데 트럭에서 물건들을 하차하더니 이내 다른 물건을 상차하고 있었다. 알아볼 수 없는 마크를 가슴에 붙인 가운 차림으로 일하는 남녀의 모습이 보였다.

이곳이 요즘 사회적으로 물의를 일으키고 있는 사이비종단 중에 가장 규모가 큰 궁천교 본부다. 그들은 세 건물을 각각 천존궁, 천녀궁, 천위궁이라 이름하였다.

중앙의 천존궁 1층은 교주의 설교를 듣기도 하고 신도들이 합동기도를 하는 강당이고, 2층은 천녀대의 숙소이고, 3층은 그들의 교주가 머무는 장소이기도 했다. 좌측의 천녀궁은 그들의 교리를 전파하는 장소로 여신도들의 숙소였다. 우측의 천위궁은 다단계판매로 수익을 창출하여 그들이 종단자금을 확보하는 사업소로, 사무실과 남자 신도들의 숙소가 있었다.

천존궁의 3층에는 호화로운 거실과 여러 개의 방이 있었다. 고급 카펫과 고가의 가구들이 놓인 넓은 거실의 소파에는 궁천교의 교주가 육중한 몸으로 버티고 앉아있었다. 하얀 도포를 걸치고 제왕처럼 앉아있는 교주 옆으로는 미모의 중년 여인과 두 사내가 있었다.

미모의 중년 여인은 그들이 천후라고 호칭하는 교주의 부인이고, 두 사내는 교주를 떠받들며 종단을 운영하는 집사들이었다. 그들 종단에서는 청색 점퍼를 걸친 남자를 청 집사, 홍색 점퍼를 걸친 남자를 홍 집사라고 호칭했다.

거실에 있는 그들은 정기적으로 모여서 차를 마시며 종단의 운영에 관한 논의를 한다. 차를 마시면서 대화를 하던 그들의 시선은 '사건 24시'를 방영하는 TV를 향해 있었다. TV 화면에는 모자이크 처리된 여인이 여자 PD의 질문을 받고 잠시 망설이다가 입을 열고 있었다.

"저도 천녀였고, 강제로 교주에게 몸을 빼앗길 수밖에 없었습니다."

"천위대가 하는 일이 무엇이지요?"

"종단의 신임을 받은 남자 신도들이고, 기본적으로는 다단계회사를 운영하며 신도들을 감시하고 경비 업무 등을 합니다. 그들은 대부분 폭력배 출신들입니다."

"그럼, 신도들의 헌납금과 다단계회사에서 벌어들이는 돈으로 종단을 운영하는군요."

"그 외에도 다른 사업을 하고 있는 것으로 알고 있어요, 신도들뿐만 아니라, 천녀들도 그 사업 내용은 잘 모릅니다. 종단에 들어오는 돈이 정당이나 정치인에게 정치자금으로 흘러 들어간다는 말도 들었습니다."

TV 화면을 응시하고 있던 교주가 찻잔을 집어던졌다. 찻잔이 날아가서 진열장의 유리를 부수고 떨어졌다.

분통을 참지 못해 얼굴이 벌겋게 달아오른 교주는 벌떡 일어나서 거실을 맴돌았다.

지금 정치의 수뇌부들은 그에게 정치자금을 받은 사람들이다. 그런데 궁천교가 사회적 물의를 일으키는 종단으로 TV에 방영되도록 방치한 정치인들이 괘씸했다.

"개 같은 놈들! 돈 받아 처먹을 때는 언제고 저런 방송을 내보내게 해!"

도포 소맷자락을 내저으며 교주가 씩씩거렸다.

화장을 짙게 한 천후와 두 집사는 주눅이 들어 교주에게 시선도 마주하지 못한다. 종단에서 도망친 천녀를 붙잡지도 못했고, 그 천녀가 버젓이 TV 화면에 나오기 때문이다. 더욱이나 교주가 아끼던 천녀였다. 분통을 터뜨리던 교주가 천후와 홍 집사를 노려보았다.

"병신 같은 것들! 뭣들하고 있었기에 윤정이를 놓친 거야?"

"아마도 이장호가 도와준 것 같습니다."

"이장호? 그 윤정이와 같은 고향이라고 한 놈?"

소파에 앉았던 홍 집사가 일어나서 교주의 눈치를 살폈다.

"네. 그래서 이장호를 감금했습니다."

"그럼, 윤정이 말을 듣고 경찰에서 이장호를 찾으려 할지도 모르니 잘 처리해."

"네. 형님! 죄송합니다."

"그나저나 돈 받아 처먹은 놈들이 당선되었다고 우리가 필요 없다는 말인가? 하기야 이제 우리도 놈들이 필요 없어. 일본에서도 종단을 세워달라고 하니. 국외로 나갈 생각도 해야지."

"그럼 조총련의 요구를 들어줄까요? 북한 산(産) 고로쇠액을 팔아

달라고 하던데요."

"북한 산?"

"네! 뿐만 아니라. 형님한테는 말 안 했지만 건강 약품과 식품. 정력제도 팔아달라고 합니다."

"그럼, 우선 대구분점에 보관하고 판매망을 확보해 봐. 나도 내려가 볼 테니."

거실에서 전화벨이 울렸다. 굽실거리던 홍 집사가 전화기를 집어들었다. 전화를 걸어온 상대편을 확인한 홍 집사의 얼굴이 긴장을 했다. 그리고 교주를 향해 돌아섰다.

"당 사무처라는데요."

"이제 와서 뭘 하러 전화해."

교주가 투덜거리면서 전화를 받았다. 그는 큰 기침을 하고 소파에 와서 앉으며 목소릴 낮게 깔았다.

"네. 누구십니까?"

"당의 사무처장이오."

"그런데요."

"요즘 너무 언론에 노출되는 것 같은데 자중했으면 해서."

"정권을 잡았다고 이제 우리가 필요 없다는 말입니까?"

"그게 아니고, 이만재 의원은 물론 고위층에서도 걱정하니 잠시동안 종단 문을 닫아줘야겠소."

전화를 하던 교주가 벌떡 일어섰다. 그리고 발끈 화를 냈다.

"그렇게는 못하겠소. 우리도 당신들이 필요치 않으니 마음대로 하시오. 여차하면 당신들한테 건네준 정치자금 다 까발릴 테니.”

집어 던지듯이 전화기를 내려놓은 교주는 주먹을 불끈 쥐었다. 천후와 두 집사는 지금까지 교주가 이토록 화를 내는 것을 보지 못했다.

“기도 시간이 되어서 강당에 신도들이 모였는데, 설교하시겠습니까?”

눈치를 살피던 청 집사가 조심스럽게 말했다.

“해야지.”

“그런데.”

교주가 거드름을 피우며 바라봤다. 청 집사가 홍 집사와 천후의 눈치를 살폈다. 중대한 일이기에 얘기를 해도 괜찮은지 동의를 구하는 눈치였다. 고개를 끄덕이는 홍 집사를 보고 청 집사는 용기를 얻었다.

“방송국에서 인터뷰를 요청했는데요.”

“인터뷰는 안 해. 하지만 설교하는 동안 강당에 들어오는 것만 허용하도록 해. 이제는 두려울 것도 없고 우리 종단을 홍보하는 효과도 있으니.”

“네. 알았습니다.”

두 집사가 거실 바닥에 무릎을 꿇었다. 교주를 향해 절을 하고 거실을 나갔다. 소파에 깊숙이 몸을 묻은 교주가 천후의 어깨를 당겨 끌어안았다. 몸매가 드러나도록 얇은 적색 두루마기를 걸친 천후가 교주에게 눈웃음을 쳤다. 교주는 천후를 껴안은 손으로 어깨를 토닥였다.

천존궁 입구에서는 강당으로 들어가려는 남녀 신도들이 몰려 있었다. 남자 신도는 천위궁에서 심사를 받고 여자 신도들은 천위궁에서 심사를 받아야 천존궁으로 들어갈 수 있었다.

이따금 홍, 청, 백의 두루마기를 걸친 천녀들이나 홍, 청, 백의 점퍼를 걸친 남자들이 줄지어 서 있는 신도들을 젖히고 천존궁으로 들어갔다.

천녀궁에서 심사를 받는 여자 신도들 중에는 나이 어린 여자, 대학생 같은 젊은 여자, 나이 듬직한 여자들도 있었다. 그녀들이 줄지어 서 있는 책상 앞의 의자에는 홍색 두루마기를 걸친 중년 여인이 앉아 있었다.

오늘은 특별히 천녀가 되는 여자 신도들에 대한 심사가 있는 날이다. 줄지어 서 있는 여신도들은 일일이 홍천녀에게 서류를 제출해 심사를 받는다. 평신도의 자격을 인정받으면 팔뚝에 도장을 받고 천존궁의 기도에 참석하거나 되돌아갔다.

어눌한 표정인 30대의 여인이 한숨을 내쉬면서 책상 위에 서류를 제출했다. 서류는 다단계판매 실적과 개인 신도 카드였다.

서류를 들여다 본 중년의 홍천녀가 여인을 날카롭게 노려보고 있었다.

"넌, 천신님께 정성이 부족해. 이런 실적으로는 천신님의 은총을 받지 못해. 돌아가서 공덕을 더 쌓고 와."

팔을 내밀었던 여인은 시무룩해서 책상 위의 서류를 다시 집어 들고 되돌아 나갔다. 다음 서류를 내민 여자는 무사히 팔뚝에 도장을 받고 천녀궁을 나섰다.

몇 명의 여자가 도장을 받고 천존궁으로 향하고 대학생처럼 발랄한 여자가 봉투와 서류를 내밀었다. 홍천녀인 중년 여인이 눈살을 찌푸렸다.

"뭐야? 이건."

"저는 천신님께 제가 가진 전 재산을 헌납하고 천녀가 되겠어요."

힐끔 바라보던 홍천녀가 봉투 속에 든 것을 끄집어냈다. 백만 원짜리 수표 다발이었다. 수표를 세어본 홍천녀는 의외로 거액이기에 눈을 휘둥그렇게 떴다. 그리고 신도 명부에 있는 성명란에 붉은색의 칼라펜으로 동그라미를 치며 밝은 웃음을 흘렸다.

"그래. 이름이 이애리. 넌 천신님을 가까이 모시며 계시를 받을 수 있는 백천녀가 되었다."

모두들 부러운 눈으로 바라보는 그녀는 우연아였다. 대부분의 신도들은 길거리나 지인들을 통해 들어오지만 그녀는 자진해서 찾아온 것이다.

궁천교의 신도들이 천신이라고 받드는 교주가 바로 우연아가 찾던 곽춘호, 주승균, 박종규, 허문한, 김철오, 박충식 등 6명 중에 허문한이었다. 그뿐만 아니라, 교리를 받는 동안 교주를 보좌하는 두 집사가 6명 중의 김철오와 박충식이라는 사실도 알아냈다. 그녀는 허문한에게 접근하려면 천녀가 되어야 했다.

다단계판매나 재산을 헌납하여 신임을 얻지 않으면 천녀가 될 수 없었다. 우연아는 단 시일 내에 복수를 하기 위해 있던 돈과 모아왔던 모든 재산을 털어 큰 금액을 헌납할 수밖에 없었다.

그들이 말하는 천녀는 세 계급으로 나뉘어 있었다. 홍천녀와 청천녀, 그리고 백천녀가 있었다. 홍천녀는 여자 신도 중 궁천교에 입문해서 오래된 천녀들로 사무를 관장하고, 청천녀는 일반 천녀들이며, 백천녀는 주로 신심이 두터운 천녀들 중에서 선발되어 교주를 가장 가까이 모시는 천녀들이다. 물론 모두 신앙심을 인정받아야 하지만, 헌금하는 돈의 액수에 따라 결정되는 것이 관례이다.

홍천녀의 판정을 들은 다른 청천녀들이 우연아를 이끌고 천녀궁 안으로 들어갔다. 천녀궁 안에는 긴 복도로 이어진 좌우에 작고 큰 방들이 있었다. 천녀들이 우연아를 복도 중간의 방으로 데리고 들어갔다. 그리고 팬티차림으로 옷을 벗기더니 실루엣처럼 몸의 윤곽이 드러나 보이는 백색 두루마기를 걸치게 했다.

천녀들의 인도를 받고 우연아가 들어선 천존궁의 강당 중앙에는 형형색색의 기괴한 형상의 연단이 있고 음산한 기운이 흐르고 있었다. 강당에 들어와 있는 신도들은 모두 연단을 향해 절을 하거나 바닥에 부복하고 있었다.

연단 뒤에는 백천녀들이 선정적인 모습으로 정렬해 서 있었다. 우연아도 청천녀의 인도를 받고 백천녀들 속에 섰다.

연단 아래의 양쪽에는 홍천녀와 청천녀들이 각각 정렬하여 무릎을 꿇고 있었다. 얼마 있으려니 기묘한 음악소리가 흐르고 강당에 부복한 여자들이 머리를 조아리며 이구동성으로 '천존님!' 을 외치기 시작했다.

　연단 우측 문에서 홍 집사와 홍천녀의 인도를 받으며 하얀 도포를 걸친 교주가 입장했다. 궁천교의 정신적 지주인 천신이었다.

　다른 백천녀와 같이 머리를 숙이고 있던 우연아가 눈을 치뜨고 바라봤다. 비만의 체구에 두터운 입술, 주먹코의 모습은 그녀가 찾던 허문한이 분명했다.

　허락 없이 감히 천신님을 마주 바라보는 것은 금기인 것을 모르는 우연아는 교주를 노려보았다. 연단으로 오르던 교주와 우연아의 시선이 마주쳤다. 교주를 뒤따라 와서 연단 옆에 선 홍 집사가 작은 목소리로 호통을 쳤다.

　"신선한 장소에서 천신님을 쳐다보느냐?"

　"그냥 놔두어라. 이름이 뭐냐?"

　흰색 도포의 소맷자락을 펄럭이며 홍 집사를 제지한 교주가 걸음을 잠시 멈추었다. 그리고 우연아를 뚫어지게 눈여겨 쳐다봤다. 게슴츠레하게 쳐다보는 교주의 시선을 피해 우연아는 고개를 숙였다.

　"이애리예요."

　"천존님의 은총을 받을 아름다운 천녀이구나."

　웬만한 천녀들은 거의 다 알고 있는 교주였지만 처음 보는 얼굴이었다. 마치 황제나 된 것처럼 거만하게 육중한 몸을 돌린 교주가 연단 앞에 올라섰다. 그는 모두들 머리를 조아리고 있는 강당을 내려다보며 양팔을 높이 들어 올렸다.

　"불쌍한 영생들을 인도하리라!"

우렁찬 북소리가 울렸다. 이어서 강당에 부복하고 있던 모든 신도들이 일어나서 합장을 하며 다시 부복을 했다. 그리고 이구동성으로 외쳤다.

"우리를 구원하시는 천신님!"

"천존님의 아들, 천신님!"

교주의 뒤에 서 있던 몸매가 드러나는 하얀 두루마기를 걸친 백천녀들은 양손을 모으고 무릎을 꿇었다. 또다시 북소리가 강당 안에 울려 퍼지고 교주의 목소리가 마이크를 통해 흘러 나가기 시작했다.

"영생들은 들어라! 지구의 종말이 멀지 않았다. 우주의 행성들이 지구로 몰려들고 있다. 그러나 천존님께서는 내게 이르셨다. 천존님이 계신 세계로 통하는 외계의 문을 열어줄 것이니 영생들을 구원하라고. 영생들은 그 뜻을 받들지어다!"

기묘한 음향과 함께 스피커에서 흘러나오는 교주의 목소리에 신도들은 강당 바닥에 부복을 하였다. 어떤 신도들은 울부짖기도 하며 간절한 목소리로 외쳤다.

"천존님의 아들 천신님을 믿나이다."

우연아는 광적인 그들의 모습에 소름이 끼쳤다. 악마의 부르짖음 같은 소리가 싫어서 그녀는 스스로 '찰코'를 떠올리려 했다. 이어서 설교를 시작한 교주의 음산한 목소리가 귓속을 파고들었다.

"천존님을 믿는 자만이 영생으로 재림할 것이다. 풍속토의와 성경에 한울님께서 흙으로 빚어 인간을 만들었다고 적혀 있다. 그러나 생명을 불어 넣은 분은 천존님이시다. 천존님이 행하시는 역사는 그

날에 이루어진다. 천존님은 그날의 역사를 이루시기 위해 매일 말씀으로 그 뜻을 나타내시며 궁천교를 이끌라고 하셨다. 그 뜻대로 살기 위해 매일 말씀을 배우고 알고 순종하며 사는 신도들만이 천존님의 은총을 받을 수 있다. 역사는 나그네가 길을 가다가 어느 집에서 잔치하니까 불쑥 들어가 음식 먹듯 하는 것이 아니다. 다시 말하면 천존님이 온 인류에 행하실 역사는 '재림역사' 이다. 이 역사는 어느 한 날에 이루어진다. 평소의 신앙이 핵심이다. 그런데 지금 정치를 하는 이단자들이 우리 천존님을 무시하는 행동을 하고 있다. 우리는 천존님의 뜻에 따라 이단자를 물리치고 재림역사를 창조해야 한다."

"천존님! 천존님! 천존님의 뜻에 따르렵니다!"

"전능자 천존님은 그 형상과 모양으로 인간을 위대하고 신비하게 창조하셨다. 그리고 전능자 천존님은 나에게 영생을 구하라고 말씀하셨다. 고로 전능자 하나님과 구세주 예수님의 위대한 생각을 배우고 받아서 그 생각대로 작동시키며 행해야 된다. 마태복음에도 '마음은 원이로되 육신이 약해서 못 한다' 라는 글귀가 있다. 이것은 모두 천존님의 말씀을 도용한 것이다."

"천존님! 천존님의 말씀을 따르렵니다!"

"인간의 육체는 대우주의 축소판이다. 수천 가지를 할 수 있는 기묘하고 능력 있고 신비한 대기계가 바로 육신이다. 사람은 참으로 위대하고 신비한 존재이다. 지구가 그렇게 크고 우주가 그렇게 커도 사람같이 자체로 활동하지는 못한다. 여러분들도 모두 겪고 당해 봤을 것이다. 차 사고가 나기 전에도 이런 느낌을 받고 순간 대처한 자는 살았고, 또 피해도 당하지 않았다. 천존님께서 대재앙을 예고하셨다. 대재앙이 오기 전에 천존님의 은총을 받는 자는 살아남고, 그렇지 못한 사람은 고통스러운 지옥 불에 떨어진다. 인간은 만드는 대로 만들어지고, 행하는 대로 건설되고, 만들고 행하는 대로 없던 것이 존재하게 된다.”

“천존님! 천존님의 뜻에 따르럽니다!”

“밭을 갈고 씨를 뿌리고 농사를 지어야만 곡식밭이 되어 곡식을 얻게 되고, 과일나무를 심어 가꿔야만 과일을 얻게 되고, 바다에 가서 배를 띄우고 고기를 잡아야만 고기를 얻게 되고, 돈을 벌려고 돈 버는 일을 해야만 저축을 하게 되고, 가축을 길러야만 고기를 얻게 되고, 공부를 해야만 학문을 얻게 되고, 옷을 만들어야만 옷을 얻게 되고, 음식을 만들어야만 음식을 먹게 된다. 이와 같이 육신을 가지고 천존님을 위해 사는 자만이 천국을 얻게 된다. 의를 행해야 의를 얻고, 선한 일을 행해야 선을 쌓게 된다. 조금 하면 조금 얻고, 많이 하면 많이 얻게 된다. 천존님께서는 영생을 구원하기 위해 성적인 본능을 주었다. 인간의 본능은 천존님께서 내린 은총이다. 그리고 나에게 은총을 내릴 수 있는 권한을 주셨다.”

“천존님의 아들 천신님의 은총을 기다립니다!”

교주의 설교가 중단할 때마다 강당바닥에 부복한 신도들이 모두 천존님을 외치며 합장을 하였다.

교주인 허문한은 흥분하고 있었다. 당의 사무국장과 통화를 하고 나서 일어났던 불만의 여파로 감정을 드러내고 있는 것이다. 마치 정치자금을 받은 정치인과 고위직들을 상대로 설교하는 것처럼 목청을 높였다.

"통일을 외치면서도 그들은 정권을 쟁탈하는 데만 눈이 어두워 있다. 우리 궁천교가 통일을 할 것이다. 일본의 조총련에도 북한에도 우리 궁천교를 전파하고 민족통일을 이룰 것이다. 모든 영생들은 천존님의 역사 아래 뭉쳐야 한다. 천존님은 세계의 영생들에게까지도 구원의 손을 뻗칠 것이다."

"구세주 천존님!"

"천존님의 아들 천신님!"

신도들이 부르짖는 함성이 강당 안에 메아리쳤다. 아니 울부짖음이었다. 신도들의 모습은 정말 지구가 멸망하기 직전의 사람들 같았다. 눈물을 흘리는 광신도들. 통곡을 하며 몸을 떠는 맹신도들도 있고, 일어서서 만세를 부르는 신도, 바닥에 몸을 눕히며 신들린 사람처럼 몸을 흔드는 신도, 모두들 광적인 행동을 하고 있었다.

강단을 울리는 아우성. 그들의 행동을 바라보는 우연아는 몸서리치는 이질감을 느껴 아예 눈을 감았다.

그녀는 어린 시절 이들한테 성적 유린을 당하던 순간이 떠올랐다. 그녀를 둘러싸고 있는 남자들이 벌거벗은 짐승으로 변해 미친 듯이 달려드는 환상이었다.

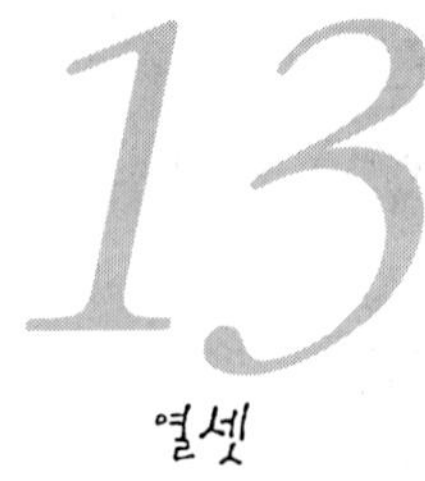

열셋

술집 실내 매캐한 냄새와 뿌연 연기. 졸듯이 밝히고 있는 전등불 아래에 있는 사람들은 모두 취해서 흐느적거리는 것만 같았다.

무교동의 한 술집에서 둥근 식탁을 마주하고 앉아있는 이경우가 담배를 피워 물었다. 병원 입원실에서 권지희가 떨어뜨린 사진을 보고 허문한에 관한 정보를 알아낼 수 있다는 희망을 느꼈다.

그래서 이경우는 권지희를 만나고 있는 것이다. 그러나 권지희는 허문한에 대해서 자세히 말하지 않으려 했다.

벌써 술을 마시기 시작한 지 한 시간이 지나고 있었다. 그렇다고 강압적인 방법을 쓸 수도 없어 답답하기만 했다.

화장실에 갔던 권지희가 조금은 비틀거리며 돌아와 앉아서 배시시 미소를 지었다.

“이경우 상사님! 우리 한 잔 더해요.”

“많이 마셨는데, 천천히 마시지.”

“호호! 난 이 상사님이 술 한 잔 하자고 해서 얼마나 반가웠는데요.”

조금은 혀 꼬부라진 소리를 하며 권지희가 술잔을 들어 이경우에게 술 마시기를 권했다. 이경우는 억지 미소를 띠며 잔을 들었다. 잔을 부딪친 그녀는 단숨에 소주잔을 비웠다. 이경우는 반잔쯤 마시고 잔을 내려놓았다.

“어머니의 사생활을 물어서 지희 씨 마음을 아프게 하자는 건 아니야. 허문한 씨에 대해서 정말 몰라?”

“왜, 그렇게 우리 어머니 남자한테 관심이 많으세요? 나한테 관심 있어서 술 마시자고 한 거 아니에요. 실망이네요.”

토라진 표정을 지어 보이며 권지희가 입술을 삐죽 내밀었다. 그리고 자신의 빈 잔을 채웠다.

이경우가 나머지 반잔을 마저 들이키고 내려놓은 잔에도 술을 채웠다. 지글거리며 익어가는 돼지삼겹살 고기를 젓가락으로 집어 들면서 이경우는 쓴웃음을 지었다.

“권 중사처럼 귀여운 여자한테 관심 없는 남자가 있을까. 단지 그 사진을 봤을 때 개인적으로 안면이 있는 사람이기에 알아보려는 거야.”

“호호! 정말 내가 귀여워요? 아니면 그 남자의 종교에 관심이 있던지, 아니면 그 남자가 하는 사업에 문제가 있는 것인가요. 나하고 술 마시자고 했으면 나한테만 관심 가져줄 수 없어요?”

권지희가 이경우의 턱 밑에서 빤히 올려다봤다. 그리고 이경우의 목덜미에 팔을 두르고 어깨에 머리를 의지하였다.

권지희가 술에 취한 것같이 횡설수설한다. 그러나 종교니 사업이니 하는 말은 알아들을 수가 없었다. 어쩌면 허문한에 대한 신상정보를 나중에라도 그녀의 입을 통해 들을 수 있을 것만 같았다.

“종교? 그 사람을 종교관계로 알았는지도 모르지. 무슨 종교였지?”

“에구! 생각도 말아요. 사이비종교니까. 그런데 그렇게 싫어하던 울 엄마가 그 사람 종교에 빠져든 것은 이해할 수 없어요. 사람 마음은 참 묘한 거 같아요.”

“종교는 자기 자신의 믿음이니까. 다른 사람은 이해할 수가 없겠지. 무슨 종교인데?”

“나도 잘 몰라요. 뭐라고 하더라. 아! 만화에서나 나올 것 같은 이름, 궁천교라던가? 그 종교의 교주라나요? 웃기죠? 창피해서 말하고 싶지 않았어요.”

치부를 드러내 보이듯이 권지희가 겸연쩍은 표정을 지었다. 이경우는 그녀가 입을 연 기회를 틈타 더 자세한 정보를 알고 싶었다.

“교주가 무슨 사업을 한다는 거지?”

“종교도 결과적으로, 돈이 필요하잖아요.”

“그렇기도 하지.”

“끅! 유통판매업이라고 하지만. 다단계판매 사업이죠 뭐. 끅!”

딸꾹질을 한 권지희가 무안한지 공연히 이경우의 팔을 주먹으로

쳤다. 취기로 인해 말을 더듬는 그녀의 얼굴이 벌겋게 달아오르고 있었다. 이경우는 어깨에 머리를 기대는 그녀에게 다시 물었다.

"궁천교. 그게 어디 있는데? 대구?"

"대구는 엄마가 사는 집이에요. 본부는 아네요."

"그럼, 본부는 어디 있는데?"

"그만 물어봐요. 취해서 대답하기도 싫어요."

연거푸 술을 마시던 권지희가 결국은 취해서 흐느적거렸다. 어깨에 기대 있던 그녀가 휘청거리며 몸을 가누지 못했다. 고개를 숙이고 끄덕거리는 그녀의 어깨를 이경우가 붙잡았다.

음식 값을 계산하고 그녀를 부축해서 막상 술집 밖으로 나왔으나 이경우는 난처했다. 그녀를 무작정 택시를 태워 보낼 수도 없었다. 하는 수없이 권지희를 모텔에서 쉬게 하고 나오기로 생각했다.

비틀거리고 매달리며 발걸음을 옮기는 권지희가 웃음을 흘리며 취기의 목소리를 흘렸다.

"이 상사님! 이 상사님."

"응, 권 중사는 너무 마셨나 봐."

"괜찮아요. 나, 있잖아요. 술 잘 마셔요. 끄떡없어요. 이 상사님!"

"응."

"나, 있잖아요. 이 상사님 사랑하는 거 알아요?"

걸음을 멈춘 권지희가 흐느적거리면서 이경우를 빤히 처다봤다. 이경우는 그녀의 눈빛을 피했다. 그리고 그녀의 허리를 팔로 감아 부축하고 걸음을 재촉했다.

"모두 좋은 사람이니까. 같이 술도 마시고 대화를 할 수 있는 거잖아."

"그런 거 말고요. 나 안아줄 수 있어요?"

"지금 안고 있잖아."

"피잇! 그렇다고 책임지라고 하지 않아요. 엄마 남자의 종교 본부가 어디 있냐고 했잖아요?"

"그랬지. 말해 봐."

"안아주면 말해 줄게요."

이경우는 씁쓸한 미소를 지었다.

마치 어린 아이들 소꿉장난하듯이 아무렇지 않게 내뱉는 권지희의 말에 농락당하는 기분이었다. 그렇다고 그렇게 쉽게 농담을 하고 지나칠 사이도 아니기에 이경우는 당혹스러웠다.

모텔 간판이 보이는 건물 앞에서 잠시 걸음을 멈추었다. 몽롱한 눈빛으로 흐느적거리던 권지희는 주저하지 않고 이경우의 어깨에 매달려 모텔로 들어섰다.

이경우가 카운터에서 방 열쇠를 받는 동안 권지희는 거울을 들여다보고 있었다. 취중에도 모텔이라는 것을 인식하는 권지희는 흐트러진 머리칼과 옷매무새를 다듬었다.

엘리베이터를 타고 올라가는 동안 권지희는 이경우의 가슴에 머리를 묻고 있었다. 방 안에 들어선 권지희가 이경우의 가슴에 와락 매달렸다.

"나, 갖고 싶지 않아요. 안아주세요."

"이러지 말고 취했으니 자도록 해."

하얗게 눈을 흘긴 권지희가 이경우의 목덜미에 팔을 두르고 매달렸다. 그리고 발돋움을 하고 이경우의 입술에 그녀의 입술을 포갰다.

당돌한 그녀의 행동에 이경우는 당황하였다. 하지만 여자에게서 흘러나오는 체취를 느낀 이경우는 자신도 모르게 그녀를 껴안고 키스를 했다.

되도록 술에 취하지 않으려던 그는 취기가 한꺼번에 올라오는 것을 느꼈다.

그들은 서로의 혀와 혀가 엉키며 부둥켜안았다. 진한 키스를 하면서 열기를 느끼는지 그녀가 스스로 겉옷을 벗어 던졌다. 슈미즈 차림이 된 그녀가 허겁지겁 이경우의 점퍼를 벗겨냈다.

농도 깊은 키스의 열기에 젖어든 이경우가 그녀를 안아서 침대 위에 눕혔다. 그리고 와이셔츠를 벗어 던지고 그녀의 슈미즈를 벗겨내렸다.

브래지어를 밀어 올리고 탐스러운 젖가슴을 움켜쥐었다. 손아귀에 움켜쥔 젖가슴의 한가운데 솟아난 젖꼭지를 덥석 물고 빨아 당겼다.

아! 하는 뜨거운 입김을 흘려내는 권지희의 몸이 꿈틀거리고 그녀의 다리가 이경우의 허벅지를 감았다. 이성을 잃은 이경우의 손이 그녀의 팬티 속을 더듬었다. 이미 촉촉하게 젖은 그녀는 문을 활짝 열고 그를 기다리고 있었다.

여인의 늪을 더듬는 남자의 손길을 느끼는 그녀의 허리가 파르르 떨렸다.

"아! 사랑해 줘요."

권지희의 이 말을 듣는 순간 이경우는 흠칫하였다. 그리고 활활 타오르던 욕구의 불길이 꺼져갔다. 내려다보이는 권지희의 얼굴에서 우연아의 모습이 어른거렸다. 권지희의 사랑해 달라는 말은 그가 사랑하는 여자는 우연아라고 자각시켜 주는 것이 아닌가.

이경우는 그녀의 몸 위에서 스르르 미끄러져 내려왔다. 침대 이불을 끌어당겨 그녀의 몸 위에 덮어주었다. 그리고 권지희에게 묻고 싶었던 말을 혼잣말처럼 중얼거렸다.

"어머니의 남자는 어떤 사람이지?"

"저도 잘 몰라요. 그 남자의 종교 본부는 지리산에 있다는데, 가보지는 않았어요."

이경우의 돌변한 행동에 쑥스러움을 느낀 권지희는 벽을 향해 돌아누웠다. 그녀는 이경우와 우연아가 어느 정도의 관계인지는 몰라도 연인 사이로 발전해 가는 것을 예감하고 있었다.

그러나 사랑은 쟁취하는 것이라고 생각했었기에 언젠가는 솔직히 감정을 드러내 보이려고 다짐했었다.

술의 힘을 빌려 감정을 드러내 보였고, 모텔까지 같이 들어왔기에 그가 자신을 받아들이는 것으로 알았다.

결과적으로 우연아를 생각하는 이경우의 마음 속으로 들어갈 수 없음에 실망한 권지희는 쥐구멍에라도 들어가고 싶은 심정이었다.

오히려 평소에 갖고 있던 이경우에 대한 감정을 노출시킨 자신이 초라해 보였다. 홀어머니 밑에서 어렵게 살아온 그녀는 왠지 열등감마저 느꼈다.

사이비종교를 믿는 남자와 재혼한 어머니의 딸이라는 것에 이경우가 자신을 천박하게 여기는지도 모른다는 생각이 들었다. 그래서 사이비종교에 대해서 꼬치꼬치 캐물었던 이경우가 자신에게 실망했으리라는 추측을 했다.

뜨거워졌던 열기가 식어지며 그녀는 자신도 모르게 눈물이 나왔다. 아울러 취기가 달아올라 땅 속으로 가라앉는 것처럼 어지러움을 느꼈다.

권지희를 등지고 침대 끝에 돌아앉은 이경우는 곰곰이 생각했다. 순간적인 감정에 권지희의 마음을 아프게 하지는 않았는지. 하마터면 감정에 휘말려 돌이킬 수 없는 후회를 할 뻔했던 것이다.

침묵이 흐르고 권지희의 고른 숨소리가 들렸다. 등 뒤를 돌아본 이경우는 그녀가 취해서 잠든 것이라고 생각했다.

벗어던진 옷을 걸쳐 입고 냉수를 한 잔 들이키며 방안을 둘러보았다. 방문 손잡이를 눌러 안으로 잠근 이경우는 방문을 나섰다.

벽을 향해 돌아누운 권지희는 방문이 열리고 닫히는 소리를 듣고 있었다. 점점 취기가 달아오르더니 머릿속에는 여러 가지 생각이 떠올라 혼란스러웠다.

이경우에 대한 수치심과 함께 어머니에 대한 원망이 앞섰다. 어렵게 살아온 어머니가 애틋하기도 하지만, 지금까지 살아온 어머니의 남자관계는 복잡했다. 그런 환경에서 자라왔기 때문인지 몰라도 그녀도 두려움 없이 육체관계를 나눴던 남자는 여럿 있었다. 다만 이 시점에서는 어머니가 재혼한 남자로 인해 열등감을 느낀다는 것이다.

뒤척이다가 잠든 권지희는 숙취로 머리가 지끈거리고 뱃속이 울렁거려 아직 어둠이 깔린 시간인데도 눈을 뜨고 일어났다.

간밤 이경우로부터 받은 좌절감을 되돌아보며 곰곰이 생각에 잠겼던 그녀는 어머니를 찾아갈 생각을 했다.

부대 사무실에 전화를 해서 몸이 아파서 못 나가겠다고 하면서 하루 휴가를 신청했다. 휴가허락을 받고 모텔을 나온 그녀는 대구행 KTX에 몸을 실었다.

대구시 달성공원의 상가주택 단지 도로변 공터에는 큰 화물차가 주차되어 있었다. 회사마크를 붙인 점퍼를 걸친 남자 직원들이 옮기는 물품으로 화물칸은 점점 가득 채워져 갔다. 남자들이 옮기는 물품들은 화물차가 주차된 옆의 창고 건물이었다.

3층 슬래브 건물이지만 평수가 꽤 넓은 건물로 공터 입구의 기둥에는 '궁천기업'이라는 간판이 걸려 있었다. 그러나 층계를 오르는 입구에는 궁천교 대구지부라는 간판도 걸려 있었다.

2층으로 올라가면 강당 입구에 남녀 신도들의 신발들이 쌓여 있었다. 3층은 살림집으로 개조한 가정집이다.

대구에 도착한 권지희는 3층 거실에서 어머니 방순덕과 마주하고 있었다. 조금 전에 서울에서 내려온 그녀는 이경우에게 느꼈던 좌절 감을 분풀이하듯이 어머니를 몰아붙이고 있는 중이었다.

"왜, 왜 그래 엄마! 무슨 교주 부인이라는 소리를 들으니까, 어떻게 된 거 아냐? 정신 좀 차려. 창피해 죽겠단 말이야."

"뭐가 창피하단 말이니. 너도 천신님께 공덕을 쌓아야 돼. 그렇지 않으면 영생을 못해."

"영생은 무슨 영생? 처음에는 안 그렇더니 왜 그러는 거야, 정말."

"애 좀 봐라! 그런 소리하면 죄 받아. 그러지 말고 너도 천신님께 제발 은총을 받아라. 엄마 소원이니까. 날 위해서가 아니고 널 위해서야."

권지희의 마음과는 달리 방순덕은 딸의 손목을 움켜잡고 사정조로 매달렸다.

권지희는 기가 막혔다. 혹을 떼러 왔다가 혹 붙이는 격이 된 것이다. 악에 받친 권지희가 어머니를 밀치며 벌떡 일어났다.

"엄마는 아무래도 정신이 이상해졌나 봐. 정신과 치료라도 받아. 사이비종교라고 사람들이 손가락질하는 걸 몰라?"

"우리가 잘되는 것을 훼방 놓는 악마들의 시샘이야. 너한테도 악귀가 달라붙은 모양이다."

"정말, 이러면 나 집에 안 들어올 거야. 엄마도 이제 필요 없어. 그리고 나 군인이야."

"안 되겠다. 그렇지 않아도 널 천녀로 만들려고 했는데, 당장 나하고 가자."

방순덕은 미친 사람처럼 권지희의 멱살을 붙들고 늘어졌다. 방순덕은 딸을 붙잡고 거실 밖으로 끌어내려 하고 권지희는 잡힌 멱살을 뿌리치려고 안간힘을 썼다. 엎치락뒤치락하는 바람에 탁자와 진열장의 물건들이 떨어져 내려왔다.

평상시 상냥하던 성격과는 다르게 갑자기 광적으로 변한 어머니의 모습에 권지희는 어처구니가 없었다.

"가긴 어딜 가자는 거야? 정말 미쳤어."

그때 거실 문이 열리고 배가 불룩한 거구의 남자가 들어왔다. 방순덕의 남편인 허문한이었다. 또한 궁천교의 교주이고 권지희에게는 의붓아버지이기도 했다.

허문한이 들어오자 방순덕이 구세주를 만난 듯이 소리를 질렀다.

"애한테도 악마가 깃든 모양이에요. 천존님의 은총을 베풀어 주세요."

권지희를 뚫어지게 바라보는 허문한의 눈빛이 점점 게슴츠레해졌다. 허문한은 말없이 묘한 미소를 흘리며 다시 거실 문을 열고 나갔다.

현재의 상황으로는 어머니의 마음을 돌릴 수 없다고 판단한 권지희는 대구에 내려온 것조차 잘못된 생각이라고 느꼈다. 드잡이하던 어머니의 손을 뿌리치고 일어났다.

"이러면 정말 집에 영영 안 내려올 거야. 전화도 하지 마."

"애야! 엄마 죽는 꼴을 봐야 하니."

"몰라! 죽든 말든 상관하지 않을게."

"이런 못된 계집애. 못 간다!"

권지희는 어머니가 이 세상 사람 같지 않았다. 설마했는데 의지해야 할 단 한 사람인 어머니가 너무나 달라진 모습을 보니 눈물이 솟구쳤다.

어차피 하루 휴가를 낸 것이라 일찍 서울로 올라가야겠다고 생각하여 손가방을 들고 거실 문으로 다가갔다.

그때 거실 문이 덜컥 열리고 밖에서 일하던 남자 직원들이 들어왔다. 직원들 등 뒤에서는 허문한의 모습도 보였다. 직원들과 마주친 권지희가 주춤거렸다. 그 순간 남자 직원들이 달려들어 권지희의 양팔을 각각 붙들었다.

"왜, 왜 이래요! 난 군인이야. 날 함부로 하면 당신들은 망하고 죽는……."

말을 끝내기도 전에 권지희는 급히 숨을 들이켰다. 남자 직원들이 마취제로 적신 타월로 그녀의 입을 틀어막은 것이다.

그녀는 직원들에게서 벗어나려고 발버둥쳤다. 그럴수록 호흡은 거칠어지고 정신이 몽롱해졌다.

그녀는 결국 정신을 잃고 힘없이 거실 바닥에 쓰러졌다. 희미해지는 정신 속에 둥둥 떠올려진 몸이 어딘가로 옮겨지는 것으로 각인되며 그녀는 의식을 잃고 있었다.

지리산 궁천교의 교주가 머물고 있는 천존궁 3층은 고대 황실처럼 꾸며져 있었다.

3면이 흰색 커튼이 찰랑거리며 둘러싸고 있는 큰방이었다. 한 쪽 벽에 살아있는 것처럼 커다란 눈동자의 벽화가 그려져 있어 보는 사람의 영혼을 빨아 당기는 것 같았다. 눈동자의 가운데에는 구름 위에 가부좌를 틀고 금관을 쓴 도인이 그려져 있었다. 벽화 앞에서는 향불의 연기가 피어오르고 음산한 기운이 흘렀다.

방 한가운데는 오색 천으로 덮인 큰 침대가 놓여있고 침대 위에는 붉은 천으로 덮인 여자가 꼼짝도 하지 않고 반듯이 누워 있었다.

눈동자의 벽화 앞에 서 있던 궁천교의 교주 허문한이 양손을 합장하며 무릎을 꿇었다. 알아들을 수 없는 기도문을 중얼거린 그가 양손을 모으면서 일어서더니 뒤돌아섰다. 그리고 천천히 손바닥을 두들겼다.

손바닥 두들기는 소리를 신호로 맞은편 흰색 커튼 뒤의 방문이 열렸다. 엷은 커튼 뒤에는 또 다른 방이 있었다. 방안에는 백색 두루마기를 걸친 백천녀들 열 명이 두 줄로 무릎을 꿇고 있었다.

그녀들은 이슬람교 여인의 히잡처럼 머리에 하얀 두건을 뒤집어 쓰고 있었다. 그러나 두루마기와 두건이 투명한 천이기에 그녀들의 얼굴과 팬티 차림의 몸매가 그대로 드러나 보였다.

백천녀들 속에는 우연아도 있었다. 백천녀들의 우측에는 천후라는 호칭으로 불리는 여인이 붉은 두루마기를 걸치고 있었다. 천후는 교주 허문한의 부인이며 권지희의 어머니이기도 하다. 천후 양쪽에는 남자 같은 듬직한 체격의 홍천녀가 버티고 있었다.

"천신님의 은총을 기다리는 너희들도 잘 보도록 해라."

천후 방순덕이 위엄을 드러내는 저음의 굵은 목소리로 백천녀들에게 명령했다.

"네. 천후님! 천존님의 영험을 저희도 원합니다."

합장을 한 백천녀들이 이구동성으로 외치며 교주를 향해 절을 했다.

"천존님의 영원한 아드님이시며, 이 땅의 구세주이신 천신님께서 불쌍한 영생에게 영험한 은총을 내려 주십시오!"

방순덕이 교주를 향해 무릎을 꿇고 합장을 하며 간절한 목소리를 흘렸다.

양팔을 벌리고 서 있던 교주가 자신이 걸치고 있던 붉은색 두루마기를 벗었다. 두건을 쓰고 있던 백천녀들이 흠칫하였다. 두루마기를 벗은 교주는 흉물스러운 남성이 드러나 보이는 완전한 나체였다.

우연아도 너무나 놀라운 광경에 거친 숨을 들이켰다. 교주는 벗은 두루마기를 침대 위에서 죽은 듯이 누운 여자의 몸 위에 흔들며 요상한 주문을 외웠다.

흔들던 두루마기를 내려놓은 교주가 침대 위에 누워 있는 여자를 덮고 있는 붉은 천을 벗겨냈다. 실오라기 하나도 걸치지 않은 여자의 발가벗은 알몸이 드러났다.

교주가 주문을 외우며 침대 주위를 천천히 돌기 시작했다. 한 발자국 옮겨 멈출 때마다 교주의 손길은 발가벗겨진 여자의 몸을 더듬었다.

젖가슴과 하복부의 은밀한 부위까지 더듬어 내려가자 여자의 알몸이 꿈틀거렸다. 교주의 손길이 닿을 때마다 흠칫하는 여자는 다름 아닌 대구에서 마취 당해 끌려온 권지희였다. 거기서 우연아도 이경우와 같은 부대에서 근무하고 있는 권지희라 놀라고 있었다.

저렇게 권지희가 당하고 있어도 우연아는 가만히 있어야 했다.

신들린 사람처럼 중얼거리며 무릎을 꿇고 있는 천후 방순덕의 딸이었다. 권지희의 알몸을 더듬던 교주가 침대로 올라갔다.

권지희도 교주 허문한도 발가벗은 알몸이었다. 그가 그녀의 몸 위에 올라타고 앉았다. 허문한의 하복부에서는 흉물스럽게 발기된 남성이 하늘로 치솟아 있었다. 교주는 그녀의 허벅지를 벌리고 거대한 흉물을 밀어 넣었다.

혼절해서 교주의 몸 아래 깔렸던 권지희가 신음을 흘리며 눈을 떴다. 골반이 뻐근하고 가운데 속이 으깨지는 진통을 느낀 권지희는 허우적거리며 주위를 둘러보았다.

자신을 겁탈하고 있는 남자가 다름 아닌 어머니의 남자가 아닌가. 그녀는 있는 힘을 다해 자신을 깔고 앉은 허문한의 가슴을 밀치며 발버둥쳤다.

"이럴 수는 없어. 개 같은 놈."

발악을 하며 욕설을 내뱉는 순간, 홍천녀들이 달려들어 권지희의 입을 타월로 틀어막았다. 마취제가 적셔진 타월이었다.

몸부림칠수록 그녀는 다시 정신이 혼미해지고 있었다.

몸속 깊은 곳이 짓이겨지는 충격 속에 그녀는 고개를 축 늘어뜨렸다. 거친 숨을 토해내며 교주 허문한의 엉덩이가 앞뒤로 흔들거렸다. 그때마다 권지희의 알몸도 힘없이 흔들거렸다. 정신을 잃고 있는 그녀의 입에서 신음이 흘러나왔다.

"허어! 은총을 주노라."

"천신님의 은총을."

이게 강간이지 어떻게 은총이라고 할 수 있는가. 거기다 은총이란 핑계로 의붓딸을 강간하는 것이 아니던가. 바라보고 있던 우연아는 이런 식으로 젊고 예쁜 여자들에게 은총을 내린다는 핑계로 처녀성을 빼앗았다는 걸 알아차렸다.

허문한의 숨소리가 거칠어질수록 방순덕은 신들린 사람처럼 중얼거렸다. 자신의 남자에게 딸이 겁탈당하는 모습을 보면서도 방순덕의 기도 소리는 높아만 갔다.

권지희의 허벅지 사이에 틀어박힌 남성이 빠져 나왔다가 사라질 때마다, 벽화 앞에 피워진 향불의 연기가 크게 흔들거렸다. 마치 말고삐처럼 권지희의 젖가슴을 움켜쥔 허문한의 엉덩이가 어느 순간 높이 치켜 올라갔다가 툭 떨어졌다.

거대한 흉물이 여자의 몸속을 으깨듯이 돌진하고, 혼절한 상태에서 권지희의 허리가 꿈틀거렸다.

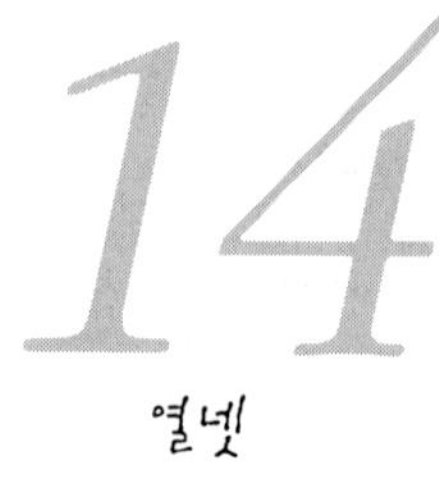

14

열넷

아직도 겨울의 찬바람이 느껴지는 산속과는 다르게 도심지의 커피숍 안은 따뜻하고 조용했다. 거기다 피아노 선율이 흐르고 있었다. 마주보고 속삭이는 연인, 책을 보고 있는 사람, 식어가는 커피 잔을 앞에 놓은 채 눈을 감고 있는 사람들의 모습은 여유로웠다.

그러나 이경우는 같이 있는 여자 부사관인 김 하사와 걱정스러운 표정을 짓고 있었다.

"어찌된 일인지 며칠째 권지희 중사님이 출근을 하지 않고 있습니다."

"권 중사가 출근을 안 한다고? 그럼 재대하는 건가?"

김 하사의 말에 이경우는 놀랐다. 의자에 몸을 묻고 있던 그가 상체를 곧추세우고 앉았다. 술 취한 그녀와 같이 있던 시간이 떠올랐다. 허문한에 관해서 알아보려고 만났다가 충동적인 감정으로 그녀를 안았던 순간이 자책감을 느끼게 했다.

"재대 신청한 것도 아니고, 하루 휴가를 한다고 하더니 연락도 안 돼요."

"혹시 어머니를 만나러 대구에 내려간 것이 아닐까?"

"비상연락망을 통해 대구에도 연락했으나 안 왔다고 하던데요."

"그럼, 혹시."

이경우는 모텔에 그녀를 혼자 재워놓고 나온 것이 아무래도 마음에 걸렸다. 그런데 하루 휴가를 한다고 하지 않았던가. 그녀가 모텔에서 자고 나온 것은 분명했다.

그날 저녁에 부끄러워하다가 마지못해 흘린 권지희의 말을 떠올린 이경우가 이어서 김 하사에게 물었다.

"혹시 김 하사, 어머니와 재혼한 남자가 사이비종교의 교주라는 거 알아?"

"교주라고요? 안 좋은 것처럼 말은 했으나 잘 모르겠습니다."

"그렇다면 그 종교 본부를 찾아갔을지도 몰라."

"어딥니까?"

"요즘 뉴스에 나오는 궁천교인데, 지리산에 있다고 들었어."

"이 상사님은 어떻게 알고 있습니까?"

김 하사의 질문에 이경우는 뜨끔하였다. 권지희를 안고 흥분했던 열기만큼이나 얼굴이 화끈거리는 것만 같았다.

사랑해달라며 바라보던 애틋한 눈빛. 그러나 김 하사는 모르고 있을 것이다.

부대에 같이 근무하는 여자 부사관 김 하사가 이경우를 좋아하며 따라다니고 있었다. 그런데 이경우는 권지희 중사를 더 좋아하고 있어 많이 속을 끓이고 있던 중이었다.

"그냥 대화중에 들은 얘기."

"권지희 중사 엄마도 거기 있습니까?"

"그럴 걸로 생각하는데."

"그럼, 별일은 없겠지요. 그렇다고 연락도 안 하고."

"문제가 있을는지도 몰라."

"왜입니까?"

"요즘 매스컴에서도 사이비종교에 초점을 맞춰 기사화하고 있고, 검찰과 경찰에서도 수사에 착수한 것으로 알아. 평범한 종교집단은 아니야."

"어떤 종교집단인데요?"

"흠! 아마도 정치자금에 관련된 집단일지도 몰라. 나도 가볼 생각이야."

"우리 상부에서도 지시가 있었던 건가요?"

"아니, 연아가 거기 있을지도 몰라."

표정이 굳어진 김 하사가 두 손으로 찻잔을 거머쥐었다. 그녀는 이경우를 주의 깊게 살펴달라던 특별감사대 대장의 말을 떠올렸다.

이경우는 입술을 굳게 다물고 창밖을 응시하고 있었다. 우연아를 떠올리고 있었다. 시간이 갈수록 우연아는 위험한 상태이다. 우연아를 체포하려고 합동수사본부가 차려졌다. 공개수배령이 내려져 있을 뿐만 아니라, 군수사팀도 우연아를 뒤쫓고 있었다. 그러나 아직까지도 우연아의 행방은 묘연하기만 했다.

위험에 빠진 우연아를 구하기 위해서는 그녀를 멈추게 해야만 했다. 그녀는 찰코로 반드시 다음 목표를 향해 움직이고 있을 것이고 그곳이 허문한의 사이비종교 집단이 있는 지리산일 확률이 높았다.

언론에서 문제화되고 있는 사이비종교이니 수사당국에서 수사를 시작할 것이라는 것을 우연아도 알고 있을 것이다. 그렇다면 그녀는 수사당국보다 먼저 허문한을 처치하려고 할 것이다.

각 부대에 파견 나간 군감사반 회의 소집에 책임자들은 감사대 회의실에 모두 모였다. 공항감사반은 이경우가 참석하지 않고 김 하사가 대신 참석했다.

창문을 내다보고 있던 감사대장이 돌아섰다.

"이 상사는 회의에 참석하지 않았군."

"아닙니다. 출근을 했는데, 연락이 안 됩니다."

"연락이 안 된다면?"

"개인적으로 알아볼 것이 있다고 했는데, 지리산에 간 것으로 추측됩니다."

"그 사람 또 혼자서. 개인적으로 알아본다는 것이 무엇인지 알고 있나?"

멈칫거리던 김 하사는 이경우에 대해서 더 이상 감출 것이 없다고 판단했다.

　이경우가 우연아를 만나게 된 동기와 우연아를 찾아다니는 이경우의 심정을 소상하게 말했다.

　김 하사의 말 중에는 감사대 대장이 이미 알고 있던 사항도 있었다. 이경우에게 직접 들었던 내용도 있고 신상정보를 통해 알고 있는 사실이었다.

　그러나 그들은 우연아가 연쇄살인범이라는 사실은 모르고 있었다.

지리산의 명칭은 '어리석은 사람이 머물면 지혜로운 사람으로 달라진다' 라는 뜻에서 유래된 것으로 이는 수많은 은자들이 이 산에 숨어 도를 닦으며 정진해 왔음을 말해 주는 것이다.

《신증동국여지승람》은 지리산의 산세가 높고 웅대하여 수백 리에 웅거하는 산으로, 백두산의 산맥이 뻗어내려 여기에 이른 것이라 하여 두류산이라고 부른다고도 전했다. 특히 지리산 뱀사골은 돌골돌이라고도 하며, 지리산 반야봉에서 반선까지 산의 복사면을 흘러내리는 길고 긴 골짜기를 말한다.

지리산국립공원 안에 있는 여러 골짜기들 가운데서 가장 계곡미가 뛰어난 골짜기의 하나로 꼽히며, 전구간이 기암절벽으로 이루어진 이 계곡에는 크고 작은 폭포와 소(沼)가 곳곳에 있다. 뱀사골이라는 이름은 골짜기가 뱀처럼 심하게 곡류하는 데서 유래된 것이라고 한다.

얼마 안 있으면 철쭉꽃이 만발할 뱀사골로 오르는 산중턱에는 어둠이 내려앉고 있었다. 궁천교 본부가 내려다보이는 암벽 위에 검은 그림자가 초저녁부터 웅크리고 있었다. 모자를 깊숙이 눌러쓰고 배낭을 어깨에 메고 있는 그림자는 이경우였다.

망원경으로 궁천교의 동태를 살피고 있는 그는 생각보다 어마어마한 규모에 긴장하고 있었다. 섣부르게 궁천교에 진입할 수는 없어서 어둠이 내려앉기를 기다리고 있는 것이다.

어둠 속을 살피고 있던 그의 망원경이 한 곳에 머물렀다. 중앙건물 뒤쪽 나무숲에 사람의 움직임이 보였다. 팔이 뒤로 묶인 남자가 비틀거리며 사내에게 끌려오고 있었다. 남자는 아마도 몹시 구타를 당했는지 제 몸도 가누지 못하고 있었다. 끌려오던 남자가 쓰러지면 사내가 발로 걸어차며 일으켜 세우고 질질 끌고 갔다.

이경우는 암벽 옆으로 난 비탈길을 소리 없이 내려왔다.

그들의 코앞에까지 다가온 이경우는 나무 뒤에서 어둠을 틈타 은신하고 바라보았다. 사내가 남자를 걸어차면서 끌고 온 곳에는 삽을 든 또 다른 두 사내가 땅을 파고 있었다. 두 사내가 파낸 땅은 꽤 깊었다.

주변에는 땅을 파헤친 흔적과 무덤들이 보이고 음산한 기운을 느끼게 했다. 남자를 발로 걸어차는 사내가 침을 뱉으며 언성을 높였다.

“이장호! 개 같은 새끼! 여기가 어디라고 배반을 해! 네가 윤정이를 도망치게 했지?”

“그래. 천벌을 받을 악마 같은 놈들아.”

쓰러져 있던 이장호라고 불리우는 남자가 가래 끓는 신음을 흘리며 꿈틀거렸다. 땅을 파던 사내 한 명이 길게 한숨을 내쉬며 남자를 구타하는 사내에게 물었다.

“춘보 형님! 이만하면 되겠습니까?”

“좀 더 파! 깊이 묻어 버리게.”

사내들에게 내뱉듯이 지시를 한 춘보가 이장호의 뺨을 후려쳤다. 얻어맞은 이장호의 턱이 돌아가고 입에서 침과 피가 튀었다.

“네 놈이 천신님의 여자를 도망치게 해! 그년 어디 있어 말해?”

“난 모른다. 천신님이라고? 깡패 출신이 무슨 천신이냐! 사람의 귀한 생명이나 빼앗고, 여인들이나 짓밟는 악마들 집단.”

숨넘어가는 목소리로 더듬거리는 이장호의 말에 춘보는 발끈했다. 땅을 파고 있는 사내들에게서 삽을 빼앗아 들고 이장호의 몸을 내리쳤다. 이장호가 단발마의 비명을 지르며 나뒹굴었다.

“이런 개새끼! 모른다고? 그년하고 만나서 살 생각이었지. 말하지 않으면 네놈을 생매장하고 말 거다.”

“차라리! 차라리 죽여라! 네놈들은 저주받아 망하고 말 거다.”

“뭐라고 지껄이는 거야!”

삽날로 이장호의 머리를 찍어 내리려고 춘보가 삽을 높이 들었다. 그 순간 어둠 속에서 그림자가 번개같이 날아와 춘보의 가슴을 걷어찼다.

모자를 깊게 눌러 쓴 남자. 나무 뒤에 은신하고 있던 이경우였다. 이경우는 여유를 두지 않고 땅바닥에 뒹구는 삽을 들어서 휘둘렀다. 바위에 부딪는 쇳소리처럼 '깡!' 하는 소리와 함께 춘보는 바닥에 쓰러졌다.

"헉! 뭐야?"

갑작스런 사태에 움푹 파인 흙무덤 속에 있던 사내들이 허겁지겁 땅 위로 기어오르려고 했다. 그러나 이미 이경우의 발끝에 채인 한 사내가 뒤로 벌렁 나자빠지고 있었다.

흙무덤 속으로 뛰어든 이경우는 바람처럼 다른 사내의 고환을 올려찼다. 사내는 하복부를 붙들고 쩔쩔맸다. 다시 이경우의 손에 쥔 삽이 허공을 날랐다. 머리를 강타당한 사내는 신음소리도 못 내고 쓰러져 버렸다. 이경우의 발끝에 채였다가 뒤로 넘어졌던 사내는 삽시간에 동료들이 당하는 모습을 보고 기겁을 하였다. 사내는 도망을 하려고 흙벽을 기어오르며 허우적거렸다.

'휘잉!' 공기를 가르는 소리와 함께 사내의 등판을 겨냥하고 삽자루가 날아들었다. 삽자루에 얻어맞고 주르르 미끄러져 내려온 사내의 목이 이경우의 구둣발에 짓밟혔다.

그 시각 중앙에 있는 천존궁 2층에서는 만찬이 벌어지고 있었다. 궁천교의 그들, 천존의 아들 천신이라고 숭배하는 교주 허문한의 생일축하 만찬이었다.

진시황제의 주지육림이 부럽지 않을 만큼 상다리가 부러지도록 음식이 차려진 큰 상이 놓여 있었다.

오늘의 주인공인 교주가 중앙에 붉은 두루마기를 걸치고 떡 버티고 앉아있고, 교주 뒤에는 흰 두루마기를 걸친 20여 명의 백천녀가 무릎을 꿇고 앉아 있었다.

한쪽에서는 5인조 밴드가 음악을 연주하는 소리가 흥을 돋우었다. 교주 양 옆에는 천후와 홍 집사, 청 집사, 그리고 음식이 차려진 상 둘레에는 홍, 청, 백의 두루마기와 점퍼를 걸친 신도들이 앉아서 술과 음식을 마시며 먹고 있었다.

그들은 각기 천녀대와 천위대의 간부들이었다. 홍천녀 한 명이 술병을 들고 일어나서 교주에게 술을 따랐다.

"지존이신 천신님의 생신을 축하드립니다."

"하하! 오늘은 영생을 위하여 자유롭게 마시고 먹도록 해."

"부디 건강하시어 은총을 내려 주십시오."

연달아 천위대와 천녀들이 교주의 생일을 축하했다. 어떤 천녀는 술을 따르며 교주의 가슴에 안겨 애교를 부리기도 했다. 술에 취하기 시작한 교주 허문한은 열기를 못 이기는지 두루마기 자락을 걷어붙였다. 두루마기 속에는 팬티 차림이었다. 그는 삼천궁녀를 거닐고 있는 황제처럼 거들먹거렸다.

가까이 있는 천녀들의 젖가슴을 움켜쥐기도 하고 무릎에 앉혀 놓고 사타구니를 더듬기도 했다.

대부분의 천녀들은 천신님의 은총이라면서 교주의 손길을 거부하지 않았다. 술기운이 거나해지고 천녀들을 괴롭히는 교주의 손길은 노골적으로 심해졌다.

좌석에 있는 천녀와 천위들은 교주의 거칠어지는 행동을 노리삼아 즐기는 모습이었다. 그런데 젖가슴을 더듬으려는 교주의 손길을 뿌리치고 뒤로 물러앉는 백천녀가 있었다.

그녀는 자신의 어머니에게 강제적으로 이끌려 궁천교에 들어온 나이 어린 백천녀였다. 그녀로 인해 흥겨웠던 분위기가 가라앉았다.

모두의 시선을 받은 그녀는 두려움에 양손으로 앞가슴을 가리며 웅크렸다.

"저런 못된 년! 천신님의 은총을 뿌리치다니. 독방에 가두어 놓고 공덕을 쌓게 해!"

천후인 방순덕이 날카롭게 외쳤다.

독방에 갇히면 일주일간은 물 한 모금 못 마시고 구타를 당한다는 것을 모두 알고 있었다.

천위대 두 명의 남자가 교주를 거부한 백천녀를 끌어내려고 다가섰다. 백천녀는 눈물을 흘리며 끌려가지 않으려고 안간힘을 썼다.

"그럴 거 뭐 있습니까. 나이 어린 순결한 백천녀입니다. 오늘 천신님의 생신인데 너그럽게 저 천녀에게 은총을 내려주시지요."

청 집사가 천위대를 제지시켰다. 청 집사의 교활한 눈빛이 교주를 향했다. 궁천교 안에서 신도들의 운명을 쥐고 있는 사람은 마지막 결단을 내릴 수 있는 권력자였다.

모두들 천존의 계시를 받고 있는 교주의 결단을 기다렸다. 게슴츠레한 눈빛으로 바라보던 허문한이 고개를 저었다.

"나는 그 아이가 마음에 안 드네. 오늘은 좋은 날이니 그 아이는 놔두게."

"그럼 천신님께서는 어느 천녀가 마음에 드십니까?"

간사한 목소리를 흘린 청 집사가 교주의 눈치를 살폈다. 교주인 허문한은 마치 물건을 고르듯이 주변의 천녀들을 살펴보았다.

한참 후 허문한의 시선이 머문 백천녀는 바로 우연아였다. 그녀를 지긋이 바라보는 교주의 팔이 들어 올려졌다.

"난, 저 천녀에게 은총을 내릴 것이다."

교주의 손끝이 우연아를 향했다.

허문한의 손끝을 의식하는 우연아가 소리 없이 길게 숨을 내쉬었다. 어쩌면 우연아가 기다리던 순간인지도 모른다.

항상 신도들이나 집사들에게 둘러싸여 있는 교주에게 접근할 수가 없었다. 허문한에게 복수할 기회가 온 것이다. 백천녀 중에서도 교주의 은총을 받는 천녀는 천후 다음의 영광을 누린다. 모든 천녀들은 천신의 은총을 받는 백천녀를 모두 부러워했다.

허문한의 말을 들은 홍천녀들이 우연아에게 다가왔다. 홍천녀들은 그녀의 팔을 부축해서 천존궁을 나와 천녀들의 숙소인 천녀궁으로 데리고 갔다.

이제부터 홍천녀들은 우연아의 시중을 들어야 한다. 홍천녀들은 우연아를 목욕시키고 몸단장을 서둘렀다. 그녀를 발가벗기고 몸매가 훤히 드러나 보이는 씨스루의 드레스만을 걸치게 했다.

우연아는 자신의 사물함에서 손가방을 챙겨들었다. 교주의 방으로 들어가는 사람은 누구나 소지품을 검사해야 한다. 교주의 신변보호를 위한 규율이다. 홍천녀의 팀장격인 중년 여인이 우연아의 손가방을 검사하였다. 그러나 흉기가 될 만한 물건은 없었기에 그녀에게 되돌려 주었다.

홍천녀들이 그녀를 천존궁의 3층으로 데리고 갔다.

교주의 기도 의식에 참여했던 우연아도 이미 몇 번 들어와 본 장소였다. 호화스러운 치장과 엷은 커튼이 드리워져 있고, 향불의 연기가 피어오르는 방에는 커다란 침대가 놓여있었다.

천존에 대한 의식을 치르는 신선한 곳이라고 하지만, 교주가 은총을 준답시고 처녀들을 겁탈하는 장소였다.

우연아를 홀로 남겨놓고 홍천녀들이 모두 나갔다. 벽에 걸린 눈동자의 벽화가 그녀를 삼킬 듯이 노려보고 있었다. 음산한 기운이 도는 큰 방에 혼자 남아 있으려니 우연아는 오싹하는 소름이 끼쳤다.

정면의 벽화 밑으로는 긴 제단이 있고 제단 위에는 눈알을 부릅뜬 사대천왕의 큰 석상과 철과 목각으로 만든 십이지신의 조각상이 기괴한 모습으로 진열되어 있었다.

2층에서 올라오는 층계의 출입문이 열리는 소리가 났다. 출입문이 열리는 소리와 함께 삼면에 둘러쳐진 커튼 자락이 흔들거리고 교주 허문한이 불룩한 배를 내밀고 들어왔다. 뒤이어서 붉은 두루마기를 걸친 천후 방순덕이 들어섰다. 침대에 걸터앉았던 우연아가 방바닥에 무릎을 꿇고 앉았다. 반투명의 드레스를 걸친 그녀의 앞가슴과 허벅지 사이의 굴곡이 그대로 드러나 보였다.

방안을 둘러보던 천후의 시선이 우연아를 향했다. 다소곳이 앉아 있는 그녀의 모습을 보고 천후 방순덕은 안심하고 밖으로 나갔다.

우연아를 빤히 쳐다보던 교주 허문한이 도포자락을 흔들며 우연아에게 다가왔다. 그리고 두 손으로 그녀의 양어깨를 붙들어 일으켜 세웠다. 침대 위에 그녀를 눕히고 걸치고 있는 그녀의 드레스를 벗겨냈다. 발가벗겨진 그녀의 알몸을 내려다보던 교주가 요상한 기도문을 중얼거렸다.

"나 천존님의 독자인 천신이 천존님의 은총을 내리노라. 악마의 손길에 시달리는 너의 영혼을 구제하노니 잠에서 깨어날 것이다. 네가 잠을 깼으면 뇌에 시동을 걸고 몸을 작동시켜야 천존님의 은총을 받을지어다. 전능자 천존님께서는 그 형상과 모양으로 인간을 위대하고 신비하게 창조하셨다. 고로 전능자 천존님의 위대한 은총을 받아 육체를 작동시키며 행해야 된다. 인간의 육체는 대우주의 축소판이니라. 수천 가지를 할 수 있는 기묘하고 능력 있고 신비한 대기계가 바로 '육신' 이노니."

우연아는 기괴한 기도문을 외우는 교주의 목소리와 방안의 분위기에 영혼마저 흡수당할 것만 같아 눈을 감고 있었다. 그리고 허벅지 사이를 더듬는 교주의 손길을 의식했다. 두툼한 손바닥이 그녀의 허벅지 사이를 쓰다듬고 올라갔다. 음모를 문지르던 손길은 여자의 예민한 곳을 건드리고 다녔다. 그녀는 자신도 모르게 허리를 꿈틀거렸다.

주문을 외우듯이 흘리던 교주의 목소리가 끊어지기에 우연아는 감았던 눈을 떴다. 교주 허문한은 자신이 걸치고 있는 붉은 도포를 벗고 있었다. 속옷을 하나도 걸치지 않은 교주의 알몸이 드러나고 발기된 남성이 기둥처럼 솟아올라 보였다.

음험한 미소를 지은 허문한이 그녀의 몸 위로 올라와 앉았다. 두터운 입술에 주먹코가 그녀의 얼굴 가까이 다가왔다. 그가 바로 칠성회 곽춘호, 주승균, 박종규, 허문한, 김철오, 박충식 등 6명 중에 한 명 허문한이었다.

그 언젠가 지하실 당구대 위에서 벌거벗겨진 그녀를 윤간했던 사내들 중의 한 남자의 모습이었다. 그녀는 양손을 뻗쳐 허문한의 목줄을 움켜쥐었다.

"헉! 이년이."

갑작스런 공격에 교주 허문한은 우연아의 손을 뿌리치려고 했다. 눈알이 벌겋게 충혈된 교주의 목에 퍼런 핏줄이 돋아났다. 이를 악물고 우연아는 있는 힘을 다해 불거진 핏줄과 힘줄을 엄지손가락으로 눌렀다. 숨을 쉬지 못하고 컥컥거리던 교주 허문한이 침대 위에서 굴러 떨어졌다. 재빠르게 침대 위에서 뛰어내린 우연아는 제단 위에 놓인 철상 두 개를 양손에 거머쥐었다.

허문한은 혓바닥을 내밀며 숨을 몰아쉬고 있었다. 눈알이 불거진 허문한의 얼굴은 사대천왕과도 같았다. 우연아는 일어서려는 교주의 뒷머리를 철상으로 내리쳤다.

그때였다. 궁천교 건물 밖에서는 갑자기 소란이 일어나고 있었다.

어둠을 뚫고 먼지를 일으키며 달려온 지프차와 트럭, 버스차량들이 궁천교 안으로 들어와 급브레이크를 밟으며 멈추어 섰다.

버스와 트럭에서는 무장한 경찰들과 남자들이 쏟아져 나왔다. 건물 사이의 광장은 차량들의 헤드라이트 불빛이 대낮처럼 밝혀졌다. 소란스러운 소리에 천위궁에 있던 남자 신도들이 뛰쳐나왔다.

신도들과 같이 천위궁을 나왔던 홍 집사 김철오와 청 집사 박충식은 당황하여 시선을 마주했다.

"뭐야? 짭새들이잖아! 형님에게 빨리 알려!"

"알았어. 우선 천위대를 시켜 짭새들을 막고 있어."

헤드라이트 불빛을 받은 찢어진 눈매와 애꾸눈이 번쩍거렸다. 두 집사는 바로 허문한의 심복인 김철오와 박충식이었다.

홍색 점퍼를 걸친 김철오가 천존궁을 향해 달려갔다. 청색 점퍼를 걸친 박충식이 남자 신도들을 선동하며 외쳤다.

"악마들이 쳐들어왔다. 모두들 저 놈들을 물리치고 천신님을 보호해야 한다."

천존궁의 입구로 들어선 김철오는 박충식의 외치는 소리를 들으며 숨 가쁘게 층계를 뛰어 올라갔다.

청 집사 박충식의 뒤를 쫓는 그림자가 있었다. 생매장 당하려던 남자를 구해내고 건물 주위에 잠복해 있던 이경우였다.

경찰에게 발각되기 전에 우연아를 구해내야 하는 것이 이경우는 급선무였다. 건물 밖에서는 남자 신도들의 함성이 들려왔다.

"악마들을 죽여라!"

“악마들을 처단하자!”

“천신님을 위하여!”

천위대 중에 궁천교의 맹신자들은 경찰들을 향해 앞으로 나서서 돌을 던지기 시작했다.

신도들은 각목과 방망이, 그리고 무기가 될 만한 것은 손에 잡히는 대로 들고 나왔다. 그들 중에는 엽총을 들고 나온 신도도 있지만, 담을 넘어서 도망을 치는 신도도 있었다.

어둠 속에 묻혔던 궁천교 주변은 삽시간에 아수라장이 되었다. 경찰과 대치한 남자 신도들 간의 격투가 벌어졌다. 천위궁으로 들어갔다가 나온 박충식의 손에는 권총이 들려져 있었다. 박충식의 손에 쥐어진 권총의 총구가 경찰의 선두를 겨냥했다.

“탕!”

신도들과 대치중이던 경찰 한 명이 총소리와 동시에 피를 흘리며 쓰러졌다.

천녀궁에서 나왔던 여자 신도들이 총소리에 놀라서 갈피를 못 잡고 우왕좌왕했다. 지프차에서 검은 안경을 쓴 남자가 내려섰다. 대치하고 있는 경찰들을 진두지휘하던 사복형사가 지프차로 다가갔다.

사복형사는 경찰청의 수사계장 조병문 경정이었고 지프차에서 내려선 남자는 사복차림의 군수사관이었다.

“권총까지 소지한 놈들의 저항이 만만치 않은데요.”

“길게 끌면 희생자가 많아집니다.”

군수사관의 옆에는 사복의 여군 김 하사의 모습도 보였다. 조병문 수사계장이 임춘수 경위에게 지시했다

"되도록이면 인명 피해가 없도록 엄호 사격을 해."

임춘수 경위가 신도들과 몸싸움을 벌이고 있는 경찰들 속으로 달려가고 이내 총소리가 산중에 메아리쳤다.

총소리를 듣고 도망가는 신도들도 있었지만 더욱 광분하여 날뛰는 신도들도 있었다.

박충식의 총구에서도 연달아 불빛이 번쩍거렸다.

"탕, 타당! 탕! 탕! 탕!"

연이어 들리는 총소리에 우연아는 흠칫 놀랬다. 그녀 앞에는 허문한이 벌거벗고 쓰러져 있었다. 두개골이 깨졌는지 머리에서 붉은 피가 솟구칠 때마다 허문한은 반사적으로 꿈틀거렸다.

경찰이 들이닥친 것을 알게 된 그녀는 서두를 수밖에 없었다. 아직도 그녀가 처치해야 할 두 사람이 남아 있었다. 칠성회 6명 중 곽춘호, 주승균, 박종규, 허문한까지 처치하고 남은 두 사람은 김철오와 박충식이었다.

벗겨졌던 드레스를 입고 그 위에 허문한의 두루마기를 걸쳤다. 손가방 안에서 검은 매직펜을 꺼내 허문한의 입술을 검게 칠했다. 그리고 '찰코' 라고 썼고, 낙서를 하듯이 허문한의 몸에 마구 검은 매직을 칠했다.

김철오, 박충식 두 집사의 방이 3층에 있다는 것을 알고 있는 우연아는 입술을 깨물었다. 재빠르게 몸을 돌린 그녀는 커튼 뒤의 방문

들을 열어젖혔다. 그러나 천후와 두 집사의 모습은 보이지 않았다.

출입문으로 다가가던 그녀는 황급히 뒤로 몸을 날렸다. 출입문이 열리며 들어선 자는 권총을 든 홍 집사 김철오였다. 김철오의 시선이 붉은 피를 흘리며 쓰러져 있는 허문한에게 향했다.

"이런 네년이 경찰 끄나풀이었구나?"

시커먼 총구를 의식하고 다급해진 우연아는 제단 위의 조각 형상을 김철오에게 집어던졌다. 그러나 김철오는 이미 방아쇠를 당기고 있었다. 일발의 권총소리가 울리고 우연아의 가슴에서 피가 튀었다.

그녀는 김철오에게 한 발 다가서며 비틀거렸다. 김철오를 붙잡으려고 손을 뻗친 그녀는 천천히 무너져 내렸다.

다시 김철오의 총구에서 총알이 발사되어 그녀의 이마를 관통했다. 목이 꺾인 우연아는 가물거리는 눈빛으로 털썩 바닥에 쓰러졌다. 총구를 겨냥한 김철오는 쓰러진 우연아에게 다가섰다. 또 다시 총성이 울리고 우연아에게 권총을 겨냥했던 김철오의 동공이 정지되고 급히 숨을 들이켰다.

"헉?"

비틀거리는 김철오가 들고 있던 권총을 떨어뜨렸다. 천천히 쓰러져가며 김철오가 뒤돌아 본 출입구에는 연기가 피어오르는 총구를 겨냥하고 그림자처럼 서 있는 남자가 있었다. 그를 뒤쫓아온 이경우였다.

권총을 쥐고 있는 이경우의 손가락이 방아쇠를 당겼다. 눈동자를 크게 뜬 김철오가 몸을 비틀며 방바닥에 나뒹굴었다. 쓰러져 있는 우연아에게 다가서는 이경우의 눈에서 굵은 눈물방울이 떨어져 내렸다.

"연아야!"

우연아를 부둥켜안은 이경우는 오열하기 시작했다. 마지막 숨을 들이키는 우연아의 얼굴은 머리에서는 솟구치는 피로 얼룩져 있었다. 피가 흘러나올 때마다 그녀의 심장은 반사적으로 들썩거렸다.

그녀는 흐릿해지는 시야 속의 이경우를 올려다보았다. 그녀는 이경우의 얼굴에 피로 물든 손을 뻗었다.

"오빠! 사, 사랑해!"

"연아야! 죽으면 안 돼. 조금만 견뎌."

"오, 오빠를 만나서 행복했어. 인생은 연극……."

"안 돼! 숨을 쉬라고."

목구멍으로 피를 삼키는 우연아는 웃고 있었다.

출입문이 열리고 경찰들이 들이닥쳤다. 그들 중에는 조병문 수사 계장, 임춘수 경위의 모습도 보였다. 뒤이어 김 하사가 들어섰다.

오열하던 이경우가 우연아를 들고 일어섰다.

"구급대원 불러! 빨리 구급차. 좀! 연아야! 조금만 참아. 넌 살아야 돼."

김 하사는 우연아를 안고 있는 이경우에게 다가섰다. 그러나 피와 눈물로 범벅이 된 이경우는 사람들을 헤치고 출입구로 향했다.

그는 다급하게 우연아를 안고 층계를 뛰어 내려갔다. 그러나 꼬르륵 하며 이미 마지막 숨을 거두는 우연아의 몸은 축 늘어졌다.

궁천교는 진압되었다. 광장에는 양손을 머리 뒤로 깍지 낀 신도들이 무릎을 꿇고 있었다. 경찰들은 건물을 수색하며 나머지 신도들을 확인하느라 분주했다. 구급차를 향해 달려가는 이경우에게 안긴 우연아의 팔이 힘없이 흔들렸다.

다음날 언론에선 경찰과 군이 동원되어 궁천교 간부들과 신도들을 체포했다는 뉴스와 아울러 연쇄살인범이 사망했다는 뉴스를 특종으로 보도했다. 사람들을 더욱 놀라게 한 것은 연쇄살인범이 20대의 여자 '찰코' 라는 것이었다. 사람들은 여자 혼자의 몸으로 연쇄살인을 했다는 것을 믿지 않으려 했다. 연쇄살인의 배후가 있거나 모종의 음모가 있을 거라고 추측이 난무했다.

이경우는 검찰의 호출을 받고 대검찰청의 취조실에서 어깨를 늘어뜨리고 있었다. 그와 마주 앉은 사람은 안경을 착용한 대검찰청 공안부 부장검사였다. 부장검사 옆에는 담당 검사가 버티고 서 있었다.

이경우는 벌써 반나절을 우연아의 공범여죄를 추궁 받고 있는 것이다. 부장검사는 사건 서류를 넘기며 꼼꼼히 살폈다.

"이해가 안 되는 말이네요. 우연아와는 혈육이 같은 형제도 아니고, 부부 사이도 아니면서 오랜 시간동안 같은 집에서 동거를 했다는 것이."

이경우는 묵묵히 아무런 대답도 하지 않고 침묵을 지켰다. 벌써 몇 번째의 같은 질문에 대답할 가치가 없다고 생각했다.

감정을 언어로 표기한다는 것이 쉽지만은 않았다. 남녀가 한 집에 같이 살았다는 것과 인간의 감정을 그들에게 이해시키려 해도 그들을 말로 이해시킬 설명이 부족했다.

"우연아의 본명은 이민선. 우연아는 과연 누구입니까?"

"그건, 검사님보다 윗선의 정치인들에게 물어 보시오."

"이경우 씨에게 듣고 싶은 말입니다."

"때가 되면 말할 것이오. 그걸 밝히는 것이 당신들 책임이 아닙니까?"

이경우가 한숨을 내쉬며 되물었다. 예리한 눈빛으로 바라보던 부장검사가 씁쓸하게 입맛을 다셨다.

정치세력 멤버라면 부장검사도 우연아에 대한 내막을 알고 있으며 묻는 것인지도 모른다.

"우연아는 왜 살인을 저지른 것입니까?"

"내가 사건 해결하기를 바라는 것은 아니겠지요."

"우연아가 살해한 피해자들이 전부 폭력배들이거나 범죄자 출신인데 누구입니까?"

"그걸 왜 나한테 물어 보십니까. 그것도 모르면 나중에 군정보부대로 찾아오시오. 가르쳐 드릴 수 있으니."

"어떻게 우연아가 범인들을 알아냈을까요?"

"죽은 사람은 말이 없으니 낸들 알겠습니까."

"군정보기관 군인으로서 정보를 제공하거나 우연아를 도와준 것은 아닙니까?"

“글쎄요. 내가 직접 가르쳐 주지는 않았습니다. 같은 집에서 살았으니, 모르지요.”

“우연아를 도와준 것은 사실이지요?”

“도와주려고 한 것은 사실입니다.”

“그럼 우연아가 살해하려고 했던 것을 알고 있었고, 살인동기도 알고 있었겠군요.”

“배고파하는 사람의 감정을 아는 것도 잘못은 아니라고 보는데요. 솔직히 그들을 내 손으로 처치하지 못한 것이 실수입니다.”

이경우는 칠성회 조직원들을 처치하고 싶었던 마음을 숨기고 싶지 않았다. 부장검사는 당당하게 감정을 시인하는 이경우를 뚫어지게 바라봤다.

이경우의 말이 맞는지도 모른다. 범죄를 저지르려는 사람의 감정을 나타냈다고 해서 죄가 되지는 않았다.

“그럼 우연아가 살해한 사람들을 이미 알고 있었다는 말씀이군요.”

“그건 군의 기밀이기도 합니다. 그걸 알고도 첫 번째로 양평에서 살해당한 곽춘호를 방심한 것이 실수라면 실수이겠지요.”

부장검사는 같은 말을 되묻기도 하고 이경우의 입에서 단서를 찾으려고 끈질기게 붙잡고 늘어졌다. 어쩌면 이경우를 공범으로 몰고 가려는 취조인지도 모른다.

취조실 문이 열리고 사무원이 부장검사 옆에 있는 검사를 불러냈다. 부장검사는 다시 서류를 검토했다. 그리고 처음부터 다시 질문을 반복하기 시작했다.

"어떻게 지리산에 잠복하게 됐습니까? 군 내부의 지시를 받은 것입니까."

"군인은 지시가 없어도 정보를 수집하고 분석할 권한이 있습니다."

"우연아가 궁천교와 어떤 관계입니까?"

"모릅니다."

"그곳에 우연아가 있다는 것과 궁천교에 대한 정보를 어떻게 알았습니까?"

"나라를 위해서, 또 군인이라 말할 수 없습니다."

취조실을 나갔던 검사가 다시 돌아왔다. 그리고 부장검사에게 무슨 말인가 귓속말을 했다.

검사는 청와대로부터 이경우를 풀어주라는 지시를 받은 것이다. 검사로부터 귓속말을 들은 부장검사가 씁쓸한 표정을 지었다. 보고 있던 서류를 덮어놓고 입맛을 다셨다.

"한두 번도 아니고, 이젠 이 짓도 못해 먹겠구먼."

"……."

"더 할 말이 있습니까?"

"곧 밝혀지리라 믿습니다."

"수고하셨습니다. 또 연락하게 되면 수사에 협조해 주시기 바랍니다."

"아마도 연락 받기 전에 내가 숨겨진 사실들을 밝힐지도 모릅니다.”

부장검사가 이경우에게 악수를 청했다. 악수를 나눈 부장검사와 이경우는 취조실을 나섰다.

대검찰청 입구의 대기실에는 부대동료 및 김 하사가 기다리고 있었다. 청와대 비서실장의 지시로 이경우가 풀려난 것이다.

애틋한 표정인 김 하사의 눈동자에는 습기가 배어 있었다. 일주일 후 궁천교의 사건과 연쇄살인범 사건은 의혹을 남긴 채 종결되었다.

하얀 와이셔츠와 검은 양복에 검정 넥타이를 맨 이경우는 하얀 장갑을 낀 채 하얀 보자기에 싼 우연아의 유골함을 들고 있었다.

이경우는 강원도 오대산 깊은 산속 수목장에 서 있었다.

우연아의 시신을 화장시킨 유골함이었다. 우연아의 넋을 달래듯이 숲속에서 산새가 슬피 울고 있었다.

그는 지난 시간을 흘러 보내듯이 우연아의 영혼을 바람에 날려 보내고 유골함마저 땅에 묻어 주었다. 그리고 함께 옆에 서서 하늘을 바라보던 권지희는 길게 한숨을 내쉬었다.

그녀는 그의 어머니 산소에 같이 가서 인사를 드렸다. 그는 약속대로 어머니의 산소에 어머니의 유물인 반지를 묻었다.

허문한은 현장에서 사망했고 병원으로 이송된 김철오도 사망했다. 살아남아서 체포된 권지희의 어머니 방순덕과 박충식은 살인죄와 살인방조죄, 사체유기죄, 약사법위반죄, 사기죄 등 다양한 죄목으로 재판에 회부되었다. 궁천교의 독방에 갇혔던 권지희는 정신적인 충격을 받고 공포에 떨었다. 결국 정신분열증을 일으킨 그녀는 며칠간 정신병원에 입원했었다.

여자가 지닌 힘은 여자라는 아름다움으로 남자를 사로잡는 것과 모성애를 갖는 것이다. 여자는 사랑 받기를 원하는 남자에게 모성애를 느낀다. 지금까지 권지희는 이경우를 남자로 사랑하는 만큼 그의 고통스러운 마음까지도 보호하고 싶은 감정이었다.

애틋하게 이경우를 바라보던 권지희가 얼굴을 찡그렸다. 헛구역질이었다. 금방이라도 토할 것 같은 구역질을 참느라고 그녀의 눈동자에서는 눈물이 글썽거렸다. 그녀는 그의 아기를 잉태한 것이다. 그러나 아직 그에게 사실을 밝히지 못한 그녀는 혼자만의 비밀로 간직하고 있을 뿐이다. 그가 그녀를 힐끔 쳐다봤다.

"왜 그래! 어디 아파?"

"아뇨! 점심 먹은 것이 안 좋은가 봐요."

이경우가 그녀의 등을 손바닥으로 문질러 주었다. 권지희는 자잘한 눈웃음을 흘렸다.

우연아를 생각하는 이경우는 아직 해결할 일이 있다고 생각했다. 미국에 들어가 있는 우연아의 어머니인 우금순이 며칠 후에 한국으로 온다는 연락을 받았다. 이경우 자신과 우연아 모녀의 운명을 고통 속에 빠뜨렸던 장본인이 아직 남아 있지 않은가.

역사는 창조되기도 하지만 반복해서 흘러간다. 하지만 또 다른 사람들의 가슴을 아프게 하는 일은 없어야 할 것이다. (끝)

❖ 정선교 작품연보

발표년월일	장르	발표작품명	발표지	발행처
1993년 10월 9일	단편소설	푸른 소리	성남문학 제17집	성남문인협회
1993년 11월 1일	단편소설	바위탑	문학세계 11, 12월호 통권 제20호	문학세계사
1993년	단편소설	꽃과 바람	성보교지 2호	성보여상
1994년 7월 20일	단편소설	1004	소설미학 7인작품집(우리를의 날개)	소설미학동인
1994년 7월 20일	단편소설	슬픈 선율은 흐르고	소설미학 7인작품집(우리들의 날개)	소설미학동인
1994년 7월 1일	단편소설	아픔이 알배고	월간 문학세계 7, 8월호 통권 제24호	문학세계사
1994년 9월 5일	단편소설	물림터	성남문학 제18집	성남문인협회
1994년 11월 20일	단편소설	시인과 아카시아	경기문단 제7호(아직도 그날은)	경기도문인협회
1995년 3월 28일	단편소설	우정과 슬픔	음성문학 제5집(음성군100주년 기념)	음성문인협회
1995년 5월 1일	단편소설	흙에 취해져서	진천문학 제13호	진천문인협회
1995년 9월 15일	단편소설	남한산성의 슬픔	성남문학 제19집	성남문인협회
1995년 11월 5일	단편소설	돈이 싫어졌거든요	문학세계문인회 제1집(푸른 햇살 속으로)	문학세계문인회
1996년 3월 30일	단편소설	흉터	소설미학 제2집(높은 벽)	소설미학 동인회
1996년 4월 15일	콩트	낙후민	성남예술 제3집	성남예총
1996년 5월 20일	꽁트	논골 사람들	진천문학 제14집	진천문인협회
1996년 8월 1일	꽁트	도끼병	월간 '영업소장' 8월호	프로영업
1996년 9월 1일	꽁트	깜짝 긴장	월간 '영업소장' 9월호	프로영업
1996년 10월 5일	단편소설	증거	계간 시대문학 가을호(통권37호)	시대문학사
1996년 10월 20일	단편소설	다이아몬드	성남문학 제20집	성남문인협회
1996년 12월 1일	단편소설	슬픈 X-세대	월간 문학세계 12월호	도서출판 천우
1997년 7월 20일	꽁트	전과장의 주판	성남예술 제4집	성남예총
1997년 8월 1일	단편소설	종이 비행기	월간 문학세계 8월호(통권38호)	도서출판 천우
1997년 8월 20일	단편소설	계약결혼	성남문학 제21집	성남문인협회
1997년 9월 1일	단편소설	오지에서 생긴 일	월간 문예사조 9월호(통권86호)	문예사조사
1998년 6월 20일	단편소설	잘못된 만남	성남문학인선집	성남문인협회
1998년 6월 20일	단편소설집	계약결혼	정선교 소설집(경기도 문예진흥기금 수혜)	한누리미디어
1998년 7월 25일	단편소설	감원시대	월간 문학세계 8월호(통권49호)	도서출판 천우
1998년 10월 10일	단편소설	고추가 익을 무렵	성남문학 제22집	성남문인협회
1998년 10월 15일	꽁트	소달구지와 난장이	성남예술 제5집	성남예총

발표년월일	장르	발표작품명	발표지	발행처
1999년 6월 22일	단편소설	봉선화 꽃구름	성남문학 제23집	성남문인협회
1999년 7월 1일	단편소설	교사 봉달이	월간 문학세계 7월호(통권60호)	도서출판 천우
2000년 2월 2일	꽁트	가장 작은 짐	성남예술 제6집	성남예총
2000년 6월 1일	단편소설	슬픈 금요일 밤의 느낌	월간 문학세계 6월호	도서출판 천우
2000년 9월 1일	단편소설	무서운 무	성남문학 제24집	성남문인협회
2000년 12월 16일	단편소설	매매혼인	강친회 창간호	강친회
2001년 1월 30일	단편소설	모시고 잡아오다	성보 제9집(교지)	성보여자고등학교
2001년 5월 1일	단편소설	자가용차	월간 문학세계 5월호	천우
2001년 5월 25일	시	고도제한	월간 비전성남	성남시
2001년 6월 20일	장편소설	벗을 수 없는 멍에	정선교 장편소설(경기도 문예진흥기금 수혜)	한누리미디어
2001년 6월 25일	단편소설	금당산 사내	성남문학 제25집	성남문인협회
2001년 7월 20일	꽁트	3류 인생과 저택주인	진천문학 제19집	진천문인협회
2001년 9월 1일	단편소설	금지된 사랑	계간 공무원문학 창간호	공무원문인협회
2001년 10월 9일	꽁트	산성동 나비	성남시민글모음집(초대작품)	성남시
2001년 12월 1일	단편소설	멍에를 지고	계간 지구문학 겨울호 제16호	지구문학사
2002년 2월 18일	짧은소설	비장의 모기는 MP3 플레이어	경기예술 제13호	경기예총
2002년 3월 15일	꽁트	급히 끄는 컴퓨터	경기문학 제27호	경기문인협회
2002년 4월 15일	단편소설	꽃길이	2002성남문학인 작품선집	성남문인협회
2002년 5월 10일	꽁트	애인	재성남강원도민 창간호	재성남강원도민회
2002년 5월 19일	단편소설	금지된 사랑	주간뉴스(주간지 연재)	주간뉴스신문사
2002년 9월 2일	단편소설	아버지의 슬픔	성남문학 제26집	성남문인협회
2002년 10월 25일	단편소설집	교사 봉달이	정선교 소설집	도서출판 글나무
2002년 12월 1일	단편소설	논골 홍길동	월간문학 12월호 통권406호	한국문인협회
2002년 12월 1일	짧은소설	산성동의 밤, 부드러운 속살	성남시민 글모음집, 향토문인작품	성남시
2003년 1월 27일	꽁트	원조교제	성남예술 제9집	성남예총
2003년 1월 27일	꽁트	원수와의 밤	성보 제10호(교지)	성보여자고교
2003년 2월 28일	꽁트	닭대가리	경기문학 제28집	경기문인협회
2003년 3월 1일	단편소설	흡연하는 여자	계간 공무원문학 봄호	공무원문인협회
2003년 9월 30일	장편소설	종이여인	정선교 장편소설(양장본)	한누리미디어
2003년 11월 22일	꽁트	똥개신세	경기문학 제29집	경기문인협회

발표년월일	장르	발표작품명	발표지	발행처
2003년 12월 1일	단편소설	반쪽	계간 해동문학 겨울호(통권44호)	해동문학사
2003년 12월 15일	단편소설	벼랑꽃	이 땅을 빛낸 문인들	천우
2004년 2월 17일	단편소설	마지막 시집살이	성남예술 제10집	성남예총
2004년 4월 20일	단편소설	생리중	성남문학인선집	성남문인협회
2004년 6월 1일	단편소설	음악 속에 울음소리	계간 해동문학 여름호(통권46호)	해동문학사
2004년 6월 20일	단편소설집	반쪽	정선교 소설집(경기도 문예진흥기금 수혜)	도서출판 문예촌
2004년 8월 2일	단편소설	재회	성남문학 재28집	성남문인협회
2004년 9월 1일	단편소설	남편의 여자	계간 해동문학 가을호(통권47호)	해동문학사
2004년 10월 28일	단편소설	매미와 해당화	평창문학 제15집	평창문인협회
2004년 12월 8일	단편소설	성형	2004 이 땅을 빛낸 문인들	도서출판 천우
2005년 1월 10일	단편소설	사랑 찾기	계간 참여문학 신년호(제20호)	도서출판 문예촌
2005년 3월 1일	꽁트	의심	경기예술문화 ScoPe	경기예총
2005년 5월 10일	단편소설	도피의 계절	계간 포스트모던 여름호(통권15호)	포스트모던사
2005년 6월 1일	단편소설	잔혹	계간 해동문학 여름호(통권50호)	해동문학사
2005년 6월 1일	단편소설	아파트 여인들	계간 공무원문학 여름호	공무원문인협회
2005년 6월 1일	단편소설	선물	계간 소설가 여름호	한국문인협회
2005년 6월 1일	단편소설	사돈	성남문학 제29집	성남문인협회
2005년 7월 30일	단편소설	난동	대한민국공무원문인협회 작품집	도서출판 태극
2005년 10월 5일	단편소설	평창강의 슬픔	평창문학 제16집	평창문인협회
2005년 11월 1일	꽁트	모전여전	경기펜문학 제4호	국제펜 경기위원회
2005년 12월 1일	단편소설	길을 잃은 몸짓	계간 공무원문학 겨울호	공무원문인협회
2005년 12월 23일	단편소설	델리에서 만난 여인	2005 이 땅을 빛낸 문인들	도서출판 천우
2006년 3월 1일	단편소설	변질	계간 해동문학 봄호(통권53호)	해동문학사
2006년 3월 1일	단편소설	차가운 음성	계간 포스트모던 봄호	포스트모던사
2006년 5월 12일	장편소설	바람 부는 성남	정선교 장편소설(성남시 문예진흥기금 수혜)	한누리미디어
2006년 6월 1일	단편소설	저주의 딸	월간 문학세계 6월호(통권143호)	도서출판 천우
2006년 7월 1일	단편소설	여심	월간 세계뉴스문학 7월호	뉴스문학사
2006년 9월 1일	단편소설	후회	계간 아세아문예 가을호(창간호)	아세아문예사
2006년 9월 1일	단편소설	혼자서는 자리	계간 해동문학 가을호(통권55호)	해동문학사
2006년 9월 1일	단편소설	창녀점보	계간 한국문학세상	한국문학세상

발표년월일	장르	발표작품명	발표지	발행처
2006년 10월 13일	단편소설	평창장마	평창문학 제17집	평창문인협회
2006년 12월 1일	단편소설	차기의 남자	계간 공무원문학 겨울호	공무원문인협회
2006년 12월 11일	단편소설	캠프 화이어	한국을 빛낸 문인들 명작선	도서출판 천우
2007년 3월 1일	단편소설	미친갱이	계간 해동문학 봄호(통권57호)	해동문학사
2007년 4월 1일	단편소설	혼돈	월간 문학저널(통권44호)	문학저널사
2007년 4월 7일	단편소설	콩가루 집안	계간 한국문학정신 봄호	도서출판 들뫼
2007년 5월 1일	단편소설	지뢰를 밟은 사람	월간 문학세계 5월호	도서출판 천우
2007년 5월 5일	단편소설집	길 잃은 몸짓	정선교 소설집	도서출판 태극
2007년 6월 1일	꽁트	초보엄마	계간 한국문학정신 여름호	도서출판 들뫼
2007년 9월 1일	단편소설	낯설은 전화	계간 해동문학 가을호(통권59호)	해동문학사
2007년 10월 1일	꽁트	운전면허	계간 한국문학정신 가을호	도서출판 들뫼
2007년 10월 5일	단편소설	생일선물	평창문학 제18집	평창문인협회
2007년 12월 1일	단편소설	산행	계간 한국문학세상 겨울호	한국문학세상
2007년 12월 12일	장편소설	동거	정선교 장편소설	한국문학세상
2007년 12월 1일	단편소설	출두	계간 포스트모던 겨울호	포스트모던사
2008년 1월 1일	중편소설	모던 걸	창조문학신문(1천만원 고료 신춘문에 당선)	창조문학신문사
2008년 3월 1일	단편소설	허무	계간 해동문학 봄호(통권61호)	해동문학사
2008년 3월 1일	단편소설	웃음	월간문학 3월호(통권469호)	한국문인협회
2008년 3월 1일	단편소설	가면	계간 공무원문학 봄호	공무원문인협회
2008년 3월 25일	단편소설	깨달음	2007 명작선 한국을 빛낸 문인들	도서출판 천우
2008년 4월 1일	단편소설	브레이브 걸	문학저널 4월호(통권55호)	문학저널사
2008년 5월 30일	장편소설	탄천	정선교 장편소설(성남시 창작기금 수혜)	도서출판 천우
2008년 6월 1일	단편소설	처제의 고백	계간 문학의 봄 여름호	예지사
2008년 9월 1일	단편소설	신통력	월간 문학세계 9월호	도서출판 천우
2008년 9월 1일	단편소설	아버지 여자	계간 해동문학 가을호(통권63호)	해동문학사
2008년 10월 1일	단편소설	서영의 눈물	계간 문학의 봄 가을호	예지사
2008년 10월 1일	단편소설	털복숭이	평창문학 제19집	평창문인협회
2008년 10월 20일	중편소설	부탁	한국소설창작연구회 소설집(부탁)	한국소설창작연구회
2008년 12월 20일	단편소설	대리운전	계간 한국문학세상 겨울호	한국문학세상
2009년 3월 1일	장편소설	미움과 정	성동일보(종이신문 연재 시작)	성동일보사

발표년월일	장르	발표작품명	발표지	발행처
2009년 3월 1일	단편소설	시방지	해동문학 봄호(통권65호)	해동문학사
2009년 3월 1일	단편소설	족쇄	계간 문학의 봄 봄호	예지사
2009년 3월 25일	장편소설	무지개 그늘	계간 한국문학세상 봄호(연재 2010 겨울호까지)	한국문학세상
2009년 4월 1일	단편소설	비애	2008명작선 한국을 빛낸 문인들	도서출판 천우
2009년 8월 8일	단편소설집	차가운 음성	정선교 창작집(성남시 창작기금 수혜)	한누리미디어
2009년 9월 1일	단편소설	거친 손	계간 해동문학 가을호(통권67호)	해동문학사
2009년 10월 1일	단편소설	망각	평창문학 제20집	평창문인협회
2009년 12월 1일	엽편소설	그녀들의 신	계간 시세계 겨울호	도서출판 천우
2010년 1월 10일	단편소설	Foxy	계간 공무원문학	도서출판 태극
2010년 2월 1일	단편소설	견녀	월간 문학공간 2월호(통권243호)	문학공간사
2010년 2월 20일	단편소설	luck girl	정문문학 제2집	정문문학회
2010년 2월 20일	단편소설	비로용담	정문문학 제2집	정문문학회
2010년 3월 12일	단편소설	속인	2009 명작선 한국을 빛낸 문인들	도서출판 천우
2010년 6월 1일	단편소설	변신	계간 해동문학 여름호(통권70호)	해동문학사
2010년 6월 21일	단편소설	실어증	한국소설창작 제2호(홈친사랑)	한국소설창작연구회
2010년 7월 24일	단편소설	똥개	문학세계 시세계동인 제1집(하늘비 산방)	문학세계 시세계동인회
2010년 9월 1일	단편소설	고문	계간 참여문학 가을호(통권43호)	도서출판 문예촌
2010년 10월 1일	단편소설	잔인한 밤	평창문학 제21집	평창문인협회
2010년 11월 1일	단편소설	이니셜	월간 문학세계 11월호(통권192)	도서출판 천우
2010년 12월 1일	단편소설	이룰 수 없는 사랑	계간 글의세계 겨울호(제15호)	글의세계사
2010년 12월 15일	단편소설	이층 여자	성남탄천문학 제3호	탄천문학회
2011년 2월 1일	단편소설	로벨리아 하우스	월간 문학세계 2월호(통권199호)	도서출판 천우
2011년 2월 1일	단편소설	마지막 키스	월간 한맥문학 2월호	한맥문학사
2011년 3월 1일	단편소설	학력	계간 아세아문예 봄호	아세아문예사
2011년 3월 1일	단편소설	여인의 향기	계간 현대문학사조 봄호(제2호)	현대문학사조사
2011년 6월 10일	장편소설	성남비타美	정선교 장편소설(성남시 창작기금 수혜)	한누리미디어
2011년 6월 15일	단편소설	절망	계간 글의세계 여름호(제14호)	글의세계사
2011년 6월 20일	단편소설	민박집	계간 경기소설 여름호(2호)	경기소설가
2011년 9월 1일	단편소설	임무	계간 해동문학 가을호(통권75호)	해동문학사
2011년 10월 5일	콩트	불륜여행	한국신문학(통권19호)	한국신문학인협회

발표년월일	장르	발표작품명	발표지	발행처
2011년 12월 1일	단편소설	첫경험	경기문학인(제3호)	경기문학인협회
2011년 12월 20일	장편소설	명기와 진기	월간 문학세계 1월호, 통권210호부터 연재	도서출판 천우
2011년 12월 25일	단편소설	그대에게	경기PEN문학(제9호)	국제펜 경기지역위원회
2012년 1월 3일	단편소설	이룰 수 없는 사랑	2011 한국을 빛낸 문인들	도서출판 천우
2012년 1월 10일	단편소설	복상사	계간 공무원문학(제29호)	공무원문인협회
2012년 1월 20일	단편소설	위험한 사랑	계간 경기소설(신년호)	경기소설가
2012년 3월 1일	단편소설	시린 달빛	계간 해동문학 봄호(통권77호)	해동문학사
2012년 3월 15일	단편소설	끊을 수 없는 인연	성남탄천문학(제4호)	성남탄천문학회
2012년 6월 15일	단편소설	슬픈 덩어리	계간 글의세계(여름호, 제18호)	글의세계사
2012년 6월 17일	단편소설	첫경험 여인	이리나(한국소설창작연구회 제3호)	한국소설창작연구회
2012년 6월 18일	단편소설	전율	하늘비산방(문학세계문인회 카페동인3호	월간문학세계문인회
2012년 9월 1일	단편소설	5억원짜리 친구	계간 해동문학 가을호(통권79호)	해동문학사
2012년 10월 1일	단편소설	제수씨	평창문학(제23집)	평창문인협회
2012년 11월 1일	단편소설	연하남	격월간 문학의 봄(11-12월호, 제21호)	도서출판 글봄
2012년 11월 25일	단편소설	아기최급	경기PEN문학(제10호)	국제펜 경기지역위원회
2012년 12월 15일	단편소설	졸부	계간 글의세계 겨울호(제20호)	글의세계사
2012년 12월 27일	단편소설	반지	경기문학인(제14호)	경기문학인협회
2012년 12월 28일	단편소설	개명	2012 명작선/ 한국을 빛낸 문인	도서출판 천우
2013년 1월 11일	중편소설	하얀 겨울	정문문학(제3호)	정문문학회
2013년 2월 10일	장편소설	명기와 진기	정선교 장편소설	도서출판 천우
2013년 2월 13일	단편소설	버림	성남탄천문학 제5호	성남탄천문학회
2013년 3월 1일	단편소설	사랑해선 안될 사랑	폼엔아트(창간호) 봄호	한국문학진흥회
2013년 3월 1일	단편소설	연변댁	글의세계(제21호) 봄호	글의세계사
2013년 3월 10일	단편소설	술	한국불교문학(제28호) 봄호	한누리미디어

찰칵

지은이 / 정선교
발행인 / 김재엽
펴낸곳 / **한누리미디어**
디자인 / 지선숙

121-840, 서울시 마포구 잔다리로 35(서교동 395-13) 서원빌딩 2층
전화 / (02)379-4514, 379-4519
Fax / (02)379-4516
E-mail/hannury2003@hanmail.net

신고번호 / 제300-2006-61호
등록일 / 1993. 11. 4

초판발행일 / 2013년 6월 15일

ⓒ 2013 정선교 Printed in KOREA

값 13,000원

※저자와 협의하여 인지는 생략합니다.
※잘못된 책은 바꿔드립니다.
※이 책은 성남시 문화예술발전기금의 지원을 받아 출판 제작되었습니다.

ISBN 978-89-7969-453-6 03810